雨季不再来

三毛 著

南海出版公司

青马（天津）文化有限公司
出　品

目录

当三毛还是在二毛的时候

我之所以不害羞地肯将我过去十七岁到二十二岁那一段时间里所发表的一些文稿成集出书，无非只有一个目的——这本《雨季不再来》的小书，代表了一个少女成长的过程和感受。它也许在技巧上不成熟，在思想上流于迷惘和伤感；但它的确是一个过去的我，一个跟今日健康进取的三毛有很大的不同的二毛。

人之所以悲哀，是因为我们留不住岁月，更无法不承认，青春，有一日是要这么自然地消失过去。

而人之可贵，也在于我们因着时光环境的改变，在生活上得到长进。岁月的流失固然是无可奈何，而人的逐渐蜕变，却又脱不出时光的力量。

当三毛还是二毛的时候，她是一个逆子，她追求每一个年轻人自己也说不出到底是在追求什么的那份情怀，因此，她从小不在孝顺的原则下做父母请求她去做的事情。

一个在当年被父母亲友看做问题孩子的二毛，为什么在十年之后，成了一个对凡事有爱、有信、有望的女人？在三毛自己的解释里，总脱不开这两个很平常的字——时间。

对三毛来说，她并不只是睡在床上看着时光在床边大江东去。

十年来，数不清的旅程，无尽的流浪，情感上的坎坷，都没有使她白白地虚度她一生最珍贵的青年时代。这样如白驹过隙的十年，再提笔，笔下的人，已不再是那个悲苦、敏感、浪漫而又不负责任的毛毛了。

我想，一个人的过去，就像圣经上雅各的天梯一样，踏一步决不能上升到天国去。而人的过程，也是要一格一格地爬着梯子，才能到了某种高度。在那个高度上，满江风月，青山绿水，尽入眼前。这种境界心情与踏上第一步梯子而不知上面将是什么情形的迷惘惶惑是很不相同的。

但是，不能否认的是，二毛的确跌倒过，迷失过，苦痛过，一如每一个"少年的维特"。

我多年来没有保存自己手稿的习惯，发表的东西，看过就丢掉，如果不是细心爱我的父亲替我一张一张地保存起来，我可能已不会再去回顾一下，当时的二毛是在喃喃自语着些什么梦话了。

我也切切地反省过，这样不算很成熟的作品，如果再公之于世，是不是造成一般读者对三毛在评价上的失望和低估，但我静心地分析下来，我认为这是不必要的顾虑。

一个家庭里，也许都有一两个如二毛当时年龄的孩子。也许我当年的情形，跟今日的青年人在环境和社会风气上已不很相同，但是不能否认的，这些问题在年轻的孩子身上都仍然存在着。

一个聪明敏感的孩子，在对生命的探索和生活的价值上，往往因为过分执著，拼命探求，而得不着答案，于是一份不能轻视的哀伤，可能会占去他日后许许多多的年代，甚而永远不能超脱。

我是一个普通的人，我平凡地长大，做过一般年轻人都做的傻事。而今，我在生活上仍然没有稳定下来，但我在人生观和心境上已经再上了一层楼，我成长了，这不表示我已老化，更不代表我已不再努力我的前程。但是，我的心境，已如渺渺清空，浩浩大海，平静，安详，淡泊。对人处事我并不天真，但我依旧看不起油滑；我不偏激，我甚而对每一个人心存感激，因为生活是人群共同建立的，没有他人，也不可能有我。

《雨季不再来》是我一个生命的阶段，是我无可否认亦躲藏不了的过去。它好，它不好，都是造就成今日健康的三毛的基石。也就如一块衣料一样，它可能用旧了，会有陈旧的风华，而它的质地，却仍是当初纺织机上织出来的经纬。

我多么愿意爱护我的朋友们，看看过去三毛还是二毛的样子，再回头来看看今日的《撒哈拉的故事》那本书里的三毛，比较之下，有心人一定会看出这十年来的岁月，如何改变了一朵温室里的花朵。

有无数的读者，在来信里对我说——"三毛，你是一个如此乐观的人，我真不知道你怎么能这样凡事都愉快。"

我想，我能答复我的读者的只有一点："我不是一个乐观的人。"

乐观与悲观，都流于不切实际。一件明明没有希望的事情，如果乐观地去处理，在我，就是失之于天真，这跟悲观是一样的不正确，甚而更坏。

我，只是一个实际的人，我要得着的东西，说起来十分普通，我希望生儿育女做一个百分之百的女人。一切不着边际的想法，如果我守着自己淡泊宁静的生活原则，我根本不会刻意去追求它。对于生活的环境，我也抱着一样的态度。我唯一锲而不舍，愿意以自己的生命去努力的，只不过是保守我个人的心怀意念，在我有生之日，做一个真诚的人，不放弃对生活的热爱和执著，在有限的时空里，过无限广大的日子。如果将我这种做法肯定是"乐观"，那么也是可以被我接受和首肯的。

再读《雨季不再来》中一篇篇的旧稿，我看后心中略略有一份怅然。过去的我，无论是如何地沉迷，甚而有些颓废，但起码她是个真诚的人，她不玩世，她失落之后，也尚知道追求，哪怕那份情怀在今日的我看来是一片惨绿，但我情愿她是那个样子，而不希望她什么都不去思想，也不提出问题，二毛是一个问题问得怪多的小女人。

也有人问过我，三毛和二毛，你究竟偏爱哪一个？我想她是一个人，没法说怎么去偏心，毕竟这是一枝幼苗，长大了以后，出了几片清绿。而没有幼苗，如何有今天这一点点喜乐和安详。

在我的时代里，我被王尚义的《狂流》感动过，我亦受到《弘一法师的传记》很深的启示和向往。而今我仍爱看书，爱读书，但是过去曾经被我轻视的人和物，在十年后，我才慢慢减淡了对英雄的崇拜。我看一沙，我看一花，我看每一个平凡的小市民，在这些事情事物的深处，才明白悟出了真正的伟大和永恒是在哪里，我多么喜欢这样的改变啊！

所以我在为自己过去的作品写一些文字时，我不能不强调，《雨季不再来》是一个过程，请不要忽略了。这个苍白的人，今天已经被风吹雨打成了铜红色的一个外表不很精致，而面上已有风尘痕迹的三毛。在美的形态上来说，哪一个是真正的美，请读者看看我两本全然不同风格的书，再做一个比较吧！

我不是一个作家，我不只是一个女人，我更是一个人。我将我的生活记录下来了一部分，这是我的兴趣，我但愿没有人看了我的书，受到不好的影响。《雨季不再来》虽然有很多幼稚的思想，但那只是我做二毛时在雨地里走着的几个年头，毕竟雨季是不会在三毛的生命里再来了。

《雨季不再来》本身并没有阅读的价值，但是，念了《撒哈拉的故事》之后的朋友，再回过来看这本不很愉快的小书，再拿这三毛和十年前的二毛来比较，也许可以得着一些小小的启示。三毛反省过，也改正过自己在个性上的缺点。人，是可以改变的，只是每一个人都需要时间。我常常想，命运的悲剧，不如说是个性的悲剧。我们要如何度过自己的一生，固执不变当然是可贵，而有时向生活中另找乐趣，亦是不可缺少的努力和目标；如何才叫做健康的生活，在我就是不断地融合自己到我所能达到的境界中去。我的心中有一个不变的信仰，它是什么，我不很清楚，但我不会放弃这在冥冥中引导我的力量，直到有一天我离开尘世，回返永恒的地方。

真正的快乐，不是狂喜，亦不是苦痛，在我很主观地来说，它是细水长流，碧海无波，在芸芸众生里做一个普通的人，享受生命一刹间的喜悦，那么我们即使不死，也在天堂里了。

胆小鬼

　　这件事情，说起来是十分平淡的。也问过好几个朋友，问他们有没有同样的经验，多半答说有的，而结果却都相当辉煌，大半没有挨打也没有被责备。

　　我要说的是——偷钱。

　　当然，不敢在家外面做这样的事情，大半是翻父母的皮包或口袋，拿了一张钞票。

　　朋友们在少年的时候，偷了钱大半请班上同学吃东西，快快花光，回去再受罚。只有一个朋友，偷了钱，由台南坐火车独自一人在台北流浪了两天，钱用光了，也就回家。据我的观察，最后那个远走高飞的小朋友是受罚最轻的一个，他的父母在发现人财两失的时候，着急的是人，人回来了，好好看待失而复得的儿子，结果就舍不得打了。

　　小孩子偷钱，大半父母都会反省自己，是不是平日不给零用钱才引得孩子们出手偷，当然这是比较明理的一派父母。

　　我的父母也明理，却忘了我也需要钱，即使做小孩子，在家不愁衣食，走起路来仍期望有几个铜板在口袋里响的。

　　那一年，已经小学三年级了，并没有碰过钱，除了过年的时候那包压岁钱之外，而压岁钱也不是给花的，是给放在枕头底下给压着睡觉过年的，过完了年，便乖乖地交回给父母，将数目记在一个本子上。大人说，要存起来，做孩子的教育费。

并不是每一个孩子都期待受教育的，例如我大弟便不，他也不肯将压岁钱缴还给父母。他总是在过年的那三天里跟邻居的孩子去赌扑克牌，赌赢了下半年总有钱花，小小年纪，将自己的钱支配得当当心心，而且丰满。

在我们的童年里，小学生流行的是收集橡皮筋和《红楼梦》人物画片，还有玻璃纸——包彩色糖果用的那种。

这些东西，在学校外面沿途回家的杂货铺里都有得卖，也可以换。所谓换，就是拿一本用过的练习簿交给老板娘，可以换一颗彩色的糖。吃掉糖，将包糖的纸洗洗干净，夹在书里，等夹成一大沓了，又可以跟小朋友去换画片或者几根橡皮筋。

也因为这个缘故，回家来写功课的时候总特别热心，恨不能将那本练习簿快快用光，好去换糖纸。万一写错了，老师罚着重写，那么心情也不会不好，反而十分欢喜。

在同学里，我的那根橡皮筋绳子拉得最长，下课用来跳橡皮筋时也最神气。而我的母亲总弄不懂为什么我的练习簿那么快就会用完，还怪老师功课出得太多，弄得小孩子回家来不停地写了又写。

也就在那么一个星期天，走进母亲的睡房，看见五斗柜上躺着一张红票子——五块钱。

当年一个小学老师的薪水大约是一百二十块台币一个月。五块钱的价值大约现在的五百块那么多了，也等于许多许多条彩色的橡皮筋，许多许多《红楼梦》里小姐丫头们的画片，等于可以贴一个大玻璃窗的糖纸，等于不必再苦写练习簿，等于一个孩子全部的心怀意念和快乐。

对着那张静静躺着的红票子，我的呼吸开始急促起来，两手握得紧紧的，眼光离不开它。

当我再有知觉的时候，已经站在花园的桂花树下，摸摸口袋，那张票子随着出来了，在口袋里。

没敢回房间去，没敢去买东西，没敢跟任何人讲话，悄悄地蹲在院子里玩泥巴。母亲喊吃中饭，勉勉强强上了桌，才喝了一口汤呢，便听母亲喃喃自语："奇怪，才搁的一张五块钱怎么不见了。"姐姐和弟弟乖乖地吃饭，没有答理，我却说了："是不是你忘了地方，根本没有拿出来？"母亲说不可能的，我接触到父亲的眼光，一口滚汤咽下去，烫得脸就红了。

星期天的孩子是要强迫睡午觉的，我从来不想睡，又没有理由出去，再说买了那些宝贝也不好突然拿回来，当天晚上是要整理书包的——在父母面前。

还是被捉到床上去了，母亲不肯人穿长裤去睡，硬要来拉裤子，当她的手碰到我的长裤口袋时，我呼一下又涨红了脸，挣扎着翻了一个身，喊说头痛头痛，不肯她碰我。

那个样子的确像在发高烧，口袋里的五块钱就如汤里面滚烫的小排骨一样，时时刻刻烫着我的腿。

"我看妹妹有点发烧，不晓得要不要去看看医生。"

听见母亲有些担心地在低声跟父亲商量，又见父亲拿出了一支热度计在甩。我将眼睛再度闭上，假装睡着了。姿势是半斜的，紧紧压住右面口袋。

夏天的午后，睡醒了的小孩子就给放到大树下的小桌边去，叫我们数柚子和芭乐，每个人的面前有一碗绿豆汤，冰冰的。

姐姐照例捧一本《西游记》在看，我们想听故事，姐姐就念一小段。总是说，多念要收钱，一小段不要钱。她收一毛钱讲一回。我们没有钱，她当真不多讲，自己低头看得起劲。有一次大弟很大方，给了她两毛钱，那个孙悟空就变了很多次，还去了火焰山。平日大弟绝不给，我就没得听了。

那天姐姐说《西游记》已经没意思了，她还会讲言情的，我们问她什么是言情，她说是《红楼梦》——里面有恋爱。不过她仍然要收钱。

我的手轻轻摸过那张钞票，已经快黄昏了，它仍然用不掉。晚上长裤势必脱了换睡衣，睡衣没有口袋，那张钞票怎么藏？万一母亲洗衣服，摸出钱来，又怎么了得？书包里不能放，父亲等我们入睡了又去检查的。鞋里不能藏，早晨穿鞋母亲会在一旁看。抽屉更不能藏，大弟会去翻。除了这些地方，一个小孩子是没有地方了，毕竟属于我们的角落是太少了。

既然姐姐说故事收钱，不如给了她，省掉自己的重负。于是我问姐姐有没有钱找？姐姐问是多少钱要找？我说是一块钱，叫她找九毛来可以开讲恋爱了。她疑疑惑惑地问我："你哪来一块钱？"我又脸红了，说不出话来。其实那是整张五块的，拿出来就露了破绽。

当天晚上我仍然被拉着去看了医生。据母亲说给医生的病况是：一天都脸红，烦躁，不肯讲话，吃不下东西，魂不守舍，大约是感冒了。医生看不出有什么病，也没有发烧，只说早些睡了，明天好上学去。

我被拉去洗澡，母亲要脱我的衣服，我不肯，开始小声地哭，脸通红的，哭了一会儿，发觉家里的工人玉珍蹲着在给洗腿，这才松了一口气。

那五块钱仍在口袋里。

穿了睡衣，钱跟过来了，握在拳头里，躲在浴室不出来。大弟几次拿拳头敲门，也不肯开。等到我们小孩都已上了床，母亲才去浴室，父亲在客厅坐着。

我赤着脚快步跑进母亲的睡房，将钱卷成一团，快速地丢到五斗柜跟墙壁的夹缝里去，这才逃回床上，长长地松了口气。

那个晚上，想到许多的梦想因为自己的胆小而付诸东流，心里酸酸的。

"不吃下这碗稀饭，不许去上学。"

我们三个孩子愁眉苦脸地对着早餐，母亲照例在监视，一个平淡的早晨又开始了。

"你的钱找到了没有？"我问母亲。

"等你们上学了才去找——快吃呀！"母亲递上来一个煮蛋。

我吃了饭，背好书包，忍不住走到母亲的睡房去打了一个转，出来的时候喊着："妈妈，你的钱原来掉在夹缝里去了。"母亲放下了碗，走进去，捡起了钱说："大概是风吹的吧！找到了就好。"

那时，父亲的眼光轻轻地掠了我一眼，我脸红得又像发烧，匆匆地跑出门去，忘了说再见。

偷钱的故事就那么平平淡淡地过去了。

奇怪的是，那次之后，父母突然管起我们的零用钱来，每个小孩一个月一块钱，自己记账，用完了可以商量预支下个月的，预支满两个月，就得——忍耐。

也是那次之后的第二个星期天，父亲给了我一盒外国进口的糖果，他没有说慢慢吃之类的话。我快速地把糖果剥出来放在一边，将糖纸泡在脸盆里洗干净，然后一张一张将它们贴在玻璃窗上等着干。

那个下午，就在数糖纸的快乐里，悠悠地度过。

等到我长大之后，跟母亲说起偷钱的事，她笑说她不记得了。又反问："怎么后来没有再偷了呢？"我说那个滋味并不好受。说着说着，发觉姐姐弟弟们在笑，原来都偷过钱，也都感觉不好过，这一段往事，就过去了。

吹兵

那天上学的时候并没有穿红衣服，却被一只疯水牛一路追进学校。

跑的开始以为水牛只追一下就算了的，或者会改去追其他的行人，结果它只钉住我锲而不舍地追。哭都来不及哭，只是没命地跑。那四只蹄子奔腾着咄咄地拿角来顶——总是在我裙子后面一点点距离。

好不容易逃进了教室，疯牛还在操场上翻蹄子踢土，小学的朝会就此取消了。同学很惊慌，害怕牛会来顶教室。

晨操扩音机里没有音乐，只是一再地播着："各位同学，留在教室里，不可以出来，不可以出来！"

我是把那条牛引进学校操场上来的小孩子，双手抓住窗口的木框，还是不停地喘气。同学们拿出了童军棍把教室的门顶住。而老师，老师们躲在大办公室里也是门窗紧闭。

就是那一天，该我做值日生。值日生的姓名每天由风纪股长写在黑板上，是两个小孩同时做值日。那个风纪股长忘了是谁，总之是一个老师的马屁鬼，压迫我们的就是她。

我偶尔也被选上当康乐股长，可是康乐和风纪比较起来，那份气势就差多了。

疯水牛还在操场上找东西去顶，风纪股长却发现当天班上的茶壶还是空的。当时，我们做小学生的时候，没有自备水壶等这等事的，教室后面放一个大水壶，共用一个杯子，谁渴了就去倒水喝，十分简单。而水壶，是值日生到学校厨房的大灶上去拿滚水，老校工灌满了水，由各班级小朋友提着走回教室。

牛在发疯，风纪股长一定逼我当时就去厨房提水，不然就记名字。另外一个值日小朋友哭了，死不肯出去，她哭是为了被记了名字。我拎了空水壶开门走到外面，看也不看牛，拼着命就往通向厨房的长廊狂奔。

等到水壶注满了滚水，没有可能快跑回教室，于是我蹲在走廊的门边，望着远处的牛，想到风纪股长要记名字交给老师算账，也开始蹲着细细碎碎地哭了。

就在这个时候，清晨出操去的驻军们回来了。驻军是"国庆日"以前才从台湾南部开来台北，暂住在学校一阵的。

军人来了，看见一只疯牛在操场上东顶西拱的，根本也不当一回事，数百个人杀声震天地不知用上了什么阵法，将牛一步一步赶到校外的田野里去了。

确定牛已经走了，这才提起大茶壶，走三步停两步地往教室的方向去。也是在那么安静的走廊上，身后突然传来咻咻、咻咻喘息的声音，这一慌，腿软了，丢了水壶往地下一蹲，将手抱住头，死啦！牛就在背后。

咻咻的声音还在响，我不敢动。

觉得被人轻轻碰了一下紧缩的肩，慢慢抬头斜眼看，发觉两只暴突有如牛眼般的大眼睛呆呆地瞪着我，眼前一片草绿色。

我站了起来——也是个提水的兵，咧着大嘴对我啊啊地打手势。他的水桶好大，一个扁担挑着，两桶水面浮着碧绿的芭蕉叶。漆黑的一个塌鼻子大兵，面如大饼，身壮如山，胶鞋有若小船。乍一看去透着股蛮牛气，再一看，眼光柔和得明明是个孩童。

我用袖子擦一下脸，那个兵，也不放下挑着的水桶，另一只手轻轻一下，就拎起了我那个千难万难的热茶壶，做了一个手势，意思是——带路，就将我这瘦小的人和水都送进了教室。

那时，老师尚未来，我蹲在走廊水沟边，捡起一片碎石，在泥巴地上写字，问那人——什么兵？那个哑巴笑成傻子一般，放下水桶，也在地上画——炊兵。炊字他写错了，写成——吹兵。

后来，老师出现在远远的长廊，我赶快想跑回教室，哑巴兵要握手，我就同他握手，他将我的手上下用劲地摇到人都跳了起来，说不出有多么欢喜的样子。

就因为这样，哑巴做了我的朋友。那时候我小学四年级，功课不忙。

回家说起哑巴，母亲斥责我，说不要叫人哑巴哑巴，我笑说他听不见哪，每天早晨见到哑巴，他都丢了水桶手舞足蹈地欢迎我。

我们总是蹲在地上写字。第一次就写了个"火"，又写"炊"和"吹"的不同。解释"炊"的时候，我做扇火的样子。这个"吹"就嘟嘟地做号兵状。哑巴真聪明，一教就懂了，一直打自己的头，在地上写"笨"，写成"茶"，我猜是错字，就打了他一下头。

那一阵，对一个孩子来说，是光荣的，每天上课之前，先做小老师，总是跟一个大汉在地上写字。

哑巴不笨，水桶里满满的水总也不泼出来，他打手势告诉我，水面浮两片大叶子，水就不容易泼出来，很有道理。

后来，在班上讲故事，讲哑巴是四川人，兵过之前他在乡下种田，娶了媳妇，媳妇正要生产，老娘叫哑巴去省城抓药，走在路上，一把给过兵的捉去掮东西，这一掮，就没脱离过军队，家中媳妇生儿生女都不晓得，就来了台湾。

故事是在"康乐时间"说的，同学们听呆了。老师在结束时下了评语，说哑巴的故事是假的，叫同学们不要当真。

天晓得那是哑巴和我打手势、画画、写字、猜来猜去、拼了很久才弄清楚的真实故事。讲完那天，哑巴用他的大手揉揉我的头发，将我的衣服扯扯端正，很伤感地望着我。我猜他一定在想，想他未曾谋面的女儿就是眼前我的样子。

以后做值日生提水总是哑巴替我提，我每天早晨到校和放学回家，都是跟他打完招呼才散。

家中也知道我有了一个大朋友，很感激有人替我提水。母亲老是担心滚烫的水会烫到小孩，她也怕老师，不敢去学校抗议叫小朋友提滚水的事。

也不知日子过了多久，哑巴每日都呆呆地等，只要看见我进了校门，他的脸上才哗一下开出好大一朵花来。后来，因为不知如何疼爱才好，连书包也抢过去代背，要一直送到教室口，这才依依不舍地挑着水桶走了。

哑巴没有钱，给我礼物，总是芭蕉叶子，很细心地割，一点破缝都不可以有。三五天就给一张绿色的方叶子垫板，我拿来铺在课桌上点缀，而老师，总也有些忧心忡忡地望着我。

也有礼物给哑巴，不是美劳课的成绩，就是一颗话梅，再不然放学时一同去坐跷跷板。哑巴重，他都是不敢坐的，耐性用手压着板，我叫他升，他就升，叫他放，他当当心心地放，从来不跌痛我。而我们的游戏，都是安静的，只是夕阳下山后操场上两幅无声无息的剪影而已。

有一天，哑巴神秘兮兮地招手唤我，我跑上去，掌心里一打开，里面是一只金戒指，躺在几乎裂成地图一般的粗手掌里。

那是生平第一次看见金子，这种东西家中没有见过，母亲的手上也没见过，可是知道那是极贵重的东西。

哑巴当日很认真，也不笑，瞪着眼，把那金子递上来，要我伸手，要人拿去。我吓得很厉害，拼命摇头，把双手放在身后，死也不肯动。哑巴没有上来拉，他蹲下来在地上写——不久要分别了，送给你做纪念。

我不知如何回答，说了再见，快步跑掉了。跑到一半再回头，看见一个大个子低着头，呆望着自己的掌心，不知在想什么。

也是那天回家，母亲说老师来做了家庭访问，比我早一些到了家里去看母亲。

家庭访问是大事，一般老师都是预先通知，提早放学，由小朋友陪着老师一家一家去探视的。这一回，老师突袭我们家，十分怪异，不知自己犯了什么错，几乎担了一夜的心。而母亲，没说什么。

也因为老师去了家里，这一吓，哑巴要给金子的事情就忘了讲。

第二天，才上课呢，老师很慈爱地叫我去她放办公桌的一个角落，低声问我结识那个挑水军人的经过。

都答了，一句一句都回答了，可是不知有什么错，反而慌得很。当老师轻轻地问出："他有没有对你不轨？"那句话时，我根本听不懂什么叫做鬼不鬼的，直觉老师误会了那个哑巴。不轨一定是一种坏事，不然老师为什么用了一个孩子实在不明白的鬼字。

很气愤，太气了，就哭了起来。也没等老师叫人回座，气得冲回课桌趴着大哭。那天放学，老师拉着我的手一路送出校门，看我经过等待着的哑巴，都不许停住脚。

哑巴和我对望了一眼，我眼睛红红的，不能打手势，就只好走。老师，对哑巴笑着点点头。

到了校门口，老师很凶很凶地对我说："如果明天再跟那个兵去做朋友，老师记你大过，还要打——"我哭着小跑，她抓我回来，讲："答应呀！讲呀！"我只有点点头，不敢反抗。

第二天，没有再跟哑巴讲话，他快步笑着迎了上来，我掉头就跑进了教室。哑巴站在窗外巴巴地望，我的头低着。

是个好粗好大个子的兵，早晚都在挑水，加上两个水桶前后晃，在学校里就更显眼了。男生们见他走过就会唱歌谣似的喊："一个哑巴提水吃，两个哑巴挑水吃，三个哑巴没水吃……"跟前跟后地叫了还不够，还有些大胆的冲上去推水桶将水泼出来。

过去，每当哑巴兵被男生戏弄的时候，他会停下来，放好水桶，作势要追打小孩，等小孩一哄跑了，第一个笑的就是他。也有一次，我们在地上认字，男生欺负哑巴听不见，背着他抽了挑水的扁担逃到秋千架边用那东西去击打架子。我看了追上去，揪住那个光头男生就打，两人厮打得很剧烈，可是都不出声叫喊。最后将男生死命一推，他的头碰到了秋千，这才哇哇大哭着去告老师了。

那是生平第一次在学校打架，男生的老师也没怎么样，倒是哑巴，气得又要骂又心痛般地一直替我掸衣服上的泥巴，然后，他左看我又右看我，大手想上来拥抱这个小娃娃，终是没有做，对我点个头，好似要流泪般地走了。

在这种情感之下，老师突然说哑巴对我"不鬼"，我的心里痛也痛死了。是命令，不可以再跟哑巴来往，不许打招呼，不可以再做小老师，不能玩跷跷板，连美劳课做好的一个泥巴砚台也不能送给我的大朋友——

而他，那个身影，总是在墙角哀哀地张望。

在小学，怕老师怕得太厉害，老师就是天，谁敢反抗她呢？

上学总在路上等同学，进校门一哄而入。放学也是快跑，躲着那双粗牛似的眼睛，看也不敢看地背着书包低着头疾走。

而我的心，是那么地沉重和悲伤。那种不义的羞耻没法跟老师的权威去对抗，那是一种无关任何生活学业的被迫无情，而我，没有办法。

终是在又一次去厨房提水的时候碰到了哑巴。他照样帮我拎水壶，我默默地走在他身边。那时，"国庆日"也过了，部队立即要开拔回南部去，哑巴走到快要到教室的路上，蹲下来也不找小石子，在地上用手指甲一直急着画问号，好大的"？"画了一连串十几个。他不写字，红着眼睛就是不断画问号。

"不是我。"我也不写字，急着打自己的心，双手向外推。

哑巴这回不懂，我快速地在地上写："不是我！不是我！不是我！"

他还是不懂，也写了："不是给金子坏了？"我拼命摇头。

又不愿出卖老师，只是叫喊："不要怪我！不是我不是我不是我……"用喊的，他只能看见表情，看见一个受了委屈小女孩的悲脸。

就那样跑掉了。哑巴的表情，一生不能忘怀。

部队走时就和来时一般安静，有大卡车装东西，有队伍排成树林一般沙沙、沙沙地移动。走时，校长向他们鞠躬，军人全体举手敬礼道谢。

我们孩子在教室内跟着风琴唱歌，唱"淡淡的三月天，杜鹃花开在山坡上，杜鹃花开在小溪旁……"，而我的眼光，一直滑出窗外拼命地找人。

口里随便跟着唱，眼看军人那一行行都开拔了，我的朋友仍然没有从那群人里找出来。歌又换了，叫唱"丢丢铜仔"，这首歌非常有趣而活泼，同学们越唱越高昂，都快跳起来了，就在歌唱到最起劲的时候，风琴的伴奏悠然而止，老师紧张地在问："你找谁？有什么事？"

全班突然安静下来，我才惊觉教室里多了一个大兵。

那个我的好朋友，亲爱的哑巴，山一样立在女老师的面前。"出去！你出去！出去出去……"老师歇斯底里地将风琴盖子砰一下合上，怕成大叫出来。

我不顾老师的反应，抢先跑到教室外面去，对着教室里喊："哑巴！哑巴！"一面急着打手势叫他出来。

哑巴赶快跑出来，手上一个纸包，书一般大的纸包，递上来给我。他把我的双手用力握住，呀呀地尽可能发出声音跟我道别。接住纸包也来不及看，哑巴全身装备整齐地立正，认认真真地敬了一个举手礼，我呆在那儿，看着他布满红丝的凸眼睛，不知做任何反应。

他走了，快步走了。一个军人，走的时候好像有那么重的悲伤压在肩上，低着头大步大步地走。

纸包上有一个地址和姓名，是部队信箱的那种。

纸包里，一大口袋在当时的孩子眼中贵重如同金子般的牛肉干。一生没有捧过那么一大包肉干，那是新年才可以分到一两片的东西。

老师自然看了那些东西。

地址，她没收了，没有给我。牛肉干，没有给吃，说要当心，不能随便吃。

校工的土狗走过，老师将袋子半吊在空中，那些肉干便由口袋中飘落下来，那只狗，跳起来接着吃，老师的脸很平静而慈爱地微笑着。

许多年过去了，再看《水浒传》，看到翠屏山上杨雄正杀潘巧云，巧云向石秀呼救，石秀答了一句："嫂嫂！不是我！"

那一句"不是我！"勾出了当年那一声又一声一个孩子对着一个哑巴聋兵狂喊的："不是我！不是我！不是我！"

那是今生第一次负人的开始，而这件伤人的事情，积压在内心一生，每每想起，总是难以释然，深责自己当时的懦弱，而且悲不自禁。

而人生的不得已，难道只用"不是我"三个字便可以排遣一切负人之事吗？

亲爱的哑巴"吹兵"，这一生，我没有忘记过你，你还记得炊和吹的不同，正如我对你一样，是不是？我的本名叫陈平，那件小学制服上老挂着的名字。而今你在哪里？请求给我一封信，好叫我买一大包牛肉干和一个金戒指送给你可不可以？

匪兵甲和匪兵乙

始终没有在排演的时候交谈过一句话——他是一个男生。
却就是那么爱上了他的，那个匪兵甲的人……

那一年的秋天，我大约是十一岁或者十岁。是台北市中正国民小学的一个学生。

每一个学期的开始，学校必然要举行一场校际的同乐会，由全校各班级同学演出歌舞、话剧和说双簧等等的节目。

记得那一次的同乐会演出两出话剧，毕业班的学长们排练的是《吴凤传》。我的姊姊被老师选出来女扮男装，是主角吴凤。

姊姊一向是学校中的风头人物，功课好，人缘好，模样好，而且从小学一年级开始，始终在当班长。她又有一个好听的绰号，叫做"白雪公主"。

看见姊姊理所当然地扮演吴凤这样重要的人物，我的心里真有说不出的羡慕，因为很喜欢演戏，而自己的老师却是绝对不会想到要我也去演出的。

说没有上过台也是不对的，有一年，也算演过歌舞剧，老师命我做一棵树。竖着比人还要大的三夹板，上面画的当然是那棵树。笔直地站在树的后面直到落幕。

除了《吴凤传》之外，好似另外一出话剧叫做《牛伯伯打游击》。这两场话剧每天中午都在学校的大礼堂彩排。我吃完了便当，就跑去看姊姊如何舍身取义。她演得不大逼真，被杀的时候总是跌倒得太小心，很娘娘腔地叫了一声"啊——"。

吴凤被杀之后，接着就看牛伯伯如何打游击，当然，彩排的时候剧情是不连贯的。

看了几天，那场指导打游击的老师突然觉得戏中的牛伯伯打土匪打得太容易了，剧本没有高潮和激战。于是他临时改编了剧本，用手向台下看热闹的我一指，说："你，吴凤的妹妹，你上来，来演匪兵乙，上——来——呀！"

我被吓了一大跳，发觉变成了匪兵。这个，比演一棵树更令人难堪。

以后的中午时间，我的工作便是蹲在一条长板凳上，一大片黑色的布幔将人与前台隔开。当牛伯伯东张西望地经过布幔而来时，我就要唬一下蹦出来，大喊一声："站住！哪里去？"

有匪兵乙，当然，也有一个匪兵甲。甲乙两个一同躲着，一起跳出去，一齐大喊同样的话，也各自拿着一支扫把柄假装是长枪。

回忆起来，那个匪兵甲的容貌已经不再清晰了，只记得他顶着一个凸凸凹凹的大光头，显然是仔仔细细被剃头刀刮得发亮的头颅。布幔后面的他，总也有一圈淡青色的微光在顶上时隐时现。

在当时的小学校里，男生和女生是禁止说话也不可能一同上课的，如果男生对女生友爱一些，或者笑一笑，第二天沿途上学去的路上，准定会被人在墙上涂着"某年某班某某人爱女生不要脸"之类的鬼话。

老师在那个时代里，居然将我和一个男生一同放在布幔后面，一同蹲在长板凳上，是不可思议的事情。

始终没有在排演的时候交谈过一句话——他是一个男生。天天一起蹲着，那种神秘而又朦胧的喜悦却渐渐充满了我的心。总是默数到第十七个数字，布幔外牛伯伯的步子正好踩到跟前，于是便一起拉开大黑布叫喊着厮杀去了。

就是那么爱上了他的，那个匪兵甲的人。

同乐会过去了，学校的一切照常进行了。我的考试不及格，老师喝问为什么退步，也讲不上来。于是老师打人，打完后我撩起裙角，弯下腰偷偷擦掉了一点点眼泪。竹鞭子打腿也不怎么痛的，只是很想因此伤心。

那个匪兵甲，只有在朝会的时候可能张望一下。要在队伍里找他倒也不难，他的头比别人的光，也比较大。

我的伤心和考试、和挨打，一点关系也没有。

演完了那出戏，隔壁班级的男生成群结队地欺负人，下课时间总是跑到我们女生班的门口来叫嚣，说匪兵乙爱上了牛伯伯。

被误解是很难过的，更令人难以自处的是上学经过的墙上被人涂上了鬼话，说牛伯伯和匪兵乙正在恋爱。

有一天，下课后走田埂小路回去，迎面来了一大群男生死敌，双方在狭狭的泥巴道上对住了，那边有人开始嘻皮笑脸地喊，慢吞吞地："不要脸，女生——爱——男——生——"

我冲上去要跟站第一的男生相打，大堆的脸交错着扑上来，错乱中，一双几乎是在受着极大苦痛而又惊惶的眼神传递过来那么快速的一瞬，我的心，因而尖锐甜蜜地痛了起来。突然收住了步子，拾起掉到水田里的书包，低下头默默侧身而过，背着不要脸呀不要脸的喊声开始小跑起来。

他还是了解我的，那个甲，我们不只一次在彩排的时候心里静悄悄地数着一二三四……然后很有默契地大喊着跳出去。他是懂得我的。

日子一样地过下去，朝会的时刻，总忍不住轻轻回头，眼光扫一下男生群，表情漠漠然的，那淡淡的一掠，总也被另外一双漠漠然的眼白接住，而"国旗"就在歌声里冉冉上升了。总固执地相信，那双眼神里的冷淡，是另有信息的。

中午不再去排戏了，吃完了饭，就坐在教室的窗口看同学。也是那一次，看见匪兵甲和牛伯伯在操场上打架，匪兵被压在泥巴地上，牛伯伯骑在他身上，一直打一直打。那是雨后初晴的春日，地上许多小水塘，看见牛伯伯顺手挖了一大块湿泥巴，啪一下糊到匪兵甲的鼻子和嘴巴上去，被压在下面的人四肢无力地划动着。那一霎，我几乎窒息死去，指甲掐在窗框上快把木头插出洞来了，而眼睛不能移位。后来，我跑去厕所里吐了。

经过了那一次，我更肯定了自己的那份爱情。

也是那长长的高小生活里，每天夜晚，苦苦地哀求在黑暗中垂听祷告的神，苦求有一日长大了，要做那个人的妻子。哀哀地求，坚定地求，说是绝对不反悔的。

当我们站在同样的操场上唱出了毕业的骊歌来时，许多女生稀里哗啦地又唱又流泪，而女老师们的眼眶也是淡红色的。司仪一句一字地喊，我们一次一次向校长、主任、老师弯下了腰，然后听见一句话："毕业典礼结束。礼——成。散——会。"

没有按照两年来的习惯回一下头，跟着同学往教室里冲。理抽屉，丢书本，打扫，排桌子，看了一眼周遭的一切，这，就结束了。

回家的路上，尽可能地跑，没命地狂跑，甩掉想要同行的女生，一口气奔到每天要走的田埂上去，喘着气拼命地张望——那儿，除了阳光下一闪一闪的水波之外，没有什么人在等我。

进初中的那年，穿上了绿色的制服，坐公共汽车进城上下学，"总统府"的号兵和"国旗"一样升起。刻骨的思念，即使再回头，也看不见什么了。

也是在夜间要祈祷了才能安心睡觉的，那个哀求，仍是一色一样。有一次反反复复地请愿，说着说着，竟然忘了词，心里突然浮上了一种跟自己那么遥远的无能为力和悲哀。

"当年，你真爱过牛伯伯吧？"

我笑了起来，说没有，真的没有。

许多许多年过去了，两次小学同学会，来的同学都带了家眷。人不多，只占了一个大圆桌吃饭。说起往事，一些淡淡的喜悦和亲，毕竟这都已成往事了。

饭后一个男生拿出了我们那届的毕业纪念册来——学校印的那一本。同学们尖叫起来，抢着要看看当年彼此的呆瓜模样。那一群群自以为是的小面孔，大半庄严地板着，好似跟摄影师有仇似的。

"小时候，你的眉头总是皱着。受不了嗷！"一个男生说。

"原来你也有偷看我呀？！"顺手啪一下打了他的头。

轮到我一个人捧着那本纪念册的时候，顺着已经泛黄了的薄纸找名单——六年甲班的。找到了一个人名，翻到下一页，对着一排排的光头移手指，他，匪兵甲，就在眼前出现了。

连忙将眼光错开，还是吃了一惊，好似平白被人用锤头敲了一下的莫名其妙。

"我要回去了，你们是散还是不散呀？"

散了，大家喊喊叫叫地散了。坐车回家，付钱时手里握的是一把仔细数好的零钱。下车了，计程车司机喊住了我，慢吞吞地说："小姐，你弄错了吧！少了五块钱。"没有跟他对数，道了歉，马上补了。司机先生开车走的时候笑着说："如果真弄错倒也算了，可是被骗的感觉可不大舒服。"

那天晚上，我躺在黑暗中，只能说一句话："嗳，老天爷，谢谢你。"

约会

一直到了初中二年级有了"生理卫生"课之前，我都不知道小孩子是从哪里来的。

其实这个问题从小就问过母亲，她总是笑着说："是垃圾箱里捡出来的呀！"我从来也知道这是母亲的闪烁之词。如果天下的垃圾都会幻化为小孩子，那些拾荒的人还敢去乱翻个不停吗？我们是垃圾变的？真是不可思议。

到了小学五年级的时候，除了堂兄、弟弟和父亲之外，对于异性，只有遥遥相望，是不可能有机会去说一句话的。我们女生班的导师一向也是女的，除了一个新来的美术老师。他给我的印象深，也和性别有关。第一天上课时，男老师来，自我介绍姓名之后，又用台湾腔说："我今年二十四岁，还是一枝草。"那句话说了还嫌不够，又在黑板上顺手画了一枝芦草。我们做孩子的立即哄笑起来。起码很明白地听出了他尚未成家的意思——很可怜自己的那份孤零就在这句话里显了出来。

"那我是一朵花呀！"我跟邻位的小朋友悄悄地说。老师第一天来就凶了人，因为上课讲话。他问我："讲什么，说？！"我站起来说我是一朵花。全班又笑得翻天覆地，老师也笑个不停，就没有罚。

那时候我们在学校也是分派的，情感好的同学，因为好到不知要怎么办才能表明心迹，于是就去结拜姊妹。当然，不懂插香发誓等等，可是在校园一棵树下，大家勾手指，勾了七下，又报生辰，结了七个金兰。大姐的名字我仍然记得，就是当今政治大学总教官的太太，叫王美娟。我排最小，老七。

义结姊妹以后，心情上便更亲爱了，上学走路要绕弯，一家一家门口去喊那人的名字，叫到她蹦出来为止。中午吃便当就不会把饭盒半掩半开地不给旁人看是什么菜了，大家打开饭盒交换各家妈妈的爱。吃饭也只得十五二十分钟，因为课业重。可是讲闲话必是快速地抢着讲，那段时光最是一生中最大的快乐。

那时候，我们其中有一位发育得比较早的同学，在生理上起了变化，她的母亲特别到学校来，跟女导师讲悄悄话，她坐在位置上羞羞地哭。等到下课的时候，大家都围上去，问她到底是怎么回事，她死不肯讲，只是又哭。老师看见我们那个样子，就说："好啦！这种小事情将来每个同学都要经历的，安静回座位去念书呀！不要再问了。"

吃中饭时，我们就谈起来了。"她妈妈讲流血啊什么鬼的，我坐第一排，听到啦。"我说。"流血什么意思？""就是完蛋了！""怎么完？""就是从此要当心了，一跟男生拉手，就死了。""怎么会死？""不是真死啦！傻瓜，是会生出一个小孩子来。""小孩子是这样来的呀！"我们听得变色。

"没有那么简单，真笨！还要加亲吻的，不亲只拉手小孩子哪里会出来？"其中一个杨曼云就讲了，"一亲一吻，血跟男人就会混了，一混，小孩就跑出来了。"

我们七个姊妹吓得很厉害，庆幸自己的血暂时还不会跟什么人能混，发誓要净身自爱，别说接吻了，连手也不要去跟人碰一下才能安全。从那次以后，在学校看见我那同住一个大家庭的小堂哥陈存，都不跟他讲话。

虽然对于生小孩子这件事情大家都有极大的恐惧，可是心里面对那些邻班的男生实在并没有恶感。讲起男生来当然是要骂的，而且骂得很起劲，那只是虚张声势而已。

其实，我们女生的心里都有在爱一个男生。

这种心事，谁都不肯明讲。可是男生班就在隔壁，那些心中爱慕的对象每天出出进进，早也将他们看在眼里、放在心底好一阵子了。

多看了人，那些男生也是有感应的，不会不知道，只是平时装成趾高气扬，不太肯回看女生。朝会大操场上集合时，还不是轻描淡写地在偷看。这个，我们女生十分了然。

有一天我们结拜姊妹里一个好家伙居然跟邻班的男生讲了三两句话。等我们悄悄聚在一起时，才说，男生也有七个，约好以后的某一天，双方都到学校附近的一个小池塘边去。这叫做约会，男女的。我们也懂得很。

问我们敢不敢去，大家都说敢。可是如何能够约时间和哪一天，实在不能再去问，因为众目睽睽，太危险了。

没想到第二日，就有要跟我们约会的那群男生，结队用下课的时间在我们教室的走廊上骂架，指名骂我们这七个姊妹。不但骂，而且拿粉笔来丢我们，最后干脆丢进一个小布袋的断粉笔来。我们冲出去回骂，顺手捡起了那个白粉扑扑的口袋。围得密密的人墙——七个，打开袋子，里面果然藏着一张小纸片，写着——

就在今天，池塘相会。

事情真的来了，我第一个便心慌。很害怕，觉得今生开始要欺骗妈妈了，实在不想去做。我是六岁便进了小学的，年纪又比同学要小一些。男女之事，大人老讲是坏事，如何在六年级就去动心了？妈妈知道要很伤心的。倒没有想到老师和学校，因为我心中最爱的是妈妈。

要面子，不敢临阵脱逃，下了课，这七个人背了书包就狂跑，一直跑一直跑，跑到那长满了遍地含羞草的池塘边去。也许女生去得太快了，池塘边男生的影子也没一个。当时，在台北市，含羞草很多的。我最喜欢去逗弄它们，一碰就羞得立即合上了叶子。等它合了好久好久，以为可以不羞了，我又去一触，刚刚打开的那片绿色，哗一下又闭起来了。

就蹲在池边跟草玩，眼睛不时抬起来向远处看，眼看夕阳西下，而夜间的补习都要开始了，男生们根本没有出现。离开池塘时，我们七个都没有讲太多话，觉得自尊心受了伤害，难堪极了。

也不敢去问人家为何失约，也不再装腔作势地去骂人了，只是伤心。那时候快毕业了，课业一日加重一日，我们的心情也被书本和老师压得快死了，也就不再想爱情的事情，专心念起书来。

总也感染到了离愁，班上有小朋友开始买了五颜六色的纪念册，在班上传来传去。或留几句话，或贴一张小照片，写上一些伤感与鼓励的话语，也算枯燥生活中心灵上一些小小的涟漪。

男生班里有一个好将——不是我中意的那个，居然将他一本浅蓝色的纪念册偷运进了我们七姊妹的书包里。我们想，生离死别就在眼前，总得留些话给别人，才叫义气，这个风险一定要冒一下的。于是，在家中大人都睡下的时候，我翻出了那本纪念册，想了一下就写——"沈飞同学：好男儿壮志凌云。陈平上。"写完我去睡觉了。纪念册小心藏进书包里，明日上学要传给另外的女生去写。

第二天早晨，妈妈脸色如常，我匆匆去学校了。

等到深夜放学回家，才见父母神色凝重地在客厅坐着。妈妈柔声可是很认真地问："妹妹，昨天，你写的那本纪念册是给男生的，别以为我们不知道。好男儿壮志凌云，是什么意思？"我羞耻得立即流下了眼泪，细声说："我想，他长大了要去当空军。""他当空军？你怎么会知道？交谈过了吗？"我拼命地摇头，哪里晓得他要做什么，只因为他名字上就一个"飞"字，我才请他去凌云的。

父母没有骂也没有打，可是我知道跟男生接触是他们不高兴的事。仍然拼命流泪。后来，父母说以后再也不许心里想这种事情，要好好用功等等，就放我上床去了。

眼看毕业典礼都快来了，男生那一群也想赴死一战，又传了话来，说，填好"初中联考志愿单"的第二天是个星期日，学校只那一次不必补习，要约我们七个去台北市延平北路的"第一剧场"看一次电影。

我虽然已经被父母警告过了，可是还是不甘心，加上那时候铅笔盒底下一直放着拾块钱——足够用了。就想，反正又不跟男生去靠，更不拉手，看场电影了此心愿，回家即使被发现了受罚，也只有受下来算了。

那时候，坐公共汽车好像是三毛钱一张票，电影要六块。我们七个人都有那些钱。也不知，女生看电影，在当时的社会是可以由男生付账的。

很紧张地去了，去了六个，王美娟好像没有参加，反正是六个人。也没有出过远门，坐公车不比走路上学，好紧张的。我们没有花衣服，一律穿制服——白衣黑裙。

延平北路那家"荣安银楼"老店旁的电线杆下，就聚着那群男生。我们怯怯地还没有走到他们面前，他们看见我们来了，马上朝"第一剧场"的方向走去。男生走，我们在好远的后面跟。等到窗口买票时，男生不好意思向售票小姐讲：后面来的女生最好给划同一排的票。他们买了票，看了我们几眼，就进去了。我们也买了票，进去坐下，才发现男生一排坐在单号左边，我们一排在双号右边好几排之后。

那场电影也不知道在演些什么。起码心里一直乱跳，不知散场以后，我们和男生之间的情节会有什么发展。

散场了，身上还有三块多钱。这回是女生走在前面，去圆环吃一碗仙草冰，男生没有吃，站得远远的，也在一根电线杆下等。后来，公车来了，同学都住一区的，坐同样的车回家，也是前后车厢分坐，没有讲话。

下车，我们又互看了一次，眼光交错地在一群人里找自己的对象。那一场拼了命去赴的约会，就在男生和男生喊再见，女生跟女生挥手的黄昏里，这样过去了。

一生的爱

那时候，或说一直到现在，我仍是那种拿起笔来一张桌子只会画出三只脚，另外一只无论如何不知要将它搁在哪里才好的人。如果画人物或鸟兽，也最好是画侧面的，而且命令他们一律面向左看。向右看就不会画了。

小学的时候，美术老师总是拿方形、圆锥形的石膏放在讲台上，叫我们画。一定要画得"像"，才能拿高分。我是画不像的那种学生，很自卑，也被认为没有艺术的天分。而艺术却是我内心极为渴慕的一种信仰，无论戏剧、音乐或舞蹈，其实都是爱的。

就因为美术课画什么就不像什么，使我的成绩，在这一门课上跟数学差不多。美术老师又凶又严肃，总是罚画得不好的同学给他去打扫房间。那一年，我是一个小学五年级的孩子，放学了，就算不做值日的那一排要整理教室，也是常常低着头，吃力地提着半桶水——给老师洗地去啦！因为画不像东西。

美术课是一种痛苦，就如"鸡兔同笼"那种算术题目一样。我老是在心里恨，恨为什么偏要把鸡和兔子放在一个笼子里叫人算它们的脚。如果分开来关，不是没有这种演算的麻烦了吗？而美术，又为什么偏要逼人画得一模一样才会不受罚？如果老师要求的就是这样，又为什么不用照相机去拍下来呢？当然，这只是我心里的怨恨，对于什么才是美，那位老师没有讲过，他只讲"术"。不能达到技术标准的小孩，就被讥笑为不懂美和术。我的小学美术老师是个不学无术的家伙，这，是现在才敢说给他的认识。

本来，我的想象力是十分丰富的，在美术课上次次被扼杀，才转向作文上去发展了——用文字和故事，写出一张一张画面来。这一项，在班上是拿手的，总也上壁报。

说起一生对于美术的爱，其实仍然萌芽在小学。

那时候，每到九月中旬，便会有南部的军队北上来台北，等待十月十日必然的阅兵典礼。军人太多，一时没有地方住，便借用了小学的部分教室作为临时的居所。兵来，我们做小孩的最欢迎，因为平淡的生活里，突然有了不同的颜色加入，学校生活变得活泼而有生趣。下课时，老兵们会逗小孩了，讲枪林弹雨、血肉横飞又加鬼魅的故事给我们听。也偶尔会看见兵们在操场大树上绑一条哀鸣的土狗，用刺刀剥开狗的胸腔，拿手伸进去掏出内脏来的时候，那只狗还在狂叫。这惊心动魄的场面，我们做小孩的，又怕又爱看，而日子便很多彩又复杂起来了。

每一年，学校驻兵的时候，那种气氛便如过年一样，十分激荡孩子的心。

在学校，我的体育也是好的，尤其是单杠，那时候，每天清晨便往学校跑，去抢有限的几根单杠。本事大到可以用双脚倒吊着大幅度地晃。蝙蝠睡觉似的倒挂到流出鼻血才很高兴地翻下来，然后用脚擦擦沙土地，将血迹涂掉，很有成就感的一种出血。

兵驻在学校的时候，我也去练单杠。

那天也是流鼻血了，安静的校园里，兵们在蹲着吃稀饭馒头。我擦鼻血，被一个偶尔经过的少校看见了，认识那一颗梅花的意义。那个军官见我脸上仍有残血，正用袖子在擦，就说："小妹妹，你不要再倒挂了，跟我去房间，用毛巾擦一下脸吧！"我跟他去了，一蹦一跳地，跟进了他独立的小房间；大礼堂后面的一个房内。那时，驻的兵是睡教室里的，有些低年级的同学让出了教室，就分上下午班来校，不念全天了。官，是独占一小间的。

军官给我洗脸，我站着不动。也就在那一霎间，看见他的三夹板墙上，挂了一幅好比报纸那么大的素描画。画有光影，是一个如同天使般焕发着一种说不出有多么美的一张女孩子的脸——一个小女孩的脸。

我盯住那张画，吃了一惊，内心就如初见杀狗时所生出的那种激荡，澎湃出一片汪洋大海。杀活狗和一张静态画是如此不同的一回事，可是没有别样的形容可以取代了。

那是一场惊吓，比狗的哀鸣还要吓。是一声轻微低沉的西藏长号角由远处云端中飘过来，飘进了孩子的心。那一霎间，透过一张画，看见了什么叫做美的真谛。

完全忘记了在哪里，只是盯住那张画看，看了又看，看了又看，看到那张脸成了自己的脸。

那个军官见我双眼发直，人都僵了，以为是他本人吓住了我，很有些着急要受拖累，便说："小妹妹，你的教室在哪里？快去上课吧！快出去啰！"我也是个敏感的孩子，听见他暗示我最好走开，便鞠了一个躬快步走了。

自从那日以后，每堂上课都巴望着下课的摇铃声，铃声一响，我便快速地冲出教室往操场对面的礼堂奔跑，礼堂后面的小间自然不敢进去，可是窗口是开的。隔着窗户，我痴望着那张画，望到心里生出了一种缠绵和情爱——对那张微微笑着的童颜。

也拉同学去偷看，大家都觉得好看，在窗外吱吱喳喳地挤着。看到后来，没有人再关心那幅画，只有我，一日跑上七八次地去与那位神秘的人脸约会。

也是一个下课的黄昏，又去了窗口。斜阳低低地照着已经幽暗的房间，光线濛濛地贴在那幅人脸上，孩子同样微笑着。光影不同，她的笑，和白天也不同。我恋着她，带着一种安静的心情，自自然然滴下了眼泪。

一次是看《红楼梦》，看到宝玉出家，雪地中遇见泊舟客地的父亲，大拜而别，那一次，落过泪。同一年，为了一个画中的小女孩，又落一次泪。那年，我十一岁半。

美术老师没有告诉我什么是美，因为他不会教孩子。只会凶孩子的人，本身不美，怪不得他。而一次军队的扎营，却开展了我许多生命的层面和见识，那本是教育的工作，却由一群军人无意中传授了给我。

十月十日过去了，军队要开回南部，也表示那张人脸从此是看不到了，军官会卷起她，带着回营。而我没有一丝想向他讨画的渴求，那幅最初对美的认知，已经深入我的心灵，谁也拿不去了。

十二岁多一点，我已是一个初中学生了，仍上美术课，画的是静物，蜡做的水果。对于蜡做的东西，本身便欠缺一份真正水果的那份水分饱透而出的光泽和生命，是假的色和不自然的光，于是心里又对它产生了抗拒。也曾努力告诉自己——把水果想成是真的，看了想上去咬一大口的那种红苹果；用念力将蜡化掉，画出心中的水果来。可惜眼高手低，终是不成，而对于作为艺术家的美梦，再一次幻灭。这份挫败感，便又转为文字，写出"秋天的落叶如同舞倦了的蝴蝶"这样的句子，在作文簿上，得了个满堂红彩加上老师评语——"有写作潜能，当好自为之"的鼓励来。

实在热爱的仍是画，只因不能表达内心的感受于万一，才被逼去写作文的。这件事，爱画的心事，使得我虽然没有再热心去上美术课，却注意起画册来了。

我的二堂哥懋良，当时是与我父母同住的，因为大伯父与大伯母去了一阵香港。堂哥念师大附中时我尚在小学，只记得他在高中时，爱上了音乐，坚持不肯再上普通学校，并且当着我父亲——他叔叔的面前，将学生证撕掉，以示决心。大人当然拿他没有办法，只有忧心忡忡地顺着他，他去了作曲老师萧而化那边，做了私人的学生。

我看的第一本画册，一巨册的西班牙大画家毕卡索的平生杰作，就是那个一天到晚弹琴不上学的二哥给我看的东西。

二哥和我，都是家中的老二，他是大房的，我是二房的。我们两匹黑羊，成了好朋友。看见毕卡索的画，惊为天人。嗳！就是这样的，就是我想看的一种生命，在他的桃红时期、蓝调时期、立体画、变调画，甚而后期的陶艺里看出了一个又一个我心深处的生命之力和美。

过不久，我也休学了，步上二哥的后尘。休学后被带去看医生，医生测验我的智商，发现只得六十分，是接近低能儿童的那种。

我十三岁了，不知将来要做什么，心里忧闷而不能快乐。二哥说，他要成为一个作曲家——今天在维也纳的他，是一位作曲家。而我，也想有一个愿望，我对自己说：将来长大了，去做毕卡索的另外一个女人。急着怕他不能等，急着怕自己长不快。他在法国的那幢古堡被我由图片中看也看烂了，却不知怎么写信去告诉毕卡索，在遥远的地方，有一个女孩子急着要长到十八岁，请他留住，不要快死，直到我去献身给他。

这一生，由画册移情到画家身上，只有专情地对待过毕卡索。他本人造型也美，而且爱女人，这又令我欣赏。艺术家眼中的美女，是真美女。毕卡索画下的女人，个个深刻，是他看穿了她们的骨肉，才有的那种表达。那时候，我觉得自己也美，只有艺术家才懂的一种美。

可是人太小了。快长大的愿望不能由念力中使身材丰满，而我的心灵一直急着吸取一切能够使我更成熟的东西。回想起来，那些人为的间接人生体验，终因实际生活的直接经验太少，而无法自然结合，那是勉强不来的。急着长大，使我失落了今生无法再拾回的少女时代，虽说那是十分可惜的事，倒也没有真的后悔过。

没有等到见到他，毕卡索死了。报上刊出一代巨星消失在今世的消息时，我的床畔早已有了另外许多许多画册，而且自己也开始在画画了。毕卡索的死，对我来说，也是一种教化，使我认知了艺术不死的真理，并没有为他的离世流下一滴眼泪。而我，由那时候开始，便没有想嫁艺术家了，一直再没有了这个念头。

许多年过去了，西柏林展出了毕卡索"性爱素描"的全部作品。我一趟一趟地去展览会场流连，方知性爱的极美可以达到画中的那个深度。那不只是《查泰莱夫人的情人》这本书教给我唯一的感动，那又是毕卡索的另一次教化。今生再见一次惊心动魄，如同小学时操场上那个睁大了眼睛的孩子。

过了又几年，西班牙巴塞隆纳城成立了"毕卡索美术馆"，我又去了那儿，在一幅又一幅名画真迹面前徘徊不舍。

回想一生对于美术的挚爱，心中浮上的却是国民学校小房间中那个女童的脸。我知毕卡索的灵魂正在美术馆中省视着我，而我，站在那一张张巨著之前，感激的却是那个动了怜悯之心带我去擦血的军官。如果不是当年他墙上的一幅画，如何能够进入更深的殿堂之门？我猜想，毕卡索如果知道这一故事，也是会动心的。那个军官和小女孩的故事。

紫 衣

那封信是我从邮差先生那儿用双手接过来的。

我们家没有信箱，一向从竹子编的篱笆洞里传递着信件。每当邮件来的日子，就会听见喊："有信呀！"于是总有人会跑出去接的。

那是多年前的往事了。当年，我的母亲才是一个三十五六岁的妇人。她来台湾的时候不过二十九岁。

怎么记得是我拿的信也很清楚：那天光复节，因为学校要小学生去游行，所以没有叫去补习。上午在街上喊口号、唱歌，出了一身汗便给回家了。至于光复节邮差先生为何仍得送信这回事，就不明白了。

总之，信交给母亲的时候，感觉到纸上写的必是一件不同凡响的大事。母亲看完了信很久很久之后，都望着窗外发呆。她脸上的那种神情十分遥远，好像不是平日那个洗衣、煮饭的妈妈了。

在我念小学的时候，居住的是一所日本房子，小小的平房中住了十几口人。那时大伯父母还有四位堂兄加上我们二房的六个人都住在一起。记忆中的母亲是一个永远只可能在厨房才会找到的女人。小时候，我的母亲相当沉默，不是现在这样子的。她也很少笑。

到了晚上要休息的时候，我们小孩子照例打地铺睡在榻榻米上，听见母亲跟父亲说："要开同学会，再过十天要出去一个下午。两个大的一起带去，宝宝和毛毛留在家，这一次我一定要参加。"父亲没有说什么，母亲又说："只去四五个钟头，毛毛找不到我会哭的，你带他好不好？"

毛毛是我的小弟，那时候他才两岁多。

于是才突然发现原来妈妈也有同学，那么她必然是上过学的啰！后来就问母亲，问念过什么书。说高中毕业就结了婚。看了《红楼梦》《水浒传》《七侠五义》《傲慢与偏见》《咆哮山庄》……在学校母亲打篮球校队，打的是后卫。

听见母亲说这些话，看过我也正开始在看的书，禁不住深深地看了她一眼，觉得这些事情从她口里讲出来那么不真实。生活中的母亲跟小说和篮球一点关系也没有，她是大家庭里一个不太能说话的无用女子而已。在那个家里，大伯母比母亲权威多了。我真怕的人是大伯母。

母亲收到同学会举办的郊游活动通知单之后，好似快活了一些，平日话也多了，还翻出珍藏的有限几张照片给我们小孩子看，指着一群穿着短襟白上衣、黑褶裙子的中古女人装扮的同学群，说里面的一个就是十八岁时的她。

其中一张小照，三个女子坐在高高的水塔上，母亲的裙子被风卷起了一角，头发也往同一个方向飘扬着。看着那张泛黄的照片，又看见地上爬着在啃小鞋子的弟弟，我的心里升起一阵混乱和不明白，就跑掉了。

从母亲要去碧潭参加同学会开始，那许多个夜晚补习回家，总看见她弯腰趴在榻榻米上不时哄着小弟，又用报纸比着我们的制服剪剪裁裁。有时叫姐姐和我到面前去站好，将那报纸比在身上看来看去。我问她，到底在做什么？母亲微笑着说——给你和姐姐裁新衣服呀！那好多天，母亲总是工作到很晚。

对于新衣服这件事情，实在是兴奋的。小学以来，每天穿的就是制服，另外一件灰蓝条子的毛线背心是姐姐穿不了轮到我穿，我穿不了又轮大弟穿的东西，它在家里是那么地永恒不灭。直到后来长大了才知道向母亲讨，想留下背心做纪念。而当时，是深恶它的。

从来没有穿过新衣服，眼睁睁地巴望母亲不再裁报纸，拿真的布料出来给人看。当我，有一天深夜放学回来，发觉母亲居然在缝一件白色的衣裳时，我冲上去，拉住布料叫了起来："怎么是白的？！怎么是一块白布？！"丢下书包瞪了不说话的人一眼，就哭了。灯下的母亲，做错了事情般地仍然低着头——她明明知道我要的是粉蓝色。

第二天放学回来，发觉白色的连衣裙已经缝好了，只是裙子上多了一圈紫色的荷叶边。

"这种配法是死——人——色！"我说。"妹妹，妈妈没有其他的布，真的！请你不要伤心，以后等妈妈有钱了，一定给你别的颜色衣服……"母亲一面说一面拿起新衣要给我套上试试看，我将手去一挡，沉着脸说："不要来烦！还有算术要做呢！"母亲僵立了好一会儿，才把衣服慢慢地搁在椅背上。

姐姐是温驯又孝顺的，她穿上与我一模一样的新衣，不断地拿一面小镜子照自己。我偷看那件衣服，实在也是不太难看，心里虽然比较泰然，可是不肯去试它。

姐姐告诉我，母亲的同学嫁的都是有钱人，那天去开同学会，我们小孩子会有冰淇淋吃。在那以前，吃过冰棒、仙草冰、爱玉冰，可是没有吃过真的冰淇淋。姐姐说，在大陆我们家每年夏日都吃那东西的。我总不能有记忆。

母亲的同学会定在一个星期天的午后，说有一个同学的先生在公家机关做主管，借了一辆军用大车，我们先到爱国西路一个人家去集合，然后再乘那辆大汽车一同去碧潭。

那时候，我乘过十二路公共汽车，还有三轮车。上学是用走路的。每年一度的旅行也是全年级走路，叫做——远足，是不坐车的。

星期天我照例要去学校，姐姐在二女中，她可以放假。母亲说，那日仍然要去补习，到了下午两点整，她会带了姐姐和新衣服来学校，向老师请假，等我换下制服，就可以去了。

为了那次的出门，母亲低着眼光跟大伯母讲过一两次，大伯母一次也没有答理。这些事情，我都给暗暗看到眼里去。这一回，母亲相当坚持。

等待是快乐又缓慢的，起码母亲感觉那样。那一阵，她常讲中学时代的生活给我们听，又数出好多个同学的姓名来。说结婚以后就去了重庆，抗战胜利又来到了台湾，这些好同学已经失散十多年了。说时窗外的紫薇花微微晃动，我们四个小孩都在属于二房的一个房间里玩耍，而母亲的眼神越出了我们，盯住那棵花树又非常遥远起来。

同学会那个清晨，我很早就起来了，趁着大人在弄稀饭，一下就把自己套进了那件并不太中意的新衣服里面去。当母亲发觉我打算不上学校，就上来剥衣服。我仍是被逼换上制服背着书包走了。姐姐陪我一路走到校门口，讲好不失信，下午两点钟会来接，一定会来接的。我不放心地看了姐姐一眼，她一直对我微笑又点头。

中午吃便当的时候天色开始阴沉，接着飘起了小雨。等到两点钟，等到上课钟又响过好一会儿，才见母亲拿着一把黑伞匆匆忙忙由教务处那个方向的长廊上半跑地过来。姐姐穿着新衣服一跳一蹦地在前在后跟。

很快被带离了教室，带到学校的传达室里去换衣服。制服和书包被三轮车夫，叫做老周的接了过去，放在坐垫下面一个凹进去的地方。母亲替我梳梳头发，很快地在短发上扎了一圈淡紫色的丝带，又拿出平日不穿的白皮鞋和一双新袜子弯腰给我换上。

母亲穿着一件旗袍，暗紫色的，鞋是白高跟鞋——前面开着一个露趾的小洞。一丝陌生的香味，由她身上传来，我猜那是居家时绝对不可以去碰的深蓝色小瓶子——说是"夜巴黎"香水的那种东西使她有味道起来的。看得出，母亲今天很不同。

老周不是我们私人家的，他是在家巷子口排班等客人的三轮车夫，是很熟的人。我和姐姐在微雨中被领上了车，位置狭窄，我挤在中间一个三角地带。雨篷拉上了，母亲怕我的膝盖会湿，一直用手轻轻顶着那块黑漆漆的油布。我们的心情并不因为天雨而低落。

由舒兰街到爱国西路是一段长路。母亲和姐姐的身上还放着两个大锅，里面满盛着红烧肉和另一锅罗宋汤，是母亲特别做了带去给同学们吃的。前一天夜里，为了这两样菜，母亲偷偷地炖了很久都没进房睡觉。

雨，越下越大，老周浑身是水，弯着身体半蹲式地用力踩车，母亲不时将雨篷拉开，向老周说对不起，又急着一下看表，一下又看表。姐姐很专心地护汤，当她看见大锅内的汤浸到外面包扎的白布上来时，就要哭了一般，说妈妈唯一的好旗袍快要弄脏了。

等到我们看见一女中的屋顶时，母亲再看了一下表，很快地说："小妹，赶快祷告！时间已经过了。快跟妈妈一起祷告！叫车子不要准时开。快！耶稣基督、天上的父……"我们马上闭上了眼睛，不停地在心里喊天喊地，拼命地哀求，只望爱国西路快快出现在眼前。

好不容易那一排排樟树在倾盆大雨里出现了，母亲手里捏住一个地址，拉开雨篷跟老周叫来叫去。我的眼睛快，在那路的尽头，看见一辆圆圆胖胖的草绿色大军车，许多大人和小孩撑着伞在上车。"在那边——"我向老周喊过去。老周加速地在雨里冲，而那辆汽车，眼看没有人再上，眼看它喷出一阵黑烟，竟然缓缓地开动了。

"走啦！开走啦！"我喊着。母亲哗一下子将全部挡雨的油布都拉掉了，双眼直直地看住那辆车子——那辆慢慢往前开去的车。"老周——去追——"我用手去打老周的背，那个好车夫狂冲起来。

雨水，不讲一点情面地往我们身上倾倒下来，母亲的半身没有坐在车垫上，好似要跑似的往前倾，双手牢牢地还捧住那锅汤。那辆汽车又远了一点，这时候，突然听见母亲狂喊起来，在风雨里发疯也似的放声狂叫："——魏东玉——严明霞、胡慧杰呀——等等我——是进兰——缪进兰呀——等等呀——等等呀——"

雨那么重地罩住了天地，母亲的喊叫之外，老周和姐姐也加入了狂喊。他们一直叫、一直追，钉住前面那辆渐行渐远的车子不肯舍弃。我不会放声，紧紧拉住已经落到膝盖下面去的那块油布。雨里面，母亲不停的狂喊使我害怕得快要哭了出来。呀——妈妈疯了。

车子终于转一个弯，失去了踪迹。

台北市在当年的一个星期天，那样地模糊和空虚。

母亲废然倒身在三轮车靠背上。老周跨下车来，用大手拂了一下脸上的雨，将油布一个环一个环地替我们扣上。扣到车内已经一片昏暗，才问："陈太太，我们回去？"母亲嗳了一声，就没有再说任何话。车到中途，母亲打开皮包，拿出手绢替姐姐和我擦擦脸，她忘了自己脸上的雨水。

到了家，母亲立即去煤球炉上烧洗澡水，我们仍然穿着湿透的衣服。在等水滚的时候，干的制服又递了过来，母亲说："快换上了，免得着凉。"那时她也很快地换上了居家衣服，一把抱起小弟就去冲牛奶了。

我穿上旧制服，将湿衣丢到一个盆里去。突然发现，那圈荷叶边的深紫竟然已经开始褪色，沿着白布，在裙子边缘化成了一摊一摊朦胧的水渍。

那件衣服，以后就没有再穿过它。

许多年过去了，上星期吧，我跟母亲坐在黄昏里，问她记不记得那场同学会，她说没有印象。我想再跟她讲，跟她讲讲那第一件新衣，讲当年她那年轻的容颜，讲日本房子窗外的紫薇花、眼神、小弟，还有同学的名字。

母亲心不在焉地淡然，听着听着，突然说："天明和天白咳嗽太久了，不知好了没有——"她顺手拿起电话，按了小弟家的号码，听见对方来接，就说："小明，我是阿娘（注：祖母）。你还发不发烧？咳不咳？乖不乖？有没有去上学？阿娘知道你生病，好心疼好心疼……"

蝴蝶的颜色

回想起小学四年级以后的日子，便有如进入了一层一层安静的重雾，浓密的闷雾里，甚而没有港口传来的船笛声。那是几束黄灯偶尔挣破大气而带来的一种朦胧，照着鬼影般一团团重叠的小孩，孩子们留着后颈被剃青的西瓜皮发型，一群几近半盲的瞎子，伸着手在幽暗中摸索，摸一些并不知名的东西。

我们总是在五点半的黑暗中强忍着渴睡起床，冬日清晨的雨地上，一个一个背着大书包穿着黑色外套和裙子的身影微微地驼着背。随身两个便当一只水壶放在另一个大袋子里，一把也是黑色的小伞千难万难地挡着风雨，那双球鞋不可能有时间给它晾干，起早便塞进微湿的步子里走了。

我们清晨六点一刻开始坐进自己的位置里早读，深夜十一时离开学校，回家后喝一杯牛奶，再钉到家中的饭桌前演算一百题算术，做完之后如何躺下便不很明白了，明白的是，才一阖眼就该再起床去学校了。

这是面对初中联考前两年整的日子。

即使天气晴朗，也偶尔才给去操场升"国旗"，高年级的一切都为着学业，是不能透一口气的。早晨的教室里，老师在检讨昨夜补习时同学犯的错误。在班上,是以一百分作准则的,考八十六分的同学,得给竹教鞭抽十四下。打的时候,衣袖自动卷起来,老师说,这样鞭下去,皮肤的面积可以大一些。红红的横血印在手臂上成了日常生活的点缀。

也不老是被抽打的,这要视老师当日的心情和体力情况而定,有时她不想拿鞭子,便坐着,我们被喊到名字的人,跑步上去,由她用力捏眼皮,捏到大半人的眼睛要一直红肿到黄昏。当老师体力充沛的时候,会叫全班原位坐着,她慢慢地走下讲台来,很用力地将并坐两个同学的头拼命地撞,我们咬着牙被撞到眼前金星乱冒、耳际一片嗡嗡的巨响还不肯罢手。也有时候,老师生气,说不要见我们,烈日下刚刚吃完便当,要跑二十五圈才可以回来,如果有同学昏过去了,昏了的人可以抬到医疗室去躺一会儿才回来继续上课。

我们中午有半小时吃饭的时间,黄昏也有半小时吃另一个便当的时间,吃完了,可以去操场上玩十五分钟,如果是快速地吃。

白天,因为怕督学,上的是教育部编的课本,晚上,买的是老师出售的所谓参考书——也就是考试题。灯光十分暗淡,一题一题印在灰黄粗糙纸张上的小字,再倦也得当心,不要看错了任何一行。同学之间不懂得轻声笑谈,只有伏案的沙沙书写声有如蚕食桑叶般地充满着寂静的夜。

标准答案在参考书后面,做完了同学交换批改,做错了的没什么讲解,只说:明天早晨来了再算账,然后留下一大张算术回家去做。深夜十一点的路上,沉默的同学结伴而行,先到家的,彼此笑一笑,就进去了。

每天清晨,我总不想起床,被母亲喊醒的时候,发觉又得面对同样的另一天，心里想的就是但愿自己死去。

那时候，因为当年小学是不规定入学年龄的，我念到小学五年级时，才只有十岁半。

母亲总是在我含泪吃早饭的时候劝着："忍耐这几年，等你长大了才会是一个有用的人，妈妈会去学校送老师衣料，请她不要打你……"

那时候，我的眼泪总是滴到稀饭里去，不说一句话。我不明白，母亲为什么这么残忍，而她讲话的语气却很温柔而且也像要哭出来了似的。

有的时候，中午快速地吃完了便当，我便跑到学校角落边的一棵大树上去坐着，那棵树没有什么人注意它，有粗粗的枝桠可以踩着爬上去，坐在树荫里，可以远远地偷看老师的背影，看她慢慢地由办公室出来向教室走去。远看着老师，总比较安然。

老师常常穿着一种在小腿背后有一条线的那种丝袜，当她踩着高跟鞋一步一步移动时，美丽的线条便跟着在窄窄的旗袍下晃动，那时候，我也就跳下树枝，往教室跑去。

面对老师的时候，大半眼光不敢直视，可是明明显显地可以看到她鲜红的嘴唇还有胸前的一条金链子。在那种时候，老师，便代表了一种分界，也代表了一个孩子眼中所谓成长的外在实相——高跟鞋、窄裙、花衬衫、卷曲的头发、口红、项链……

每天面对着老师的口红和丝袜，总使我对于成长这件事情充满了巨大的渴想和悲伤，长大，在那种等于是囚禁苦役的童年里代表了以后不必再受打而且永远告别书本和学校的一种安全，长大是自由的象征，长大是一种光芒，一种极大的幸福和解脱，长大是一切的答案，长大是所有的诠释……而我，才只有这么小，在那么童稚无力的年纪里，能够对于未来窥见一丝曙光的，就只有在那个使我们永远处在惊恐状态下女老师的装扮里。

我的老师那时候二十六岁，而我一直期望，只要忍得下去，活到二十岁就很幸福了。

常常在上课的时候发呆，常常有声音，比老师更大的空空茫茫的声音在脑海中回响——二十岁——二十岁——二——十——岁——想得忘了在上课，想得没有立即反应老师的问题，一只黑板擦丢过来，重重打上了脸颊，当时的个子矮，坐第一排的，那一次，我掩面从教室里冲出去，脸上全是白白的粉笔灰，并不知道要奔到哪里去！我实在没有方向。

在校园的老地方，我靠住那棵大树，趴在凸出来的树根上哀哀地哭，想到那个两年前吊死的校工，我又一次想到死。风，沙沙地吹过，抚慰了那一颗实在没有一丝快乐的童心，我止了哭，跟自己说：要忍耐，妈妈会送衣料来给老师，就如其他带礼物来看老师的家长一样，一定要忍耐不可以吊死，如果可以忍到二十岁，那时候令人惊慌无比的老师和学校就一定有力量抵抗了。那时候，不会这么苦了，现在——现在才十一岁，而我的现在，实在过不下去了。于是，我又趴在地上，放声大哭起来。

那一次，是被老师拉回教室去的，她用一条毛巾给我擦脸，笑笑地，擦完了，我向她鞠了一个躬，说："老师，对不起。"

作文课里，没有照题目写，我说：

想到二十岁是那么地遥远，我猜我是活不到穿丝袜的年纪就要死了，那么漫长的等待，是一个没有尽头的隧道，四周没有东西可以摸触而只是灰色雾气形成的隧道，而我一直踩空，没有地方可以着力，我走不到那个二十岁……

老师将作文念出来，大声问："你为什么为了丝袜要长大？你没有别的远志吗？陈平，你的二十岁难道只要涂口红、打扮、穿漂亮衣服？各位同学，你们要不要学她？……"

后来，老师要人重写，我回家又急出了眼泪。晚上放学总有一百题算术，实在来不及再写作文。简短地写了，整整齐齐地写说：将来长大要做一个好教师是我的志愿。老师是不可能懂得的，懂得一支口红并不只是代表一支口红背后的那种意义。

每天晚上，当我进入睡眠之前，母亲照例提醒孩子们要祷告，而那时实在已是筋疲力尽了，我迷迷糊糊地躺下去，心里唯一企盼的是第二天学校失火或者老师摔断腿，那么就可以不再上学。第二天早晨，梦中祈求的一切并没有成真，我的心，对于神的不肯怜悯，总也觉得欲哭无泪的孤单和委屈。当年，我的信仰是相当现实的。

有一天，老师照例来上早课了，她忘了算前一日考错题的账，只是有气无力地坐着，挥挥手叫我们自修、背地理。老师一直在查看她的桌子。然后突然问："今天是谁最早到校？"大家说是陈平。她盯住我，问我进教室后做了什么，我说是被一只水牛一路追赶着没命跑进学校的，后来丢烧饼给牛吃，它还是追……"我不是问你这些，你动过了我的日记没有？有没有偷看？说！"我拼命摇头，涨红了脸，两手不知不觉放到背后去。那次没有被抽，而一个早晨的课却都上得提心吊胆，老师不时若有所思地望我一眼，她终于叫了我的名字，一叫名字，我就弹了起来。

"把这封信送到后面六年甲班的李老师那里去。"

我双手接了信，发觉信封并没有粘上，是一封淡蓝的信。"不要再偷看，快快走。"老师说了一句。

走到转弯的地方，我回了一下头，发觉老师在教室的窗口看我，加快了脚步，转了弯，老师看不见人影了，我快速地将信纸拉出来，看了一眼——既然一口咬定我偷看了，就偏偏偷看一次，免得冤枉。信上密密麻麻的全是日文，其中夹着两个汉字——魔鬼，看见她居然叫一个男老师魔鬼，我吓了一跳，匆匆折好信，快步向六年级的教室走去，双手交给李老师便回来了。

我猜，我的老师和李老师一定为着某种特定的理由而成仇。

那天吃完晚饭之后，班长气喘喘地打手势叫我们赶快出教室，我们放下了便当跟在她后面跑，偌大的校园在这黄昏的时候已经空旷了，只有补习的高年级是留下来的。

昏暗的大礼堂里，老师坐着在弹风琴，琴凳上并坐着李老师，他的手环在弹琴女人的腰上。我们一群小孩闭住呼吸从窗缝里偷看。

没有想到，六年级的一群男生正好走过，他们也不知我们在张望什么，大喊了一声："吊死鬼来呀——"弹琴的老师猛一回头，站起来，我们拔腿便逃，彼此用力推挤着冲到自己的教室里。那时，老师也追来了，第一排的一位同学桌上放了一包没有糖纸包的那种硬水果糖，老师拿起袋子，一句话也不说便往我们丢，一时教室的空中飞满了糖雨，而我们笑不出来。那天晚上，就被打了，没有等到第二天早晨。打到很晚才给回去，半路上碰到拿手电筒来接的工人玉珍才知是深夜十二点了。我回去，又做了一百题算术才睡下。

我慢慢明白了，老师正在受着恋爱的折磨。对于她每天体罚的事情也生了宽恕之心，想来这么打我们当做发泄必然是恋爱没有成功。又想，一个老打小孩的女人，怎么会有人爱她呢？其实，李老师是更狠的，他罚男生跪在一把破了布的雨伞骨头上，跪完了的男生要别人扶才站得起来。有一次看见一个是爬回座位的。

恋爱是什么我大概明白了，它是一种又叫对方魔鬼又跟魔鬼坐在一起弹"堤边柳／到秋天／叶飘零……"的那种黄昏歌调。

二十岁的年龄，除了可以穿丝袜之外，想来更有一些我们不知的东西——那种很抽象的东西，在里面潜伏着，而我，对于那份朦胧，却是想象不出的。我渐渐地顺服在这永无止境的背书默写和演算习题的日子里，不再挣扎。偶尔，想到如果不死，便可以长大，心里浮出的是一种无所谓的自弃和悲哀。

督学还是来了，在我们补习的正当时，参考书被收去了，堆在教室的门外，老师的脸，比打人时还青白。我们静静地散课离校，一路上十分沉默，好似一个一个共犯，有些羞惭，有些担心，又有些自觉罪恶的喜上心头。

第二天，老师红着眼睛说："我给你们补习，也是为了使你们将来考上好的初中，做一个有用的人，这一点，想来你们是谅解的。至于补习费，老师收得也不多……"

我专注地直视着老师，想到她的生活和作息，想到那偶尔一次的和男老师共弹风琴，想到她连恋爱的时间也不太多，心里对她和自身成年的未来，浮起了另一份复杂的怜悯与茫然。

我从来没有恨过我的小学老师，我只是怕她怕得比死还要厉害。

督学来过之后，我们有整整十天不用夜间补习，不但如此，也有躲避球可打，也有郊外美术写生，可以只提一个空便当盒在黄昏的时候一路玩回家，而回家的习题却是加多了。这并不要紧，那时候我念初二的姐姐还没有入睡，她学我的字体写阿拉伯字，她做一半，我做一半，然后祷告忏悔姐姐的代写作业，微笑着放心入睡。

那只是十天的好日子而已，我一日一日地当当心心地计算，而日子却仍然改变了。有一天，老师笑吟吟地说："明天带两个便当来，水彩和粉蜡笔不用再带了，我们恢复以往的日子。"听着听着，远方的天空好似传来了巨大的雷响，接着彤云满布，飞快地笼罩了整个的校园，而我的眼睛，突然感到十分干涩，教室里昏黄的灯光便一盏一盏半明半暗地点了起来。那两年，好似没有感觉到晴天，也就毕业了。

暑日的烈阳下，父亲看榜回来，很和蔼地说："榜上没有妹妹的名字，我们念静修女中也是一样好的。"

我很喜欢静修女中，新生训练的时候，被老师带着穿过马路去对面的操场上玩球，老师没有凶我们，一直叫我们小妹妹。

没有几天，我回家，母亲说父亲放下了公事赶去了另一所省女中，为着我联考分数弄错了的一张通知单。父亲回来时，擦着汗，笑着对我说："恭喜！恭喜！你要去念台湾最好的省女中了。"一时里，那层灰色的雾又在呼呼吹着的风扇声里聚拢起来，它们来得那么浓，浓到我心里的狂喊都透不出去，只看见父母在很遥远的地方切一片淡红色的冰西瓜要给我吃。

上了省中，父母要我再一次回到小学向老师再一次道谢培育之恩，我去了，老师有些感触地摸摸我的头，拿出一本日记簿来送我，她很认真而用心地在日记的第一页上写下了几个正楷字，写的是："陈平同学，前途光明。"

日子无论怎么慢慢地流逝总也过去了，有一天我发觉已经二十岁，二十岁的那一年，我有两双不同高度的细跟鞋，一支极淡的口红，一双小方格网状的丝袜，一头烫过的卷发，一条镀金的项链，好几只皮包，一个属于自己的房间、唱机和接近两千本藏书。不但如此，那时候，我去上了大学，有了朋友，仍在画画，同样日日夜夜地在念书，甚而最喜欢接近数学般的逻辑课，更重要的是，我明白了初恋的滋味——

想到小学老师赠给我的那几个字，它们终于在阳光下越变越鲜明起来。流去的种种，化为一群一群蝴蝶，虽然早已明白了，世上的生命，大半朝生暮死，而蝴蝶也是朝生暮死的东西，可是依然为着它的色彩目眩神迷，觉着生命所有的神秘与极美已在蜕变中彰显了全部的答案。而许多彩色的蝶，正在纱帽山的谷底飞去又飞来。就这样，我一年又一年地活了下来，只为了再生时蝴蝶的颜色。

逃学为读书

两年多以前的夏天，我回国去看望久别的父母，虽然只在家里居住了短短的两个月，可是该见的亲友却也差不多见到了。

在跟随父母拜访长一辈的父执时，总有人会忍不住说出这样的话来："想不到那个当年最不爱念书的问题孩子，今天也一个人在外安稳下来了，怎不令人欣慰呢！"

这种话多听了几遍之后，我方才惊觉，过去的我，在亲戚朋友之间，竟然留下了那么一个错误的印象，听着听着，便不由得在心里独自暗笑起来。

要再离家之前，父亲与我挤在闷热的贮藏室里，将一大盒一大箱的书籍翻了出来，这都是我初出国时，特意请父亲替我小心保存的旧书，这一次选择了一些仍是心爱的，预备寄到遥远的加纳利群岛去。

整理了一下午，父亲累得不堪，当时幽默地说："都说你最不爱读书，却不知烦死父母的就是一天一地的旧书，倒不如统统丢掉，应了人家的话才好。"

说完父女两人相视而笑，好似在分享一个美好的秘密，乐得不堪。

算起我看书的历史来，还得回到抗战胜利复员后的日子。

那时候我们全家由重庆搬到南京，居住在鼓楼，地址叫"头条巷四号"的一幢大房子里。

我们是浙江人，伯父及父亲虽然不替政府机关做事，战后虽然回乡去看望过祖父，可是，家仍然定居在南京。

在我们这个大家庭里，有的堂兄姐念中大，有的念金陵中学，连大我三岁的亲姐姐也进了学校，只有我，因为上幼稚园的年纪还不够，便跟着一个名叫兰瑛的女工人在家里玩耍。那时候，大弟弟还是一个小婴儿，在我的记忆里，他好似到了台湾才存在似的。

带我的兰瑛本是个逃荒来的女人，我们家原先并不需要再多的人帮忙，可是因为她跟家里的老仆人，管大门的那位老太太是亲戚，因此收留了她，也收留了她的一个小男孩，名叫马蹄子。

白天，只要姐姐一上学，兰瑛就把我领到后院去，叫马蹄子跟我玩。我本来是个爱玩的孩子，可是对这个一碰就哭的马蹄子实在不投缘，他又长了个癞痢头，我的母亲不知用什么白粉给他擦着治，看上去更是好讨厌，所以，只要兰瑛一不看好我，我就从马蹄子旁边逃开去，把什么玩具都让给他，他还哭。

在我们那时候的大宅子里，除了伯父及父亲的书房之外，在二楼还有一间被哥哥姐姐称作图书馆的房间，那个地方什么都没有，就是有个大窗，对着窗外的梧桐树。房间内，全是书。

大人的书，放在上层，小孩的书，都在伸手就够得到的地板边上。

我因为知道马蹄子从来不爱跟我进这间房间，所以一个人就总往那儿跑，我可以静静地躲到兰瑛或妈妈找来骂了去吃饭才出来。

当时，我三岁吧！

记得我生平第一本看的书，是没有字的，可是我知道它叫《三毛流浪记》，后来，又多了一本，叫《三毛从军记》，作者是张乐平。

我非常喜欢这两本书，虽然它的意思可能很深，可是我也可以从浅的地方去看它，有时笑，有时叹息，小小的年纪，竟也有那份好奇和关心。

"三毛"看过了。其他凡是书里有插图画的儿童书，我也拿来看看。记得当时家里有一套孩子书，是商务印书馆出的，编的人，是姐姐的校长，鼓楼小学的陈鹤琴先生，后来我进了鼓楼幼稚园，也做了他的学生。

我在那样的年纪，就"玩"过《木偶奇遇记》《格林兄弟童话》《安徒生童话集》还有《爱的教育》《苦儿寻母记》《爱丽丝漫游仙境》……许多本童话书，这些事，后来长大了都问过父亲，向他求证，他不相信这是我的记忆，硬说是堂兄们后来在台湾告诉我的，其实我真没有说谎，那时候，看了图画、封面和字的形状，我就拿了去问哥哥姐姐们，这本书叫什么名字，这小孩为什么画他哭，书里说些什么事情，问来问去，便都记住了。

所以说，我是先看书，后认字的。

有一日，我还在南京家里假山堆上看桑树上的野蚕，父亲回来了，突然拿了一大沓叫做金圆券的东西给我玩，我当时知道它们是一种可以换马头牌冰棒的东西，不禁吓了一跳，一看姐姐，手上也是一大沓，两人高兴得不得了，却发现家中老仆人在流泪，说我们要逃难到台湾去了。

逃难的记忆，就是母亲在中兴轮上吐得很厉害，好似要死了一般地躺着，我心里非常害怕，想帮她好起来，可是她无止无境地吐着。

在台湾，我虽然年龄也不够大，可是母亲还是说动了老师，将我和姐姐送进国民学校去念书，那时候，我已经会写很多字了。

我没有不识字的记忆，在小学里，拼拼注音、念念国语日报，就一下开始看故事书了。

当时，我们最大的快乐就是每个月《学友》和《东方少年》这两本杂志出书的时候，姐姐也爱看书，我不懂的字，她会教，王尔德的童话，就是那时候念来的。

初小的国语课本实在很简单，新书一发，我拿回家请母亲包好书皮，第一天大声朗读一遍，第二天就不再新鲜了。我甚至跑去跟老师说，编书的人怎么不编深一点，把我们小孩子当傻瓜，因为这么说，还给老师骂了一顿。

《学友》和《东方少年》好似一个月才出一次，实在不够看，我开始去翻堂哥们的书籍。

在二堂哥的书堆里，我找出一些名字没有听过的作家，叫做鲁迅、巴金、老舍、周作人、郁达夫、冰心这些字，那时候，才几岁嘛，听过的作家反而是些外国人，《学友》上介绍来的。

记得我当时看了一篇大概是鲁迅的文章，叫做《风筝》，看了很感动，一直到现在还记得内容，后来又去看《骆驼祥子》，便不大看得懂，又看了冰心写给小读者的东西，总而言之，那时候国语日报不够看，一看便看完了。所以什么书拿到手来就给吞下去。

有一日大堂哥说："这些书禁了，不能看了，要烧掉。"

什么叫禁了，也不知道，去问母亲，她说"有毒"，我吓了一大跳，看见哥哥们蹲在柚子树下烧书，我还大大地吁了口气，这才放下心来。

又过了不知多久，我们住的地方，叫做朱厝仑的，开始有了公共汽车，通车的第一天，全家人还由大伯父领着去坐了一次车，拍了一张照片留念。

有了公车，这条建国北路也慢慢热闹起来了，行行业业都开了市，这其中，对我一生影响最大的商店也挂上了牌子——建国书店。

那时候，大伯父及父亲千辛万苦带了一大家人迁来台湾，所有的一些金饰都去换了金圆券给流掉了，大人并没有马上开业做律师，两房八个孩子都要穿衣、吃饭、念书，有的还要生病。我现在想起来，那时候家里的经济情形一定是相当困难的，只是我们做孩子的并不知觉而已。

当我发现"建国书店"是一家租书店的时候，一向很听话的我，成了个最不讲理的孩子，我无止无休地缠住母亲要零钱。她偶尔给我钱，我就跑去书店借书。有时候母亲不在房内，我便去翻她的针线盒、旧皮包、外套口袋，只要给我翻出一毛钱来，我就往外跑，拿它去换书。

"建国书店"实在是个好书店，老板不但不租低级小说，他还会介绍我和姐姐在他看来不错的书，当时，由赵唐理先生译的，劳拉·英格儿所写的全套美国移民西部生活时的故事书——《森林中的小屋》《梅河岸上》《草原上的屋》《农夫的孩子》《银湖之滨》《黄金时代》这些本关联的故事简直看疯了我。

那时候，我看完了"建国书店"所有的儿童书，又开始向其他的书籍进攻，先是《红花侠》，后是《三剑客》，再来看《基度山恩仇记》，又看《唐·吉诃德》。后来看上了《飘》，再来看了

《简爱》《琥珀》《傲慢与偏见》《咆哮山庄》《雷绮表姐》……我跌入这一道洪流里去，痴迷忘返。

春去秋来，我的日子跟着小说里的人打转，终于有一天，我突然惊觉，自己已是高小五年级的学生了。

父母亲从来没有阻止过我看书，只有父亲，他一再担心我那种看法，要看成大近视眼了。

奇怪的是，我是先看外国译本后看中国文学的，我的中文长篇，第一本看的是《风萧萧》，后来得了《红楼梦》已是五年下学期的事情了。

我的看书，在当时完全是生吞活剥，无论真懂假懂，只要故事在，就看得下去，有时看到一段好文章，心中也会产生一丝说不出的滋味来，可是我不知道那个字原来叫做"感动"。

高小的课程原先是难不倒我的，可是算术加重了，鸡兔同笼也来了，这使得老师十分紧张，一再地要求我们演算再演算，放学的时间自然是晚了，回家后的功课却是一日重于一日。

我很不喜欢在课堂上偷看小说，可是当我发觉，除了这种方法可以抢时间之外，我几乎被课业迫得没有其他的办法看我喜欢的书。

记得第一次看《红楼梦》，便是书盖在裙子下面，老师一写黑板，我就掀起裙子来看。

当我初念到宝玉失踪，贾政泊舟在客地，当时，天下着茫茫的大雪，贾政写家书，正想到宝玉，突然见到岸边雪地上一个披猩猩大红氅、光着头、赤着脚的人向他倒身大拜下去，贾政连忙站起身来要回礼，再一看，那人双手合十，面上似悲似喜，不正是宝玉吗，这时候突然上来了一僧一道，挟着宝玉高歌而去——

我所居兮，青埂之峰；我所游兮，鸿濛太空，谁与我逝兮，吾谁与从？渺渺茫茫兮，归彼大荒！

　　当我看完这一段时，我抬起头来，愣愣地望着前方同学的背，我呆在那儿，忘了身在何处，心里的滋味，已不是流泪和感动所能形容，我痴痴地坐着、痴痴地听着，好似老师在很远的地方叫着我的名字，可是我竟没有回答她。

　　老师居然也没有骂我，上来摸摸我的前额，问我："是不是不舒服？"

　　我默默地摇摇头，看着她，恍惚地对她笑了一笑。那一刹那间，我顿然领悟，什么叫做"境界"，我终于懂了。

　　文学的美，终其一生，将是我追求的目标了。

　　《红楼梦》，我一生一世都在看下去。

　　又过了一年，我们学唱《青青校树》，六年的小学教育终成为过去，许多同学唱歌痛哭，我却没有，我想，这倒也好，我终于自由了。

　　要升学参加联考的同学，在当时是集体报名的，老师将志愿单发给我们，要我们拿回家去细心地填。

　　发到我，我跟她说："我不用，因为我决定不再进中学了。"

　　老师几乎是惊怒起来，她说："你有希望考上，为什么气馁呢？"

　　我哪里是没有信心，我只是不要这一套了。

　　"叫你妈妈明天到学校来。"她仍然将志愿单留在我桌上，转身走了。

我没有请妈妈去学校，当天晚上，父亲母亲在灯下细细地读表，由父亲一笔一画亲手慎重地填下了我的将来。

那天老师意外地没有留什么太重的家庭作业，我早早地睡下了，仰躺在被里，眼泪流出来，塞满了两个耳朵。

做小孩子，有时候是一件很悲哀的事，要怎么过自己的一生，大人自然得问都不问你一声。

那一个漫长的暑假里，我一点也不去想发榜的事情，为了得着一本厚厚的《大戏考》欣喜若狂，那一阵眼睛没有看瞎，也真是奇迹。

回想起来，当时的我，凡事不关心，除了这些被人称为"闲书"的东西之外，我是一个跟生活脱了节的十一岁的小孩，我甚而没有什么童年的朋友，也实在忙得没有时间出去玩。

最最愉快的时光，就是搬个小椅子，远远地离开家人，在院中墙角的大树下，让书带我去另一个世界。

它们真有这种魔力。

我是考取了省中的，怎么会进去的，只有天晓得。小学六年级那年，生活那么紧张，还偷看完了整整一大部《射雕英雄传》。

这看完并不算浪费时间，可怕的是，这种书看了，人要发呆个好多天醒不过来。

进了中学，看书的嗜好竟然停了下来，那时候我初次坐公车进城上学，四周的同学又是完全陌生的脸孔，一切都不再像小学一般亲切熟悉。新环境的惊愕，使我除了努力做乖孩子，不给旁人比下来之外，竟顾不了自己的心怀意念和兴趣。

我其实是一个求知欲很强的人，学校安排的课程听上去是那么有趣，美术、音乐、英文、历史、国文、博物……在这些科目的后面，应该蕴藏了多少美丽的故事。数学，也不该是死板的东西，因为它要求一步一步地去推想、去演算，这和侦探小说是有异曲同工之妙的。

我是这么地渴求新的知识，我多么想知道一朵花为什么会开，一个艺术家，为什么会为了爱画、爱音乐甘愿终生潦倒，也多么想明白，那些横写的英文字，到底在向我说些什么秘密……

可惜我的老师们，从来没有说过这些我渴羡的故事。

美术就是拿些蜡做的水果来，把它画得一模一样；音乐是单纯的唱歌；地理、历史，应该是最好玩的科目，可是我们除了背书之外，连地图都很少画。

我最爱的英文老师，在教了我们一学期之后，又去了美国。

数学老师与我之间的仇恨越来越深，她双眼盯住我的凶光，好似武侠小说中射来的飞镖一样。

初一那年我的成绩差强人意，名次中等，不留级。

暑假又来了，我丢下书包，迫不及待地往租书店跑，那时候，我们已搬到长春路底去居住，那儿也有租书店，只是那家店，就不及"建国书店"高贵，它是好书坏书夹杂着，我租书有年，金杏枝的东西，就没去错拿过它。

也是在那个夏天，父亲晒大樟木箱，在一大堆旧衣服的下面，被我发觉了封尘多少年的宝藏，父母自己都早已忘了的书籍。

那是一套又一套的中国通俗小说。

泛黄的、优美细腻的薄竹纸，用白棉线装订着，每本书前几页有毛笔画出的书中人物，封面正左方窄窄长长的一条白纸红框，写着这样端正秀美的毛笔字——"水浒传""儒林外史""今古奇观"……

我第一次觉着了一本书外在形式的美。它们真是一件件艺术品。

发觉了父亲箱底那一大堆旧小说之后，我内心挣扎得很厉害，当时为了怕书店里的旧俄作家的小说被别人借走，我在暑假开始时，便倾尽了我的零用钱，将它们大部分租了下来，那时手边有《复活》《罪与罚》《死灵魂》《战争与和平》《卡拉马助夫兄弟们》，还有《猎人日记》与《安娜·卡列尼娜》……这些都是限时要归还的。

现在我同时又有了中国小说。一个十二岁的中国人，竟然还没有看过《水浒传》，使我羞愧交加，更是着急地想去念它。

父亲一再地申诫我："再看下去要成瞎子了，书拿得远一点，不要把头埋进去呀！"

我那一个夏天，是做了一只将头埋在书里的鸵鸟，如果问我当时快不快乐，我也说不出来，我根本已失去了自己，与书本融成一体了，哪里还知道个人的冷暖。

初二那年，连上学放学时挤在公共汽车上，我都抱住了司机先生身后那根杠子，看我那被国文老师骂为"闲书"的东西。

那时候我在大伯父的书架上找到了《孽海花》《六祖坛经》《阅微草堂笔记》，还有《人间词话》，也看租来的芥川龙之介的短篇，总而言之，有书便是好看，生吞活剥，杂得一塌糊涂。

第一次月考下来，我四门不及格。

父母严重地警告我，再不收收心，要留级了。又说，看闲书不能当饭吃，将来自己到底要做什么，也该立下志向，这样下去，做父母的怎么不担心呢。

我哪里有什么立志的胸怀，我只知看书是世界上最最好玩的事，至于将来如何谋生，还远得很哪。

虽然这么说，我还是有羞耻心，有罪恶感，觉得成绩不好，是对不住父母的行为。

我勉强自己收了心，跟每一位老师合作，凡书都背，凡课都听，连数学习题，我都一道一道死背下来。

三次数学小考，我得满分。

数学老师当然不相信我会突然不再是白痴了，她认为我是个笨孩子，便该一直笨下去。

所以，她开始怀疑我考试作弊。当她拿着我一百分的考卷逼问我时，我对她说："作弊，在我的品格上来说，是不可能，就算你是老师，也不能这样侮辱我。"

她气得很不堪，冷笑了一下，下堂课，她叫全班同学做习题，单独发给我一张考卷，给了我几个听也没有听过的方程式。

我当场吃了鸭蛋。

在全班同学的面前，这位数学老师，拿着蘸得饱饱墨汁的毛笔，叫我立正，站在她画在地下的粉笔圈里，笑吟吟恶毒无比地说："你爱吃鸭蛋，老师给你两个大鸭蛋。"

在我的脸上，她用墨汁在我眼眶四周涂了两个大圆饼，因为墨汁太多了，它们流下来，顺着我紧紧抿住的嘴唇，渗到嘴巴里去。

"现在，转过去给全班同学看看。"她仍是笑吟吟地说。

全班突然爆出了惊天动地的哄笑，只有一个同学没有笑，低下头好似要流泪一般。

我弄错了一点，就算这个数学老师不配做老师，在她的名分保护之下，她仍然可以侮辱我，为所欲为。

画完了大花脸，老师意犹未尽，她叫我去大楼的走廊上走一圈。我僵尸般地走了出去，廊上的同学先是惊叫，而后指着我大笑特笑，我，在一刹那间，成了名人。

我回到教室，一位好心的同学拖了我去洗脸，我冲脸时一句话都没有说，一滴泪都没有掉。

有好一阵，我一直想杀这个老师。

我照常上了几天课，照常坐着公共汽车晃去学校。

有一天，我站在"总统府"广场的对面，望着学校米黄色的平顶，我一再地想，一再地问自己，我到底是在干什么？我为什么没有勇气去追求自己喜爱的东西？我在这儿到底是在忍耐什么？这么想着想着，人已走到校门口，我看一下校门，心里叹着："这个地方，不是我的，走吧！"

我背着书包，一坐车，去了六张犁公墓。

在六张犁那一大堆土馒头里，我也埋下了我不愉快的学校生涯。

那时候，我认识的墓地有北投陈济棠先生的墓园，有阳明山公墓，有六张犁公墓，在现在市立殡仪馆一带也有一片没有名字的坟场。这些地方，我是常客。世上再没有跟死人做伴更安全的事了，他们都是很温柔的人。

逃学去坟场其实很不好玩，下起雨来更是苦，可是那儿安静，可以用心看书。

母亲不知我已经不上学了，每天一样给我饭钱，我不吃饭，存了三五元，去牯岭街当时的旧书店（当时不放地摊的），买下了生平第一本自己出钱买下的书，上下两册，叫做《人间的条件》。

我是不太笨的，旷课两三天，便去学校坐一天，老师看见我了，我再失踪三五天。

那时家中还没有装电话，校方跟家长联络起来并不很方便。

我看书的速度很快，领悟力也慢慢地强了，兴趣也更广泛些了，我买的第二本书，也是旧的，是一本《九国革命史》，后来，我又买进了国语日报出的一本好书，叫做《一千零一个为什么》，这本书里，它给小孩子讲解自然科学上的常识，浅浅的解释，一目了然，再不久，我又买下了《伊凡·傅罗姆》这本太感人的旧书，后来差不多从不吃饭，饭钱都换了书。在逃学完完全全释放的时光里，念我真正爱念的东西，那真是生命最大的享受。

逃课的事，因为学校寄了信给家里，终于到了下幕的时候。

当时，我曾经想，这事虽然是我的错，可是它有前因，有后果，如果连父母都不了解我，如果父亲也要动手打我，那么我不如不要活了。

我休学了一年，没有人说过一句责备我的话。父亲看了我便叹气，他不跟我多说话。

第二年开学了，父母鼓励我再穿上那件制服，勉强我做一个面对现实的人。而我的解释，跟他们刚好不太一样，面对自己内心不喜欢的事，应该叫不现实才对。

母亲很可怜，她每天送我到学校，看我走进教室，眼巴巴地默默地哀求着我，这才依依不舍地离去，我低头坐在一大群陌生的同学里，心里在狂喊："母亲，你再用爱来逼我，我要疯了！"

我坐一节课，再拿起书包逃出校去，那时候我胆子大了，不再上坟墓，我根本跑到省立图书馆去，在那里，一天啃一本好书，看得常常放学时间已过，都忘了回家。

在我初二下那年，父母终于不再心存幻想，将这个不成器的孩子收留在家，自己教育起来。

我的逃学读书记也告一段落了。

休学在家，并不表示受教育的终止。

当时姐姐高中联考上榜了二女中，可是她实在受不了数学的苦难，又生性喜欢音乐，在经过与父母的恳谈和了解之下，她放弃了进入省中的荣誉，改念台北师范学校音乐科，主修钢琴，副修小提琴。也因为这一个选择，姐姐离家住校，虽然同在台北市里住着，我却失去了一个念闲书的好伴侣。

姐姐住校去了，我独占了一间卧室，那时我已办妥休学手续，知道不会再有被迫进教室的压力，我的心情，一下子轻松了起来。

那一年的压岁钱，我去买了一个竹做的美丽书架，放在自己的房间里，架上零零落落的几十本书，大半是父亲买回来叫我念的。

每天黄昏，父亲与我坐在藤椅上，面前摊着《古文观止》，他先给我讲解，再命我背诵，奇怪的是，没有同学竞争的压力，我也领悟得快得多，父亲只管教古文，小说随我自己看。

英文方面，我记得父亲给我念的第一本短篇小说集是奥·亨利写的《浮华世界》，后来又给我买了《小妇人》《小男儿》这些故事书，后来不知为了什么，母亲每一次上街，都会带英文的漫画故事给我看，有对话、有图片，非常有趣而浅近，如《李伯大梦》《渴睡乡的故事》（中文叫《无头骑士》吗）《爱丽丝漫游仙境》《灰姑娘》这些在中文早已看过的书，又同英文一面学一面看，英文就慢慢地会了。

真的休学在家，我出门去的兴趣也减少了，那时很多同年龄的孩子们不上学，去混太保太妹，我却是不混的，一直到今天，我仍是个内心深爱孤静而不太合群的人。

每一次上街，只要母亲同意，我总是拿了钱去买书，因为向书店借书这件事情，已不能满足我的求知欲了。一本好书，以前是当故事看，后来觉着不对，因为年龄不同了，同样一本书每再重看，领悟的又是一番境界，所以买书回来放在架上，想起来时再反复地去回看它们，竟成了我少年时代大半消磨时间的方法。

因为天天跟书接近，它们不但在内容方面教育我，在外形方面，也吸引了我，一个房间，书多了就会好看起来，这是很主观的看法，我认定书是非常优雅美丽的东西，用它来装饰房间，再合适不过。

竹书架在一年后早已满了，父亲不声不响又替我去当时的长沙街做了一个书橱，它真是非常地美丽，狭长轻巧，不占地方，共有五层，上下两个玻璃门可以关上。

这一个书架，至今在我父母的家里放着，也算是我的一件纪念品吧！

在我十五六岁时，我成了十足的书奴，我的房间，别人踏不进脚，因为里面不但堆满了我用来装饰房间的破铜烂铁，其他有很多的空间，无论是桌上、桌下、床边、地板上、衣橱里，全都塞满了乱七八糟的书籍，在性质上，它们也很杂，分不出一个类别来，总是文学的偏多了些。

台湾的书买得不够，又去香港方面买，香港买不满足，又去日本方面买，从日本那边买的大半是美术方面的画册。

现在回想起来，我每年一度的压岁钱和每周的零用，都是这么送给了书店。

我的藏书，慢慢地在亲戚朋友间有了名声，差不多年龄的人，开始跑来向我借。

爱书的人，跟守财奴是一色一样的，别人开口向我借书，我便心痛欲死，千叮万咛，请人早早归还，可惜借书不还的人是太多了。

有一次，堂哥的学音乐的同学，叫做王国梁的，也跑来向我借书，我因跟二堂哥懋良感情至深，所以对他的同学也很大方，居然自己动手选了一大堆最爱的书给国梁，记得拿了那么多书，我们还用麻绳扎了起来，有到腰那么高一小堆。

"国梁，看完可得快快还我哦！"我看他拎着我的几十本书，又不放心地追了出去。

国梁是很好的朋友，也是守信用的人，当时他的家在板桥，书当然也放在板桥。就有那么不巧，书借了他，板桥淹了一次大水，我的书，没有救出来。国梁羞得不敢来见我，叫别人来道歉，我一听到这个消息，心痛得哭了起来，恨了他一场，一直到他去了法国，都没有理他。而今想不到因为那一批书债，半生都过去了，国梁这个名字却没有淡忘，听说前年国梁带了法国太太回台，不知还记不记得这一段往事。我倒是很想念他呢。

其实水淹了我的几十本书，倒给我做了一个狠心的了断，以后谁来借书都不肯了，再也不肯。

在这些借书人里，也有例外的时候，我的朋友王恒，不但有借必还，他还会多还我一两本他看过的好书。王恒也是学音乐的，因为当年借书，我跟他结成挚友，一直到现在。

那时候，台湾出版界并不如现在的风气兴旺，得一套好书并不很容易，直到"文星"出了小本丛书，所谓青年作家的东西才被比较有系统地做了介绍。我当时是一口气全买。那时梁实秋先生译的《莎士比亚全集》也出了，在这之前，虽然我已有了"世界"出版的朱生豪先生译的那一套，也有英文原文的，可是爱书成奴，三套比较着，亦是怡然。

又过了不久，台湾英文翻版书雨后春笋般地出现了，这件事情在国际间虽然将台湾的名声弄得很坏，可是当时我的确是受益很多的。一些英文哲学书籍，过去很贵的，不可能大量地买，因为有了不道德的翻版，我才用很少量的金钱买下了它们。

爱书成痴，并不是好事，做一个书呆子，对自己也许没有坏处，可是这毕竟只是个人的欣赏和爱好，对社会对家庭，都不可能有什么帮助。从另一方面来说，学不能致用，亦是一种浪费，很可惜，我就是这么一个人。

父亲常常问我："你这么啃书啃书，将来到底要做什么？不如去学一技之长的好。"

我没有一技之长，很惭愧的，至今没有。

离家之后，我突然成了一个没有书籍的人，在国外，我有的不过是一个小房间，几本教科书，架上零零落落。

我离开了书籍，进入了真真实实的生活。

在一次一次的顿悟里，那沉重的大书架，不知不觉化作了我的灵魂和思想，突然发觉，书籍已经深深植根在我身体里，带不带着它们，已不是很重要的事情了。

在象牙塔里看书，实是急不得的，一旦机缘和功力到了某个程度，这座围住人的塔，自然而然地会消失的，而"真理"，就那么明明白白，简简单单地向人显现了。

我从来没有妄想在书本里求功名，以至于看起书来，更是如鱼得水，"游于艺"是最高的境界，在那儿，我的确得到了想象不出的愉快时光，至于顿悟和启示，那都是混在念书的欢乐里一起来的，没有丝毫强求。

而今在荷西与我的家里，两人加起来不过一千六百多本书，比起在父母家的盛况，现在的情形是萧条多了。

望着架上又在逐渐加多的书籍，一丝甜蜜和些微的怅然交错地流过我的全身，而今我仍是爱书，可是也懂得爱我平凡的生活，是多少年的书本，才化为今日这份领悟和宁静。我的心里，悄悄地有声音在对我说："这就是了！这就是一切了。"

呼唤童年

——记忆里的关渡

那时候，我还是个初小的学生。

当时，我们是一个大家庭，家中住着四个堂哥、一个姐姐、两个弟弟，当然也住着大伯父母和父亲、母亲。

我的三堂哥陈令，在当年好似很爱往乡下跑，什么地方都骑车去。那个小小的我，总也死皮赖脸地坐在脚踏车前面那条横杠子上，要跟去。

堂哥陈令对于淡水河最是熟悉，暑假时，总有几个中午，他骑车呀，要骑好久好久，跑到关渡那一带去涉水。

我们不是去钓鱼，我们去沙丘里摸"蛤蜊"。

站在关渡的岸边，并没有固定的小船停着等人，可是在当时，河面上总有船划过，每当有船漂过时，堂哥就推我一下，我把手掌圈成喇叭，发声狂叫——"船呀——船呀"叫出来的闽南语响彻了整条河水。

那个民间的船，自然就会过来，我们把脚踏车锁好，平放在岸上，跳进船里，那时候鞋子、袜子都已脱掉了。下面穿的是一条在学校打"躲避球"的黑色灯笼裤，短的。

船把我们渡到河水中间大片的沙丘上去。

也许是年纪小吧，回忆中，站在那片凸起来的沙丘上瞭望着河水，总觉得好似站在大海里那么渺小又那么骄傲。

总是深深地呼吸，把空气当成凉水来喝。那条大河，围绕着我，干净地流过。我把光脚插到沙子里去，拖地板一样把它拖出一条条深深的沟来。

那时候，堂哥的腰上，扎着几个打了洞的空罐头，铁皮做的。在那个美丽的时代里，没有塑胶的东西。堂哥说："来吧！"我们就开始了。

跪在湿湿的沙地上用十指向沙堆开始进攻。每挖数十次，也许可以筛出一个蛤蜊来。每当得了一个蛤蜊，总像拾到了金宝那么地欢喜。也可以说，比拾到了金子更高兴，因为蛤蜊可以吃，金宝有什么用并不知道。

只要那条静静的淡水河中，狂响起一个小女孩的尖叫声时，那条河总也在烈日下一同歌唱呼应。

一个下午的玩耍成绩并不算好，摸得到半罐蛤蜊已经极有成就感了。我的筛子是十只手指，堂哥的一把筛子有点像猪八戒的耙子，只是小得多了。

并不在乎用什么东西去挖蛤蜊，使人兴奋莫名的，是那条在一个孩子眼中的"大河"。

夏日的微风吹着一束一束的阳光，把孩子的脸吹成了淡红的，吹到黄昏，就变成一张淡棕色的脸了。

总是不厌地跪在沙丘上，东挖挖，西探探，不然坐着也好。只要看着那流水，心里的欢悦，好似一片饱胀了风的帆，恨不能就此化做一条小船，随波而去。

那时候，太小的我，没有人可以倾诉这种心情，于是写了一首诗，在学校交给老师看。老师看了笑着说："淡水河真是美丽的，下次远足，大家一起去。"

后来，从来也没有远足了。高小以后，总是补习、补习、补习。

许多年之后，有一个朋友问我："你一生中最快乐的时光，是怎么度过的？不许想，马上说。"

脱口而出："是那条淡水河给我的。"

后来，我长大了，第一次约会，朋友问我要去哪里，我说："去淡水河，关渡。"

以后的很多年，只要回国，必去一趟淡水。那条河，不再是童年时的样子，岸边全是垃圾，河道也小了。

不止在淡水河摸过蛤蛎，同时也摸过螃蟹；那是在堤岸边。都是堂哥带去的。

许多许多年以后，堂哥带了他的三个孩子回台湾来，我问他："你带孩子去了淡水吗？"

他笑了，说："那是属于我们的童年，现在的淡水河污染得那么厉害，谁肯光脚去踏水呢？"

说着说着，那个小女孩响彻云霄的呼唤声又那么清晰地在耳边传来。时光，很可以在记忆中倒流，如同那条唱歌的河，又一度慢慢流进我心深处。

在这种时候，嗳，说什么才好呢？

惑

黄昏，落雾了，沉沉的，沉沉的雾。

窗外，电线杆上挂着一个断线的风筝，一阵小风吹过，它就荡来荡去，在迷离的雾里，一个风筝静静地荡来荡去。天黑了，路灯开始发光，浓得化不开的黄光。雾，它们沉沉地落下来，灯光在雾里朦胧……

天黑了。我蜷缩在床角，天黑了，天黑了，我不敢开灯，我要藏在黑暗里。是了，我是在逃避，在逃避什么呢？风吹进来，带来了一阵凉意，那个歌声，那个缥缈的歌声，又来了，又来了，"我来自何方，没有人知道……我去的地方，人人都要去……风呼呼地吹……海哗哗地流……"我挥着双手想拂去那歌声，它却一再地飘来，飘进我的房间，它们充满我，充满我……来了，终于来了。我害怕，害怕极了，我跳起来，奔到妈妈的房里，我发疯似的抓着妈妈。"妈妈！告诉我，告诉我，我不是珍妮，我不是珍妮……我不是她……我不是她，真的，真的……"

已经好多天，好多天了，我迷失在这幻觉里。

《珍妮的画像》，小时候看过的一部片子，这些年来从没有再清楚地记忆过它，偶尔跟一些朋友谈起时，也只觉得那是一部好片子，有一个很美、很凄艳、很有气氛的故事。

大约在一年前，堂哥打电话给我，说是听到《珍妮的画像》要重演的消息。我说，那是一部好片子，不过我不记得什么了，他随口在电话里哼出了那首珍妮常唱的小歌——"我从哪里来，没有人知道，我去的地方……人人都要去，风呼呼地吹，海哗哗地流，我去的地方……人人都……"

握着听筒，我着魔似的喊了起来："这曲调，这曲调……我认识它……我听过，真的听过。不，不是因为电影的缘故，好像在很久，以前不知道在什么世界里……我有那么一段被封闭了的记忆，哥哥！我不是骗你，在另一个世界里，那些风啊！海啊！那些缥缈、阴郁的歌声……不要逼着问我，哥哥，我说不来，只是那首歌，那首歌……"

那夜，我病了，病中我发着高烧，珍妮的歌声像潮水似的涌上来，涌上来。它们渗透全身，我被一种说不出的感觉强烈地笼罩着，这是了！这是了！我追求的世界，我乡愁的根源。

从那次病复元后，我静养了好一阵，医生尽量让我睡眠，不给我时间思想，不给我些微的刺激，慢慢地，表面上我平静下来了。有一天忽然心血来潮，也不经妈妈的同意，我提了画具就想跑出去写生，妈听到声音追了出来，她拉住我的衣服哀求似的说："妹妹，你身体还没好，不要出去吹风，听话！进去吧！来，听话……"忽然，也不知怎么的，我一下子哭了起来，我拼命捶着大门，发疯似的大喊："不要管我，让我去……让我去……讨厌……讨厌你们……"我心里很闷，闷得要爆炸了。我闷，我闷……提着画箱，我一阵风似的跑出家门。

坐在田埂上，放好了画架。极目四望，四周除了一片茫茫的稻田和远山之外，再也看不到什么。风越吹越大，我感觉很冷，翻起了夹克的领子也觉得无济于事。我开始有些后悔自己的任性和孟浪起来。面对着空白的画布我画不出一笔东西来，只呆呆地坐着，听着四周的风声。不知从什么时候开始，我觉得风声渐渐地微弱了，在那个之间却围绕着一片欲的寂静，慢慢地，远处像是有一种代替风声的音乐一阵阵地飘过来，那声音随着起伏的麦浪一阵一阵地逼近了……终于它们包围了我，它们在我耳旁唱着："我从何处来，没有人知道，我去的地方，人人都要去……"

我跳了起来，呆呆地立着，极度的恐慌使我几乎陷于麻木；之后，我冲翻了画架，我不能自主地在田野里狂奔起来。哦，珍妮来了！珍妮来了！我奔着，奔着，我奔进了那个被封闭了的世界里。四周一片黑暗，除了珍妮阴郁、伤感、不带人气的声音之外，什么都没有，空无所有，我空无所有了，我张开手臂向着天空乱抓，我向前奔着。四周一片黑暗，我要找寻，我找寻一样不曾失落的东西，我找寻……一片黑暗，万有都不存在了，除了珍妮，珍妮……我无止尽地奔着……

当夜，我被一个农人送回家，他在田野的小沟里发现我。家里正在焦急我的不归，妈看见我的样子心痛得哭了，她抱住我说："孩子，你怎么弄成这个样子！"我默默地望着她，哦！妈妈，我不过是在寻找，在寻找……

迷迷糊糊地病了一个星期后，我吵着要起床。医生、爸、妈联合起来跟我约法三章，只许我在房中画静物，看书，听唱片，再不许漫山遍野地去瞎跑。他们告诉我，我病了（我病了？），以后不许想太多，不许看太多，不许任性，不许生气，不许无缘无故地哭，不许这个，不许那个，太多的不许……

在家闷了快一个月了，我只出门过一次，那天妈妈带我去台大医院，她说有一个好医生能治我的病。我们走着，走着，到了精神科的门口我才吃惊地停住了脚步，那么……我？……妈妈退出去了，只留下医生和我，他试着像一个朋友似的问我："你——画画？"我点了点头，只觉得对这个故作同情状的医生厌恶万分——珍妮跟我的关系不是病——他又像是个行家的样子笑着问我："你，画不画那种……啊！叫什么……看不懂的……印象派？"我简直不能忍耐了，我站起来不耐烦地对他说："印象派是十九世纪的一个派别，跟现在的抽象派没有关系，你不懂这些就别来医我，还有，我还没有死，不要用这种眼光看我。"珍妮跟我的关系不是病，不是病，我明白的，我确实明白的，我只是体质虚弱，我没有病。

珍妮仍是时时刻刻来找我，在夜深人静时，在落雨的傍晚，在昏暗的黎明，在闷郁的中午……她说来便来了，带着她的歌及她特有的气息。一次又一次我跌落在那个虚无的世界里，在里面喘息，奔跑，找寻……找寻……奔跑……醒来汗流满面，疲倦欲绝。我一样地在珍妮的歌声里迷失，我感到失落的狂乱，我感到被消失的痛苦，虽然如此，我却从那一刹那的感觉里体会到一种刻骨铭心的快乐，一种极端矛盾的伤感。

不知什么时候开始，我已沉醉在那个世界里不能自拔，虽然我害怕，我矛盾，而我却诉说不出对那种快感的依恋。夜以继日地，我逃避，我也寻找，我知道我已经跟珍妮合而为一了，我知道，我确实知道。"珍妮！珍妮！"我轻喊着，我们合而为一了。

照例，每星期二、五是我打针的日子，晚上，我拿了针药，关照了家里一声就去找那个从小就照顾我的医生——张伯伯。张伯伯关切地注视我，他说："妹妹，你又瘦了！"我就像犯罪被揭穿了似的恐慌起来——我做错了什么呢？——我低下头嗫嚅地说："张伯伯，我失眠，你知道，我经常睡不着，安眠药没有用——"他抬起我的下巴，轻柔，却是肯定地说："你不快乐，为什么？"

"我不快乐？是吗？张伯伯，您弄错了，我快乐，我快乐……真的……我不快乐真是笑话了。珍妮来了，你知道，珍妮来了，我满足，我满足……虽然我不停地在那儿跑啊！跑啊！但我满足……真的……痛苦吗？有一点……那不是很好？我——哦！天啊，你不要这样看我啊！张伯伯，我真的没病，我很好……很好……"

我发觉我在歇斯底里地说个不停，并且泪流满面，我抑制不住自己，我不能停止地说下去。张伯伯默默地拉着我的手送我回家，一路上他像催眠似的说："妹妹，你病了，你病了，没有珍妮，没有什么珍妮，你要安静，安静……你病了……"

打针，吃药，心理治疗，镇静剂，过多的疼爱都没有用，珍妮仍活在我的里面。我感觉到珍妮不但占有我，并且在感觉上已快要取而代之了，总有一天，总有一天我会消失的，消失得无影无踪。活着的不再是我，我已不复存在了，我会消失……

三番两次，我挣扎着说，珍妮！我们分手吧！我们分手吧！她不回答我，只用她那缥缈空洞的声音向我唱着："我从哪里来，没有人知道，我去的地方，人人都要去，风呼呼地吹，海哗哗地流，我去的地方……人人都要去……"

唉！珍妮！我来了，我来就你。于是珍妮像一阵风似的扑向我，我也又一次毫无抵抗地被吸到她的世界里去，那个凄迷、空无一物的世界里。我又在狂跑……寻找……依恋着那颓废自虐的满足而不能自拔。

"我来自何方，没有人知道……我去的地方……人人都要去……风呼呼地吹……海哗哗地流……我去的地方，人人都要去……"珍妮！珍妮！我来了，我来就你……

蓦然回首

　　这儿不是泰安街，没有阔叶树在墙外伸进来。也不是冬天，正是炎热的午后。

　　我的手里少了那个画箱，没有夹着油画，即使是面对的那扇大门，也是全然陌生的。

　　看了一下手表，早到了两分钟。

　　要是这一回是看望别的朋友，大概早就嚷着跑进去了，守不守时又有什么重要呢!

　　只因看的人是他，一切都不同了。

　　就那么静静地站在门外的烈阳下，让一阵阵熟悉而又遥远的倦怠再次淹没了自己。

　　我按铃，有人客气地领我穿过庭院。

　　短短的路，一切寂静，好似永远没有尽头，而我，一步一步将自己踩回了少年。

　　那个少年的我，没有声音也没有颜色的我，竟然鲜明如故。什么时候才能挣脱她的阴影呢!

　　客厅里空无一人，有人送茶来，我轻轻道谢了，没有敢坐下去，只是背着门，看着壁上的书画。

就是这几秒钟的等待，在我都是惊惶。

但愿有人告诉我，顾福生出去了，忘了这一次的会晤，那么我便可以释然离去了。

门开了，我急速地转过身去。我的老师，比我大不了多少的启蒙老师，正笑吟吟地站在我的面前。

我向他跨近了一步，微笑着伸出双手，就这一步，二十年的光阴飞逝，心中如电如幻如梦，流去的岁月了无痕迹，而我，跌进了时光的隧道里，又变回了那年冬天的孩子——情怯依旧。

那个擦亮了我的眼睛，打开了我的道路，在我已经自愿淹没的少年时代拉了我一把的恩师，今生今世原已不盼再见，只因在他的面前，一切有形的都无法回报，我也失去了语言。

受教于顾福生老师之前，已在家中关了三年多，外界如何地春去秋来，在我，已是全然不想知觉了。

我的天地，只是那幢日式的房子、父亲母亲、放学时归来的姊弟，而这些人，我是绝不主动去接触的。

向街的大门，是没有意义的，对我，街上没有可走的路。

小小的我，唯一的活动，便是在无人的午后绕着小院的水泥地一圈又一圈地溜冰。

除了轮式冰鞋刺耳的声音之外，那个转不出圈子的少年将什么都锁进了心里，她不讲话。

初初休学的时候，被转入美国学校，被送去学插花，学钢琴，学国画，而这些父母的苦心都是不成，没有一件事情能使我走出自己的枷锁。

出门使我害怕，街上的人更是我最怕的东西，父母用尽一切爱心和忍耐，都找不出我自闭的症结。当然一周一次的心理治疗只有反抗更重，后来，我便不出门了。

回想起来，少年时代突然的病态自有它的远因，而一场数学老师的体罚，才惊天动地地将生命凝固成那个样子。这场代价，在经历过半生的忧患之后，想起来仍是心惊，那份刚烈啊，为的是什么？生命中本该欢乐不尽的七年，竟是付给了它。人生又有几个七年呢！

被送去跟顾福生老师学西画并不是父母对我另一次的尝试，而全然归于一场机缘。

记得是姊姊的朋友们来家中玩，那天大概是她的生日吧！其中有一对被请来的姊弟，叫做陈缤与陈骕，他们一群人在吃东西，我避在一个角落里。

陈骕突然说要画一场战争给大家看，一场骑兵队与印地安人的惨烈战役。于是他趴在地上开战了，活泼的笔下，战马倒地，白人中箭，红人嚎叫，篷车在大火里焚烧……

我不挤上去看那张画，只等别人一哄跑去了院子里，才偷偷地拾起了那张弃在一旁的漫画，悄悄地看了个够。

后来陈骕对我说，那只是他画着娱乐我们的东西而已，事实上他画油画。

陈骕的老师便是顾福生。

早年的“五月画会”稍稍关心艺术的人都是晓得的，那些画家们对我来说，是远天的繁星。

想都不能想到，一场画中的战役，而被介绍去做了“五月”的学生。

要我下决心出门是很难的。电话中约好去见老师的日子尚早，我已是寝食难安。

这不知是休学后第几度换老师了，如果自己去了几趟之后又是退缩了下来，要怎么办？是不是迫疯母亲为止？而我，在想到这些事情的前一步，就已骇得将房间的门锁了起来。

第一回约定的上课日我又不肯去了，听见母亲打电话去改期，我趴在床上静静地撕枕头套里的棉絮。

仍然不明白那扇陌生的大门，一旦对我开启时，我的命运会有什么样的改变。

站在泰安街二巷二号的深宅大院外，我按了铃，然后拼命克制自己那份惧怕的心理。不要逃走吧！这一次不要再逃了！

有人带我穿过杜鹃花丛的小径，到了那幢大房子外另筑出来的画室里去。我被有礼地请进了并没有人，只有满墙满地的油画的房间。

那一段静静的等待，我亦是背着门的，背后纱门一响，不得不回首，看见后来改变了我一生的人。

那时的顾福生——唉——不要写他吧！有些人，对我，世上少数的几个人，是没有语言也没有文字的。

喊了一声"老师！"脸一红，低下了头。

头一日上课是空着手去，老师问了一些普通的问题：喜欢美术吗？以前有没有画过？为什么想学画……

当他知道我没有进学校念书时，表现得十分地自然，没有做进一步的追问和建议。

顾福生完全不同于以往我所碰见过的任何老师，事实上他是画家，也不是教育工作者，可是在直觉上，我便接受了他——一种温柔而可能了解你的人。

画室回来的当日，坚持母亲替我预备一个新鲜的馒头，老师说那是用来擦炭笔素描的。

母亲说过三天再上课时才去买，我竟闹了起来，怕三天以后买不到那么简单的东西。

事实上存了几日的馒头也是不能用了，而我的心，第一次为了那份期待而焦急。这份童稚的固执自己也陌生得不明不白。

"你看到了什么？"老师在我身旁问我。

"一个石像。"

"还有呢？"

"没有眼珠的石像，瞎的。"

"再看——"

"光和影。"

"好，你自己先画，一会儿老师再来！"

说完这话，他便走了。

他走了，什么都没有教我，竟然走了。

我对着那张白纸和画架发愣。

明知这是第一次，老师要我自己落笔，看看我的观察和表达能有多少，才能引导我，这是必然的道理，他不要先框住我。

而我，根本连握笔的勇气都没有，一条线也画不出来。

我坐了很久很久，一个馒头静静地握在手里，不动也不敢离去。

"怎么不开始呢？"不知老师什么时候又进来了，站在我身后。

"不能！"连声音也弱了。

老师温和地接过了我手中的炭笔，轻轻落在纸上，那张白纸啊，如我，在他的指尖下显出了朦胧的生命和光影。

画了第一次惨不忍睹的素描之后，我收拾东西离开画室。

那时已是黄昏了，老师站在阔叶树下送我，走到巷口再回头，那件大红的毛衣不在了。我一个人在街上慢慢地走。一步一步拖，回家没有吃晚饭便关上了房门。

原本自卑的我，在跟那些素描挣扎了两个多月之后，变得更神经质了。面对老师，我的歉疚日日加深，天晓得这一次我是付出了多少的努力和决心，而笔下的东西仍然不能成形。

在那么没有天赋的学生面前，顾福生付出了无限的忍耐和关心，他从来没有流露过一丝一毫的不耐，甚至于在语气上，都是极温和的。

如果当时老师明白地叫我停课，我亦是没有一句话的。毕竟已经拖累人家那么多日子了。

那时候，我们是一周上两次课，同学不多，有时全来，有时只有我一个。

别人是下课了匆匆忙忙赶来画室，而我，在那长长的岁月里，那是一周两次唯一肯去的地方。虽然每一次的去，心中不是没有挣扎。

有一日画室中只有我一个人，凝望着笔下的惨败，一阵全然的倦怠慢慢淹死了自己。

我对老师说："没有造就了，不能再累你，以后不要再来的好！"

我低着头，只等他同意。

又要关回去了，又是长门深锁的日子，躲回家里去吧！在那把锁的后面，没有人看出我的无能，起码我是安全的。

老师听见我的话，深深地看了我一眼，微微地笑着，第一次问我："你是哪一年生的？"

我说了，他又慢慢地讲："还那么小，急什么呢？"

那时老师突然出去接一个电话，他一离开，我就把整个的上身扑倒在膝盖上去。

我也不要做画家，到底要做什么，怎么还会小，我的一生要如何过去，难道要锁到死吗？

"今天不要画了，来，给你看我的油画，来，跟我到另外一间去，帮我来抬画——"老师自然地领我走出去，他没有叫我停课。

"喜欢哪一张？"他问。

老师知道什么时间疏导我的情绪，不给我钻牛角尖。画不出来，停一停，不必严重，看看他的画，说说别的事情。

那些苍白纤细的人体，半抽象半写真的油画，自有它的语言在呼应着我的心，只是当时不能诉说内心的感觉。

以后的我，对于艺术结下了那么深刻的挚爱，不能不归于顾福生当年那种形式的画所给予我的启发和感动。

"平日看书吗？"老师问我。

"看的，不出门就是在看书，父亲面前也是有功课要背的。"我说。

"你的感觉很特别，虽然画得不算好——"他沉吟了一下，又问，"有没有试过写文章？"

"我没有再上学，你也知道——"我讷讷地说。

"这不相干的，我这儿有些书籍，要不要拿去看？"他指指书架。

他自动递过来的是一本《笔汇》合订本，还有几本《现代文学》杂志。

"下次来，我们改画水彩，素描先放下了，这样好吗？"老师在送我出门的时候突然讲了这句话。

对于这样一个少年，顾福生说话的口吻总也是尊重，总也是商量。即使是要给我改航道，用颜色来吸引我的兴趣，他顺口说出来都是温柔。

那时候中国的古典小说、旧俄作家、一般性的世界名著我已看了一些，可是捧回去的那些杂志却还是看痴了去。

波特莱尔来了，卡缪出现了。里尔克是谁？横光利一又是谁？什么叫自然主义？什么是意识流？奥德赛的故事一讲千年，卡夫卡的城堡里有什么藏着？D. H. 劳伦斯、爱伦坡、芥川龙之介、富田藏雄、康明斯、惠特曼——他们排山倒海地向我噬了上来。

也是在那狂风巨浪的冲击里，我看到了陈映真写的——《我的弟弟康雄》。

在那几天生吞活剥的急切求知里，我将自己累得虚脱，而我的心，我的欢喜，我的兴奋，是胀饱了风的帆船——原来我不寂寞，世上有那么多似曾相识的灵魂啊！

再见顾福生的时候，我说了又说，讲了又讲，问了又问，完全换了一个人。

老师靠在椅子上微笑地望着我，眼里露出了欣喜。他不说一句话，可是我是懂的，虽然年少，我是懂了，生命的共鸣、沟通，不是只有他的画，更是他借给我的书。

"今天画画吗？"他笑问着我。

"好呀！你看我买的水彩，一大堆哦！"我说。

对着一丛剑兰和几只水果，刷刷下笔乱画，自信心来了，画糟了也不在意，颜色大胆地上，背景是五彩的。

活泼了的心、突然焕发的生命、模糊的肯定、自我的释放，都在那一霎间有了曙光。

那是我进入顾福生画室的第三个月。

每堂下课，我带回去的功课是他的书。

在家里，我仍是不出门的，可是对父母和姊弟和善多了。

"老师——"有一日我在画一只水瓶，顺口喊了一句，自自然然地，"……我写文章你看好不好？"

"再好不过了。"他说。

我回去就真的写了，认认真真地写了誊了。

再去画室，交给他的是一份稿件。

我跟着老师六个月了。

交稿之后的上课日，那份畏缩又回来了，永远去不掉的自卑，在初初探出触角的时候，便打败了没有信心的自己。

老师没有谈起我的稿子，他不说，我不问，画完画，对他倦倦地笑一笑，低头走了。

下一周，我没有请假也没有去。

再去画室时，只说病了，低头去调画架。

"你的稿件在白先勇那儿，《现代文学》月刊，同意吗？"

这一句轻描淡写的话如同雷电一般击在我的身上，完全麻木了。我一直看着顾福生，一直看着他，说不出一个字，只是突然想哭出来。

"没有骗我？"轻得几乎听不见的声音了。

"第一次的作品，很难得了，下个月刊出来。"老师没有再说什么，他的淡，稳住了我几乎泛滥的感触。

一个将自己关了近四年的孩子，一旦给她一个小小的肯定，都是意外的惊惶和不能相信——更何况老师替我去摘星了。

那一场长长的煎熬和等待啊！等得我几乎死去。

当我从画室里捧着《现代文学》跑回家去时，我狂喊了起来——"爹爹——"

父母以为我出了什么事，趔趄地跑到玄关的地方，平日的我，绝对不会那么大叫的，那声呼唤，又是那么凄厉，好似要喊尽过去永不说话的哑灵魂一般。

"我写的，变成铅字了，你们看，我的名字在上面——"

父亲母亲捧住那本杂志，先是愕然，再是泪光一闪。我一丢画箱，躲进了自己的房间。

第二日，我还是照习惯在房间里吃饭，那几年我很少上大家的餐桌。姊弟们晚饭时讲学校的事使我局促，沉默的我总使全家的气氛僵硬，后来我便退了。

不知不觉，我不上课的日子也懂得出去了。那时的长春路、建国北路和松江路都还没有打通，荒荒凉凉的地段是晚饭前散步的好地方，那儿离家近，一个人去也很安全。

白先勇家原是我们的近邻，白家的孩子我们当然是面熟的。

《现代文学》刊出我的短文过了一阵，我一个人又在松江路附近的大水泥筒里钻出钻进地玩。空寂的斜阳荒草边，远远有个人向我的方向悠悠闲闲地晃了过来，我静静地站着看了一下，那人不是白先勇吗？

确定来的人是他，转身就跑，他根本不认识我的，我却一直跑到家里，跑进自己的房间里，砰一下把门关上了。背靠着门，心还在狂跳。

"差点碰上白先勇，散步的时候——"在画室里我跟顾福生说。

"后来呢？"

"逃走了！吓都吓死了！不敢招呼。"

"你不觉得交些朋友也是很好的事情？"老师问说。

他这一问，我又畏缩了。

没有朋友，没有什么朋友，唯一的朋友是我的老师和我的书。

过了一阵，老师写了一个纸条给我，一个永康街的地址，一个美丽的名字——陈秀美。

那张地址，搁了一个多月也没有动它。

被问了好几次，说好已经转人介绍了，只等我去一趟，认识一下白先勇的女同学，交一个朋友。

我迫不得已地去了，在永康街的那幢房子里，结识了我日后的朋友——笔名陈若曦的她。

事隔多年，秀美再与我联络上，问起我，当年她笔下的"乔琪"曾否看见我自己旧日的影子？

当年的老师，是住在家里的，他的画室筑在与正屋分开的院子里。

谁都知道顾家有几个漂亮的女儿，有时候，在寂静的午后，偶尔会有女孩子们的笑声，滑落到我们的画室里来，那份小说世界里的流丽，跟我黯淡的生活是两岸不同的灯火，遥不可及。

有一个黄昏，我提了油污斑斓的画箱下课，就在同时，四个如花似玉、娇娇滴滴的女孩儿也正好预备出门。我们碰上了。

那一刹那，彼此都有惊异，彼此都曾打量，老师介绍说，都是他的姊妹。我们含笑打了招呼，她们上车走了。

在回家的三轮车上，我低头看着自己没有颜色的素淡衣服，想着刚刚使人目眩神迷，惊鸿而去的那一群女孩，我方才醒觉，自己是一只什么样的丑小鸭。

在那样的年纪里，怎么未曾想过外表的美丽？我的衣着和装扮，回忆起来只是一片朦胧，鲜艳的颜色，好似只是画布上的点缀，是再不会沾到身上来的。

在我们的家里，姊姊永远在用功读书，年年做班长——她总是穿制服便很安然了。

惊觉自己也是女孩子，我羞怯地向母亲要打扮。母亲带着姊姊和我去定做皮鞋，姊姊选了黑漆皮的，我摸着一张淡玫瑰红的软皮爱不释手。

没有路走的人本来是不需鞋子的，穿上新鞋，每走一步都是疼痛，可是我近乎欣悦地不肯脱下它。

那时，国外的衣服对我们家来说仍是不给买的。

有一日父母的朋友从国外回来，送了家中一些礼物，另外一个包裹，说是送给邻近赵姊姊的一件衣服，请母亲转交。母亲当日忙碌，没有即刻送过去。

我偷开了那个口袋，一件淡绿的长毛绒上衣躺在里面。

这应该是我的，加上那双淡红的鞋，是野兽派画家马蒂斯最爱的配色。

第二天下午，我偷穿了那件别人的新衣，跑到画室去了。

没有再碰到顾家的女儿，在我自以为最美丽的那一刻，没有人来跟我比较。

我当当心心地对待那件衣服，一不小心，前襟还是沾上了一块油彩。

潜回家后，我急急地脱下了它，眼看母亲在找那件衣服要给人送去，而我，躲在房中怎么样也擦不掉那块沾上的明黄。

眼看是没有别的法子，我拿起剪刀来，像剪草坪似的将那一圈沾色的长毛给剪掉了，然后折好，偷偷放回口袋中。母亲拿起来便给赵姊姊送新衣去了。

当年的那间画室，将一个不愿开口，不会走路，也不能握笔，更不关心自己是否美丽的少年，滋润灌溉成了夏日第一朵玫瑰。

《现代文学》作品的刊出，是顾福生和白先勇的帮助，不能算是投稿。

我又幻想了一个爱情故事，一生中唯一不发生在自己身上的故事，悄悄试投《中央日报》，过不久，也刊了出来。

没敢拿给老师看，那么样的年纪居然去写了一场恋爱，总是使人羞涩。

在家里，我跟大家一起吃饭，也会跟弟弟惊天动地地打架了。

可是我仍很少出门，每周的外出，仍是去泰安街，在那儿，我也是安全的。

老师自己是一个用功的画家，他不多说话，可是在他的画里，文学的语言表达得那么有力而深厚，那时候他为自己的个展忙碌，而我并不知道，个展之后他会有什么计划。

他的画展，我一趟一趟地跑去看，其中有两张，都是男性人体的，我喜欢得不得了，一张画名字已不记得了，可是至今它仍在我的脑海里。另一张，一个趴着的人，题为《月梦》。

没有能力买他的画，我心中想要的好似也是非卖品。

在去了无数次画展会场之后，下楼梯时碰到了老师，我又跟他再一起去看了一次，他以为我是第一次去，我也不讲。

那时候，我学画第十个月了。

顾福生的个展之后，我们又恢复了上课。

我安然地跟着老师，以为这便是全部的生命了。

有一日，在别的同学已经散了，我也在收拾画具的时候，老师突然说："再过十天我有远行，以后不能教你了！"

什么，什么，他在说什么？

第一秒的反应就是闭住了自己，他再说什么要去巴黎的话，听上去好似遥远遥远的声音，我听不见。

我一句话都没有说，只是对他笑了一笑。

"将你介绍给韩湘宁去学，他画得非常好，也肯收学生，要听话，我走了你去跟他，好吗？"

"不好！"我轻轻地答。

"先不要急，想一想，大后天你来最后一次，我给你韩湘宁的地址和电话——"

那天老师破例陪我一直走到巷口，要给我找车，我跟他说，还不要回家，我想先走一段路。

这长长的路，终于是一个人走了。

一盏盏亮起来的街灯的后面，什么都仍是朦胧，只有我自己的足音，单单调调地回响在好似已经真空的宇宙里。

那艘叫做什么"越南号"的大轮船，飘走了当年的我——那个居住在一颗小小的行星上的我，曾经视为珍宝的唯一的玫瑰。

他是这样远走的，受恩的人，没有说出一句感谢的话。

十年后的芝加哥，在密西根湖畔厉裂如刀的冬风里，我手中握着一个地址，一个电话号码，也有一个约定的时间，将去看一个当年改变了我生命的人。

是下午从两百哩路外赶去的，订了旅馆，预备见到了他，次日清晨再坐火车回大学城去。

我在密西根大道上看橱窗，蜷在皮大衣里发抖，我来来回回地走，眼看约定的时间一分一秒在自己冻僵的步子下踩掉。在那满城辉煌的灯火里，我知道，只要挥手叫一辆街车，必有一扇门为我打开。

见了面说些什么？我的语言、我的声音在那一刻都已丧失。那个自卑的少年如旧，对她最看重的人，没有成绩可以交代，两手空空。

约定的时间过了，我回到旅馆的房间里，黑暗的窗外，"花花公子俱乐部"的霓虹灯兀自闪烁着一个大都会寂寞冷淡的夜。

那时候，在深夜里，雪，静静地飘落下来。

第一次不敢去画室时被我撕碎的那一枕棉絮，是窗外十年后无声的雪花。

那个漫天飞雪的一九七一年啊！

我们走出了房子，经过庭院，向大门外走去。

一个大眼睛的小女孩穿着冰鞋跌跌撞撞地滑着。

"这是八妹的孩子。"顾福生说。

望着那双冰鞋，心中什么地方被一阵温柔拂过，我向也在凝望我的孩子眨眨眼睛，送给她一个微笑。

"画展时再见！"我向顾福生说。

"你的书——"

"没有写什么，还是不要看吧！"

"我送你去喊车——"

"不用了，我想走一走——"

也是黄昏，我走在高楼大厦车水马龙的街上，热热暖暖的风吹拂过我的旧长裙，我没有喊车，慢慢地走了下去。

这是一九八一年九月三日。

注：《蓦然回首》也是白先勇的一篇文章，此次借用题目，只因心情如是，特此道谢！

惊梦三十年

那天，我坐在一个铁灰桌子前看稿，四周全是人，电话不停地闹，冷气不够让人冻清醒，头顶上是一盏盏日光灯，一切如梦。

电话响了，有人在接，听见对方的名字，我将手伸过去，等着双方讲话告一段落时，便接过了话筒。

"是谁？"那边问我。

今生没有与他说过几句话，自是不识我的声音。

"小时候，你的家，就在我家的转角，小学一年级的我，已经知道了你。"我说，那边又要问，我仍霸住电话，慢慢地讲下去，"有一回，你们的老家人，站在我们的竹篱笆外面，呆看着满树盛开的芙蓉花。后来，他隔着门，要求进来砍一些枝桠分去插枝，说是老太爷喜欢这些花。

"后来，两家的芙蓉都再开谢了好多年，我们仍不说话。"

"白先勇——"我大喊起他的名字。

这里不是松江路，也不是当年我们生长的地方。在惨白的日光灯下，过去的洪荒，只不过化为一声呼唤。

小时候，白家的孩子，是我悄悄注意的几个邻居，他们家人多，进进出出，热闹非凡。而我，只觉得，我们的距离长到一个小孩子孱弱的脚步，走不到那扇门口。

十年过去了，我们慢慢地长大。当时建国北路，没有拓宽，长春路的漫漫荒草，对一个自闭的少年而言，已是天涯海角，再远便不能了。

就是那个年纪，我念到了《玉卿嫂》。

黄昏，是我今生里最爱的时刻，饭后的夏日，便只是在家的附近散步，那儿往往不见人迹，这使我的心，比较安然。

那时候，在这片衰草斜阳的寂静里，总有另一个人，偶尔从远远的地方悠然地晃过来——那必是白先勇。又写了《谪仙记》的他。

我怕他，怕一个自小便眼熟的人。看到这人迎面来了，一转身，跑几步，便藏进了大水泥筒里去。不然，根本是拔脚便逃，绕了一个大圈子，跑回家去。

散步的人，不只是白先勇，也有我最爱的二堂哥懋良，他学的是作曲，也常在那片荒草地上闲闲地走。堂哥和我，是谁也不约谁的，偶尔遇见了，就笑笑。

过不久，恩师顾福生将我的文章转到白先勇那儿去，平平淡淡地交给了他，说是："有一个怪怪的学生，在跟我学画，你看看她的文字。"这经过，是上星期白先勇才对我说的。

我的文章，上了《现代文学》。

对别人，这是一件小事，对当年的我，却无意间种下了一生执著写作的那颗种子。

刊了文章，并没有去认白先勇，那时候，比邻却天涯，我不敢自动找他说话，告诉他，写那篇《惑》的人，就是黄昏里的我。

恩师离开台湾的时候，我去送，因为情怯，去时顾福生老师已经走了，留下的白先勇，终于面对面地打了一个招呼。正是最艰难的那一刹，他来了。

再来就是跳舞了，《现代文学》的那批作家们说要开舞会，又加了一群画家们。白先勇特别跑到我们家来叫我参加。又因心里实在是太怕了，鼓足勇气进去的时候，已近曲终人散，不知有谁在嚷："跳舞不好玩，我们来打桥牌！"

我默立在一角，心里很慌张，不知所措。

那群好朋友们便围起来各成几组去分牌，叫的全是英文，也听不懂。过了一会儿，我便回家去了。

那一别，各自天涯，没有再见面。这一别，也是二十年了。

跟白先勇讲完电话的第二天，终于又碰到了。要再看到他，使我心里慌张，恨不能从此不要见面，只在书本上彼此知道就好。一个这么内向的人，别人总当我是说说而已。

跳舞那次，白先勇回忆起来，说我穿的是一件秋香绿的衣裙，缎子的腰带上，居然还别了一大朵绒做的兰花。

他穿的是什么，他没有说。

那件衣服的颜色，正是一枚青涩的果子。而当年的白先勇，在我记忆中，却是那么地鲜明。

那时候的我，爱的是《红楼梦》里的黛玉，而今的我，爱看的却是现实、明亮、泼辣，一个真真实实现世里的王熙凤。

我也跟着白先勇的文章长大，爱他文字中每一个、每一种梦境下活生生的人物，爱那一场场繁华落尽之后的曲终人散，更迷惑他文字里那份超越了一般时空的极致的艳美。

这半生，承恩的人很多，顾福生是一个转捩点，改变了我的少年时代。白先勇，又无意间拉了我很重要的一把。直到现在，对每一位受恩的人，都记在心中，默默祝福。

又得走了，走的时候，台北的剧场，正在热闹"游园"，而下面两个字，请先勇留给我，海的那边空了一年多的房子，开锁进去的一刹那，是逃不掉的"惊梦"。

三十年前与白先勇结缘，三十年后的今天，多少沧海桑田都成了过去，回想起来，怎么就只那一树盛开的芙蓉花，明亮亮地开在一个七岁小孩子的眼前。

我的三位老师

提笔要写这三位绘画老师时，有关他们当年的"第一记忆"一种接一种跳了出来。

恩师顾福生那么鲜明的一件正红V领毛线衣，就在台北市泰安街那条巷子的阴天黄昏里明亮亮地成为一种寂寂永恒。

韩湘宁老师——一个不用长围巾的小王子。夏日炎热的烈阳下，雪白的一身打扮，怎么也不能再将他泼上任何颜色。

彭万墀老师是一座厚厚实实的塑像，左手垂着，右手五指张开，平摆在胸前，不说话也不动。那一个冬天，看来看去，穿着的老是一件质地粗糙，暗蓝色圆口大毛衣。

如果记忆不骗人——记忆并不骗人，那直觉而来的三种代表老师们的颜色，该当是滤掉一切杂质之后的一种清晰。

当年，我是一个摸索不着人生边界的少年。那一年，千难万难克服了自卑，踏入了顾福生老师私下授课的画室。这些回忆和心态，在以前发表的文字中已经写过了，不敢再重复。

初见顾福生，是阴天，以后凡是跟他有关连的日子，不是阴就是微雨，再不然，一片白雪茫茫。

许多年过去了，半生流逝之后，才敢讲出。初见恩师的第一次，那份"惊心"，是手里提着的一大堆东西都会哗啦啦掉下地的"动魄"。如果，如果人生有什么叫做一见钟情，那一霎间，的确经历过。

那时的我不能开口，因为没有内涵。老师也不大说话，要说的已经说给了满墙支离破碎的人体。他当时的画，许多被分解，被切开的身体和四肢，有些，贴上了纱布，有些并不去包扎。只有一幅，那么完整不被分割的人体，蜷伏在地上，好像睡去，好像安然，题名交给了生活之外的国度，叫做"月梦"。

看见老师的时候，总是感觉一片薄薄的刀片，缓慢地在割着我，精准又尖锐的痛，叫也不想叫地一刀一刀被割进皮肤。

看不见老师的时候——老师常常叫我自己画，他去另一个房间。我独自对着那些被支解的人体可以什么都不画，一直发呆到黄昏下课。

那一年的成绩——我的，是一幅削瘦到分不出是男是女的灰白色人体背影，没有穿衣服，一块贴上去的绷带拉散着落在脚下。背景暗蓝，水渍一般往下流。

老师看了一会儿画，突然问我那年几岁，我说十六，他没有讲什么，说可以再画，就离开了画室。

明知这幅画根本没有自己，是照抄老师的，而老师宽厚，不说什么。我在画的右下角，慢慢地给自己签上了一个今生自取的名字——ECHO。一个回声。希腊神话中，恋着水仙花又不能告诉他的那个山泽女神的名字。

也是同一年，我的第一篇文章被印成铅字，发表在《现代文学》上。是老师交给白先勇的。

很重要的一年以后，老师走了。去了法国。当时，我偷偷写了好几张纸那么厚的信想交给他，终是交不出去而被撕掉。里面写什么，至今都还记得。幼稚，可是感人。

顾福生老师到底教给了我什么，以前讲过了，可是讲也讲不出来，只知道今生如果没有他，今日不会如此壮壮烈烈地活着。而他，明明是一个寂淡又极精致的画家，留在我心中的颜色竟然是一片正红。

红的寂寞，在于唯有在雪地或阴暗的背景里，才能显出那股鲜血的颜色。

前几年在顾福生老师离台二十年之后回台开画展的那一阵，又见到了他。最后要离台的一天，我穿上一件平日绝对不上身，在巴黎买下的白丝衣裳，梳上了头发，端端正正地坐在他的对面，一同喝了一次晚茶。恭恭敬敬地坐在恩师对面，连椅背都没感到可以去靠一靠。桌子边，要送给他的，是一口袋的书——我交的成绩。

那是今生最后一次见他了——我猜。分别时，向他微笑着，日本女子似的微微弯下身，轻轻地讲了一声："老师，你是我的恩人。"说时，台北的华丽之夜簌簌地落下小雨来。

家中存了老师三张画。一张童趣十足的拼图，一男一女拉着手，背后一条彩虹上又飞着一个好似长了翅膀的小女孩，左边一幢两层楼的房子有门有窗不够——还有阁楼天窗。整个背景用上黑底印小花的布，边上红圈圈，绿圈圈……明快又纯洁。这张画并没有展出过，反面用铅笔写着英文字："我的家是你的家"。

另一张水彩，一对老夫妇没有脸孔，两人中间一条红丝结将他们束在一起，背后右角一个圆，里面有人挂在十字架上。

还有一张是版画，色调暗，两个天使护住一双地上的人影，很厚实的安然。

台北的家，就永远挂这三张。老师变了，学生也变了。

去年夏天，坐在旧金山码头边跟海鸥分食一小杯螃蟹碎肉，想到恩师就住在同一个城市里，心里安静又快乐。

并没有想再去看望他。今生，有那三幅画，已经很富足而幸福了。并不止有这些，其中一张画的框子，还是老师亲手为我给装的。

每看《小王子》这本书，总使我想到湘宁老师。

是顾福生老师将我介绍去韩老师画室的。那时候别人都叫他"韩闭，韩壁"，很亲切的。我不敢问一问，那个 bì 到底是哪一个字？也从来不敢如此称呼他，即使在背后。

湘宁老师总穿光明的白衬衫，画里最感动我的一张，在当年，是壮美——一匹白马，背景用色淡褐夹橄榄绿。大号的。

湘宁老师本身活泼又明朗，那种纯净的个性里面有着反应极快的敏捷。本身也是个俊美的青年，对人对物充满着探讨的活力。上课也是不凶的，跟顾福生老师的那么安静又十分不相同，他是嘻嘻哈哈爱讲话的。是独子，看得出韩妈妈疼他疼得紧。

湘宁老师的教授法很动态的。他带了我们学生一起去看别人的画展，叫我们出去写生，看舞台剧或电影。他跟学生打成一片，有时玩心比谁都重。

在韩老师那儿，我又回到画石膏像。素描根底无论如何也打不好。以前顾福生老师看我那么画不像东西，就没有逼我再跟石膏像去对抗，他老说我感觉好，技术不行。当然，我的素描实在是奇差无比，每一次都将韩老师气得很灰心。

有一次老师出外去办事，回到画室发觉我的那幅素描又是一塌糊涂，他什么也不讲，拿起石膏像来就往地上摔，那一霎间我吓了一跳，赶快蹲下去捡碎片，姿势就像在下跪。其实，就算摔了石膏像，我也仍然不怕——假凶的。

跟石膏像纠缠了好一阵，双方都认为时间已到，应该认清现实——不可造就的学生不必再花气力。

画方面不可造就，欣赏方面老师自然而然地带着。好像学画的后来，都听老师的吩咐，东奔西跑，不是听演讲就是看画展，也介绍了他的好朋友诗人方莘的作品给我看。

我的生活因此开阔了很多很多。

这位亲爱的老师在分别了也是许多年后，在一个场合意外地见了面，他一见到我，居然大叫："喂——喂——你知不知道，我要做爸爸啦？"那时，我心里偷偷地一笑，久别的小王子仍是那么明净又快乐。小王子的公主王子一定会很活泼。

韩老师的画风也一再地在改变，很纽约味的。我很喜欢前几年他用细点点出来的纽约街景或停车场那一种风格。

上个月，在一本杂志上再度看见老师新画的报导，很急迫地看他走在什么路上。他又变了。

听说湘宁老师而今已是两个孩子的父亲，跟他美丽的妻子住在城外湖边的一幢房子里，这是听朋友们说的。我想，小王子总有自己的星球，他偶尔也去别的星球东张西望，充满着好奇和问题。而本质上韩老师是一个纯净又明朗的人。少见的聪明和才华。

想起他的本人，无论如何跟他目前笔下那些扭曲的人脸连结不上关系。湘宁老师本人是一件白色的衣裳，总也在反映着星星的光芒。

回想起来我的绘画生涯实在是幸福的，顾福生老师第一个进入生命，他的闪光——深刻、尖锐、痛楚地直刺我心。这份刺痛在当年是一种呼应，激起了生命里最处理不来的迷茫。老师并没有给我答案，反而给了一大堆问题，这堆问题非常有用，如同一团迷雾，必须在里面摸索才能找到什么。

韩湘宁老师把人向外引，推动着我去接触一个广泛的艺术层面，也带给了人活泼又生动的日子。他明朗又偶尔情绪化的反应，使直觉得活着是那么地快乐又单纯。拿天气来说，是一种微风五月的早晨，透着明快的凉意。湘宁老师对我的影响很深。他使我看见快乐，使我将心中的欢乐能够因此传染给其他的人。

很感激韩老师将我转去了彭万墀的画室。我十九岁了。

万墀老师最感人的在于他本身那种厚厚重重的样子。他不是一幅画，是一座塑像。

第一次上课，三个学生对着老师，他把自己一摆，就是这篇文章第一段的那个姿势，一动不动地做起学生的模特儿来。我画油画，将他重重的样子画出来，那张厚、重、沉、凝的脸，不会交代，只好用调色刀一刷，成了没有五官的。

画静物，放着的是罐头、锒头这种重重的铁器。偶尔给瓶子，都是上釉不多的粗陶。许多考验，老师把手掌平平张开，正对着我们学生，正对着眼睛，看见的就是五个指端，而他要求就画这个。

彭老师不说话时一句不说，石头一样。有时画了一个段落，他觉得要讲课，就用讲的，对着三个学生，他一样认认真真好似在发表一场演说。讲的内容——旧俄文学的光辉和华格纳的音乐都形容不出于万一。因为他是他。

给人的感觉那么刻苦、简朴、诚恳又稳重，扎扎实实一个人。这三位老师当年都是二十三四岁左右，却已经各自散发出那么明显的风格来。

跟着彭老师是我就事论事的一场学习，很认真的一个画室。不敢在里面发呆做梦、不敢嘻笑、不吃东西、不讲闲话，那把调色刀一块一块上色，很少用笔上油彩，总是用刀。是当时自己喜欢表达的一种技术。画了很多静物。

也被带去看画展，不但看，老师在一旁轻轻分析。被带着听音乐，他大半放交响曲，被带着看书——这，前两位老师也是一样尽心。彭老师给的书，就如那些粗瓶子和铁锤头，乍一看也许沉重，看惯了也就承担下来。感觉到分量的那么重要。

他自己在当年就是一个苦行僧。我们学生在他门下看上去粗茶淡饭，可是素食得那么安稳。有时，我觉得听他讲话，简直像在吃泥巴，越吃越泥重，那份消化自然有待时日，那份肯吃下去，是吐不出来的生活之底。

彭老师其实很会讲话，或说我很会听话。他可以成为一个大教育家，把内心不稳重的孩子脚底灌下铅，使我们步步踏实。这不只是他会教，是因为放在眼前的老师，就是一个如此的人。

我的色彩变了，不用明色，成了铅一样的东西。十九岁的年纪谈不上自我，因为不是天才。而我的三个老师，他们是。

很感人的是，彭老师对学生有着一股不属于他年纪的父爱，他对我们的尽心尽意，开始以为只对学生，后来发觉他对朋友也是相同。一种辐射性的能，厚厚的慈光，宗教般地照射着我们。

那时候，老师爱着他系上的同学，他叫她——"小段"的那位梳辫子的姑娘。他说日后必定娶她，终生不移。而今小段和老师加两个孩子，是一个亲密的家庭。老师说的理想，包括感情上的，都一一在日后的岁月中实现出来。说到做到。

许多年后，万墀老师住在法国，我住西班牙，两国相邻，又都是长住着，可是完全没有联系。只到四年或更久以前，通了一封信，老师寄来他孩子的一张彩色随手画——两支青椒和一条红萝卜。那份画中的静，使人讶异于画者的年纪那么稚小。只看那一笔画，就使人联想到那个父亲。

上个月，母亲看报纸后告诉我，彭万墀老师回来了，只逗留短短的几天。我心里很渴望见到他，可是不敢占用他宝贵的时间。还是赖琼琦老师，在台北工专教授色彩学的朋友，代我联络上了彭老师。这才晓得，我的好朋友是老师同班同学，难怪。

那个见面的下午，是老师在黄金分割般的时间夹缝里分给我的。

见面看见老师仍然那么健康又好看，我大喊一句法文："你好吗？"也不管老师怎么想，扑上去就给他一个那么快乐的拥抱。二十二年没见面，那份百感交集的心情真是说也说不出来。

彭老师进门就急着找他的老朋友顾福生的画来看，我又去翻杂志，赶快把韩老师的报导也拿出来。三位老师和一个我——有血有肉活得踏踏实实的学生，就在那一瞬间再度重聚在一起。

老师不老，学生已生华发。想到我的一张油画，在当年一个大家可以自由参加被审的画展里得过一次"铜牌奖"，那唯一的油画奖，是在彭老师门下就教时得来的。我的今生，第一次文章发表，来自老师，第一次看见一匹白马，来自老师，第一次拿奖，又在于老师。

说很忙很忙，坐一下就走。当彭老师在分别半生以后又坐在我对面的时候，他开始诚诚恳恳地对我讲话，起初十分钟只知道专心，后来请他停一秒钟，我奔去书房，拿起纸笔抄笔记。抄着抄着，老师的每一句话都好似一场一场人生的印证。我但愿一直就这么聆听那智慧的声音直到深夜，可是电话来了，有人找老师去大直——我猜，今生也是见不着他了。人生又有几个二十二年呢？

写着写着，我又看见了三位老师的身影。顾福生老师站在旧金山深夜的迷雾里静悄悄的，我站在远远的街角，泪眼对着那一件永恒的红毛衣，不敢上去叫他。韩湘宁老师站在遥远的星球上，全家四个人手拉手向我微笑又点头，孩子的笑声如同铃铛一般洒下来。彭万墀老师明明是音乐家华格纳般的一个人，而我怎么会看见一座如山的塑像，浸在贝多芬《快乐颂》的大合唱里？有光，有安静的太阳温暖慈爱地将一种能，涌涌不绝地灌输到我的灵魂里来。

写到这儿，我要放下这支笔，扑到床上高高兴兴地去大哭一场。今天，能够好好活下去，是艺术家给我的力量，他们是画家，也都是教育家，在适当的时机，救了一个快要迷失到死亡里去的人。

我的三位老师，在心里，永远是我一生的老师——虽然个人始终没有画出什么好作品来。我只有将自己去当成一幅活动的画，在自我的生命里一次又一次彰显出不同的颜色和精神。这一幅，我要尽可能去画好，作为对三位老师交出的成绩。

　　一生的师生之情，使我忘不了"天地君亲师"里那最后的"师承"之恩。如果就那么忘记，那么我一直想将自己当成一幅画——而且开始很多年了，来创作的心意里，就谈不上真诚了。

得奖的心情

其实那天出门并不是要去看电影，那只是附带要做的事，拿它出来向父母交代的。

在我们的家教里，做孩子的去哪儿可以不必向大人申请，可是走的时候必要报备将做的事、去的地方、和谁同去、大约几点回家等等。

那几年父亲身体不好，下班也提早了，接近黄昏的时候他总是在家。当我说要去西门町的时候父亲问明是一个人去，就说他可以陪我同去。

我们虽是父女，当时的关系却一直带着三分生涩，平日话也不多，一同出门更使我不自在。那一年我十九岁，父亲不过四十七岁。

要去的西门町除了电影之外，还有画廊。那天存心去"海天画廊"的，预备看了画才去看一场电影。

画廊正在展出一批参选后被选中的画。我悄悄去参加，被选上了，就想去看一看。

那时候，已经参加过十数次联展，两次台湾省美术展，全是用国画的作品去被审的。西画这是第一次入选，没有告诉家里人。

因为父亲要陪了去西门町，我没法子，只好带他先去画廊。

"海天画廊"好似设立在当年万国戏院对面的一幢大楼里。

展出的画很多，油画部分我入选了两张。进门口处签名的地方立着金、银、铜牌奖座，这才知道是给奖的。

父亲签了名，很快速地去会场绕了一圈，走到半圈时，看见一张油画下面贴着我的名字，非常讶异地向我走回来，说："妹妹（音：美 méi），你居然有一张画挂着嘛！"我有些不好意思，抿嘴一笑，也不说什么。

等我们走到另一张油画面前时，眼看与我名字并排的是条红带子，上面标着"铜牌奖"。我羞得差一点没转身就逃。在父亲面前得了奖真是喜也不敢喜出来——父亲跟我之间隔着那么深的一段幽谷，多年来我们不交往的。

我低着头也不笑，平日父亲是个不开朗而内心情感丰富的人。这一回他忍不住那份欣喜，左看右看不够，居然跑到签名的地方去问小姐，说他可以不可以买下那张铜牌奖的油画。人家告诉他这是不卖的，他又问什么时候可以领奖，有什么颁奖典礼吗，柜台上说不知道。

总而言之父亲站在我得奖的那张画前很久很久，小心翼翼地问着："瓶子怎么变长了？爹爹看不懂，你来解释好吗？"我哪能开口，只恨不得快快离开会场。父亲那种喜形于色的样子，引得会场其他观画的人都快知道得奖的是我，这真是令人难堪极了。

离开时，父亲又去问柜台小姐，问什么时候可以拿那个铜牌奖座，人家很淡漠地回说画展结束可以来拿。

走在街上父亲叹了口气，说可惜今天没有法子就拿奖牌，又说："也好！等颁奖那天爹爹来替你拍照。"

走过公用电话亭父亲站住脚步，我听见他在电话里告诉妈妈，说妹妹不但入选西画，还得了一个奖。又说不回去吃晚饭，要妹妹自己选一家餐馆点菜，然后去看一场《克里奥波却拉》——埃及艳后的电影才回去。

那是今生第一次跟父亲单独外出。过去多年来，因为我没有上正式学校，父母亲想起我的前程，总有如一块巨石压在心口，加上我自己的心理不平衡，在家根本不说话，哑巴似的闷着。这几年来我知道父母为我不知悄悄落了多少眼泪。而我自己，不是打弟弟就是丢东西，囚兽似的一个。

过马路时父亲拉住我的手，就像小时候他带我去看牙医生时一样。那种温暖使我不惯，微微垂着头眼泪只差没滴下来——许多年来父亲不曾这样对待过我。

进饭馆时好不容易甩掉了父亲的手，肃然坐在他对面。听见父亲在问："你不是最爱鸡浓粟米汤吗？再叫炒虾仁好不好？"我点点头，算是回答。

还是没有话的，在父亲面前。平日在家母亲做桥梁已经不够成功，而今母亲不在，十九年来单独对着父亲——一个那么像我的人。实在难挨极了。

"你知道吗？爹爹一生的理想并不是做律师，爹爹一生想做的是运动家或者艺术家。当年祖父将爹爹小学一年级就送去住校，跟着一群英国老师，一直到念大学都是孤单单的。有什么理想也不敢禀告家里大人，大人说念法律，就去念了……"父亲一面给我布菜一面将一碗汤放在我面前。

"现在你们这一代不同了，你们有什么想望都可以向爹爹姆妈讲清楚……知道了？"我看着黄黄的汤一直点头。

"就爹爹的看法，你将来最好走上美术这条路，你的天分努力都还够，就是没有下决心，如果你肯下决心，能够一辈子做个画家，做父母的心里不知有多欣慰……"我没法答话，也不敢喝汤，因为父亲没有动筷子。

"音乐也是好的，最近练到哪里？"他又问。声音如此地慈爱，弄得我很紧张，一直想呕吐。

"萧邦——夜曲。"我小声地讲。

"书不要念太多，再看下去眼睛要坏了。一技之长很重要，专心去弄一件事情会更有进步的。再说你运动不够，网球为什么又不去打了？"

那一顿饭父亲如此慈祥地对待我，才知道这长长七年的休学令父亲担了什么样的心事，而一个小小的奖牌又带给了他何等的希望——只要我好，做什么事情父亲都同意的。

那回得奖之后，父亲将画展的一张单子细心别起来，在我的名字上打了钩，用红笔注明"铜牌奖"，然后将这张纸很仔细地收入一个资料袋中去。父亲收集孩子们一切资料，包括大弟幼稚园开始做的美劳手工。

画展结束的第二天我去搬画回家，很羞涩地请问那个主持人，"铜牌奖"可不可以带回去。她，一位有些漫不经心的妇人，用手在一个纸盆里掏来掏去，顺手捞出那个铜牌——"哪！拿去啰！"她说。我向她点点头，说了感谢，她也无心再理我，低头不知去核对什么单子去了。

奖回家了，父亲将它擦了又擦，摆在钢琴上。有客人来他就会去说明二女儿的成就。

那次得奖过后，我请求进入当年的"文化学院"做一个选读生。一样缴费注册，同样考试拿成绩单，唯一不同的是没有学籍。

去学校见师长的那一天，父母都陪伴我去，我心里暗自祈望父亲不要带了那个铜牌上阳明山，他没有。

在学校的会客室里，我打开了几张并不师承什么人的国画，几张油画和两篇发表的文章，算做成绩去交代。教务主任和另外几位老师一看就说："那当然进美术系了，不然国文系。"

我抬起头来，看见父亲、母亲哀哀看着我的眼睛，那种苦苦哀求的神色使我几乎要哭出来。

他们要我做画家他们要我做画家他们要我做画家……

填单子时那三个空格巨大地扑在眼前——美术系美术系美术系美术系……美术系有巨大莫名的兽等着吞嚼我。那是父母的期望，要我做画家。父母的眼睛，是一匹巨兽，压在我的背上，天天苦盼孩子学个一技之长。

我拿出钢笔来，在众人伏视下，端端正正地填进了——哲学系。

也不懂为什么，下山时父亲擦着汗，说："哲学很玄呀！妹妹你念得来吗？念出来了又做什么呢？"说时他脱掉眼镜将手帕去擦鼻梁和眼睛，一面又说："好了！好了！妹妹终于上大学了。这个天，真热——"

补考定终生

说起来，我这一生没有大志气，也从不明白自己的性向到底应该放在什么事情上。

只记得念小学时，作文永远被贴上壁报，"省际演讲比赛"的讲稿也是自己动笔，不需老师费心。就算没有作文课的时候，也会写些编出来的长篇故事请同学们观赏。

我在小学时代就制作了"手抄本"小说，在同学间广为流传。内容大半着重于"苦儿流浪"这个主题。不然就是《少年侦探陈天禾》一集二集三集。

作文这件事情，一直到初一、初二都是满篇红彩——整篇文章被老师用红圈圈一路伴陪到底，尚加"优极"评语。

我没有什么特别的感觉。

等到我初二下学期开始不再上学校之后，作文当然就停了。我也不特别怀念这门功课。

好不容易进了大学，虽然名义上是个没有教育部学籍的哲学系一年级选读生，校内考试却是一样要参加的。

当时对于哲学，兴趣很浓，手边放着康德的《纯理性批判》为主书，其他尚有一百本以上形形色色哲学副书，都在生吞活剥。

那并不是一年级教材内的东西，是自己找来的忙碌。对于国文也就给暂时搁下了。

记得我的国文老师还没来上课时，就有同学告诉我，来者是个很严格的好老师，绰号比本名还要响亮，叫做"西部"。又说，如果当面称呼老师"西部"，他可是要不高兴的，人家是极有学识的老师，在他面前最好不要笑。

我自然不敢笑。当我看见那高个子国文老师——头戴巴拿马草帽、眼罩深黑色墨镜、口咬林语堂大师同类烟斗、足踏空花编织白色皮鞋、身穿透明朱黄香港衫、腰系松软烟灰青的宽裤，这进得门来，嗳——的一声长气一叹，我都没有笑。

虽然第一堂课上得不落实——《易经》，那可不是老师的错，是我本身的观察吸取了全部的心思——把这位老师给看痴了过去。觉得，他就是漫画或李费蒙小说中的"情报贩子"加"国特"的写实角色。

这种装扮的人，照我的猜测，必然有着那么一份真性情，也必然在思想上不流俗套、行为上勇敢果毅、生活上有所无奈——听那声进门来就哀叹的长气。

总而言之，我非常乐意地接受了这位在当时，并不很被人"自然视之"的国文老师。

老师满腹经纶，用来教授大一的学生，实在大材小用，我们当时并不知晓国学浩如烟海，那份痴迷都偏心地交给了西洋哲学和庄子。

春花秋月等闲过，在我的回忆中，当时没有在看国文课本。一次都没有，包括上课时。

好，期末考来了，老师们也不怎么逼人，我却一头把自己栽进"理则学"——逻辑课本中去——那门知识非常好玩。

国文老师说，只考我们四题。我忘了这种国学考试非同小可，再说，每题各占二十五分，说不定那三题都能答得出来，这不就得了吗。

我的国文老师在数学上还是有些不明白，考过之后，我的分数居然是——五十八分。

那时候，我已经跟老师很熟了。

看见自己面临补考，我坐公车跑到老师住在台北市的小房子里去了。在那堆满了书籍的斗室里，我盯住老师，喊了一声："老师不会考算术。不然五十分、不然七十五分，这五十八分怎么加减出来的？"

老师看见我的突然冲进门，好似满怀喜悦和惊讶，立即说："走，老师带你去吃晚饭，辣的吃不吃？"

我点点头，不等老师伸手，赶快把他的草帽给递了上去。

等老师跟我坐定在一家小饭馆里，开始喝酒吃花生米时，老师照例未开口先长叹一口气，才说："你国文不行。"我问："到底答对了几题呢？说呀！"老师说："《易经》答得好，非常好。我问你，孔子哪年修的《春秋》你怎么不晓得？"

我说："这你去问孔子呀！我哪里晓得。"

老师说："书本上有嘛，同学都背下来了，只有你——"

我这时才知自己只靠一题《易经》得了全卷一半分数。我在老师的酒杯伸筷子，沾了一点点米酒放入口中，说："老师呃，孔子当年有过这么一句话，他说——以后的人记得我的，可不靠《春秋》这部书哦。"老师笑说："你又晓得了。"我说："古文里怎么讲我背不起来了，意思是这样的。有没有？"老师再笑，说道：

"有的。"我一拍手，叫说："可见孔子本人也不介意——老师何必在意呢？"

老师说："你补考。"我说："可以呀！不过方式由我来决定，肯定跟国文沾得上一点点边的。一点点。"老师笑着夹了一筷子菜给我，说："小孩家，没规矩。"

他等于同意了。

分别时，我去追公共汽车，一面跑一面叫喊："老师，五天后，三篇作文请你看。"在路灯下还是戴着帽子的老师，很慈爱地对我挥手。那时候的他，看上去还真像个"西部"，老师很高。

过了五天，我又冲到老师家中去，老师一个人在书桌上喝酒，零乱的小房间里找不到另外一把椅子，我推推老师的被褥，自己并不敢就坐下去。那天老师神情好似在发怒，不大理睬人。我放下了一沓"手抄本"，向他笑一笑。

"放着。"老师说。

"你还是吃点饭吧。"我轻轻说。

老师倒也不固执，站起来作势要出门，我赶紧又把那顶帽子从衣帽架上取下来双手递了上去。老师说："走，跟老师去吃饭。"我不敢出声，快步跟了出去。

又开学了，我只担心国文分数迟迟不下来，却因那年寒假短，不敢再去闯师门，苦等国文课快快来，好知道成绩。因我不是正式生，成绩单教务处不管的。

当那顶永不消失的草帽又出现在教室门口时，我盯住老师，满眼都是问号。老师把那公事包一放，开始点烟斗，点火的时候，眼睛如同牛铃一般瞪了我一眼。

"来。"他向我招手。众目睽睽之下，我向老师走去。我站得笔直。立正，双手垂下。

"孩子，你写的内容都是真的吗？"他问。我说："一篇论说，没有真假可言。一篇抒情，也没有真假——"老师打断我的话，说："是那篇一万多字的叙述，可是真实的？"

我一愣，低下了头，声音很细："是真事情，家事而已。"老师这回清了一下嗓子，很认真的、接近一种严格的声调对我说："好孩子，有血有肉有文章，老师不会看错人的。"

我一时反应不激烈，老师反倒沉不住气似的，把烟斗拔开，说："老师多年不流泪，兵荒马乱也不流泪，看了你文章，哭——"

这时我突然讲了老师一句："你神经哦——"

老师听了不生气，说："不神经，你——你给我记住，你这支笔从此不要给我放下。记牢了？"我拼命点头。

"几分？"我问。

"九十九分如何？"他慢慢地说，脸上笑容从心底散出来，带着一丝顽童的纯洁。

我听到这个分数，啪地打了老师一下肩膀，人已然冲向空空旷旷，长满芦花的后山荒野，我向天空大喊："西部万岁——西部万岁——西部万岁——噢——"

一年半之后，我已经发表了七篇文章。

十二年后的台北，如果有人曾经看见那个笔名里暗藏着易卦的人，在路上、餐厅里，牵着一位头戴巴拿马草帽的老人，两人走在一起，轻声细语地说着话、比着手势。当会在看了这篇文章之后，猛然想起——对了，那就是三毛和她的老师。

老师姓何，名宗周。甘肃省人。在台孑然一身。逝于数年前，当我在国外居留时。年月日不详。

　　如果有什么人，知道老师而今埋骨何方，请千万通知我。好让我——好让我——好让我——去——看——看——他。

读书与恋爱

如果人生硬要给它分割，那么谁的半生，也是一座七宝楼台，拆来拆去便成碎片，所见的无非只是一些难以拼凑的颜色和斑纹而已。

不拆的话，的确是一座宝塔，我的自然也是，只是那座塔上去不容易，忘了在里面做楼梯，倒是不自觉地建了许多栏杆。

二十岁，刚刚由一重重的浓雾中升上来，眼前一片大好江山，却不敢快步奔去，只怕那是海市蜃楼。

好似二十岁的年纪，不是自大便是自卑，面对展现在这一个阶段的人与事，新鲜中透着摸不着边际的迷茫和胆怯。毕竟，是太看重自己的那份"是否被认同"才产生的心态，回想起来，亦是可怜又可悯的。

我没有参加联考进入大学，是两三篇印成铅字的文章加上两幅画、一封陈情书信请求进入当年的文化学院做选读生的。这十分公平，一样缴学费，一起与同学上课，一律参加考试，唯一的不同是，同学们必须穿土黄色的制服参加周会，而我不必；同学们毕业时得到学籍的认可，而我没有。不相同的地方，十分微小而不足道，心甘情愿地感激。再说，不能穿那种土黄色的外套，实在是太好了。

注册的时候仍是艰难的，排了很久的队伍，轮到自己上前去，呐呐地涨红了脸，名单上不会印出我的记号，一再地解释情况，换来的大半是一句："你等着，等最后才来办理。"等着等着，眼看办事的人收了文件，挨上去要缴费，换来的往往是讶然与不耐："跟你讲没有你的名字，怎么搞不清楚的？"好不容易勉勉强强收了学费，被人睨着冷冷地来上一句："讲人情进来的嘛——"那时候，虽然总是微微地鞠着躬，心里却马上要死要活起来。

没有讲情，只是在给创办人的信中写出了少年失学的遭遇和苦痛，最后信中一句话至今记得，说："区区向学之志，请求成全。"信写得十二分地真诚，感动了创办人张晓峰先生，便成了华冈的一分子。

好在注册这样的事半年才有一次，情况不大会改，但也是值得忍受的，毕竟小忍之下，换来的生活与教化是划算的。

那时候的华冈并没有而今如此多的建筑物与学生，校园野趣十足，视线亦是宽阔的，而当年的公共汽车也不开进学校内来，每天上学，必得走上一段适可的路，略经一些风雨，才进教室，在我看来，那是极佳的课外教育。

记得在入学的前一阵，院长慈爱地问我希望进入哪一门科系选读，我的心，在美术系和哲学系之间挣扎了好久。父亲的意思是念美术，因为他一生的梦想是做一个运动家或艺术家，很奇怪的是，他又念了法律。我没有完成父亲的梦，进了听起来便令人茫然无措的哲学系。总认为，哲学是思想训练的基础，多接近它，必然有益的。

126

大学时代，回忆起来，是除了狂热读书之外，又同时投入恋爱中去的两种唯二情景。那个年纪，对于智慧的追求如饥如渴，而对于一生憧憬的爱情，亦是期待付出和追寻。同学之间，是虚荣的，深觉本身知识的浅薄与欠缺，这使我们产生自卑，彼此比来比去，比的不是容貌和衣着，比不停的是谈吐和思想。要是有个同学看了一本自己尚没有发现的好书在班上说了出来，起码当时好强的我，必然急着去找一找，细心地阅读体会，下星期夜谈时立即给他好看。这真是虚荣，而也因为这份激励和你死我活的争美，读书成了一生的习惯，但却不再为着虚荣的理由了。本班同学中，在书本上与我争得最激烈的，便是而今写出《上升的海洋》与《长夜思亲》的作者许家石。至今十分感谢他当年对我的一番恩仇。

恋爱嘛，那也是自自然然，花，到了时候与季节，必然是要开的，没有任何理由躲开这自然的现象，只是入了大学，便更加理直气壮起来。

其实，我从小便非常喜欢幻想，小说看多了，生活中少数接触的几个异性，便成了少年情怀中白马王子的替身，他们或是我的老师，或是邻家那个老穿淡蓝衬衫的大学生，或是詹姆斯·迪恩——影片《伊甸园之东》的男主角，或是贾宝玉，或是林冲，或是堂哥的一位同学……年龄不同，角色互异。这种种想象出来的倾慕使得平淡的生活曲折而复杂，在当时，是一种精神上的维他命，安全而又不可或缺。

进入大学之后，同学之间十二分的友爱，这是难能可贵的经验，同学们近乎手足之情的关爱，使我初初踏入人群里去时，增加了一份对人世的安然和信任。虽然哲学系的我们几乎天天腻在一起上课、吃饭、坐车、夜谈、辩论、阅读、郊游，可是彼此之间却是越来越单纯，好似除了书本及所谓的"人生观法"以外，再没有可能发生知识之外的化学作用。在那样不知有汉，无论魏晋的日子里，内心竟然隐藏着一丝丝欠缺与空虚的感觉。

我知道那是什么。

缺乏爱情的寂寞，是一种潜伏的恐慌，在那种年龄里，如果没有爱情，就是考试得了一百分，也会觉得生命交了白卷，再说，我的学期总平均只有八十五分。

大二的那一年刚刚开始，我拿了一百九十元台币的稿费，舍不得藏私，拿出来请全班同学在校园外面的小食店吃中饭，菜还没有上来，门口进来了一个旁系的同学，恰好他认识我们班上的一个，双方打了招呼，我们请他一起来吃饭，就在他拉着椅子坐下来的那一霎间，我的心里有声音在说——噢，你来了。

男朋友和买鞋子是十分相似的一件事情，看了几百双鞋，店员小姐不耐烦，追问到底要什么花色式样的，自己往往说不明白，但是，当你一眼看见一双合意的，立即就知道是它。可怕的是，视觉心灵上的选择，并不代表那双鞋子舒适合脚，能够穿一辈子。

总而言之，那种灯火阑珊处的蓦一回首，至今想来仍是感动的。这件事情不来则已，一来便立即粉身碎骨，当年不顾一切的爱恋和燃烧，是一个年轻生命中极为必须的经验和明证，证明了一刹永恒的真实存在与价值。

奇怪的是，学业并没有因为生命的关注不同而退步，事实上，我从来没有不关注智慧的追寻，无论在任何情况下。

一直跟着这位男朋友——如同亲人般的男同学，到大学三年级。随着时日的相处，恋爱并不是小说中形容的空洞和不真实，许多观念的改变、生活的日渐踏实、对文学热烈的爱、对生命的尊重、未来的信心、自我肯定、自我期许……都来自这一份爱情中由于对方高于我太多的思想而给予的潜移默化。

结果仍是分手了，知道双方都太年轻，现实生活中没有立即的形式可以使这份至情得到成全。

离开台湾的我，在一年后，与这位朋友淡了音讯。

那是自然，是造化，也是最合情合理的一种结束，不能幼稚地视为是双方的变心便作为一切分离的解释。

相聚时的一切悲欢，付出得真真诚诚，而分别的事实又来得自自然然，没有任何一方在这份肯定的至情中强求以结合为终场，在我看来，这是一种认知与胸襟，其中没有遗憾，有的是极为明确的面对事实的成长。

回想起来，在那样的年纪里，这种对待感情的态度，仍是可贵的，虽然我也同时付出过血泪和反省。

那一场恋爱，若一定要用成败来论断的话，它是成功的，其中许多真理；书本中得不着的"直接真理"，使我日后的人生受益极多。

这篇文字，是写我的二十岁，写的是读书和恋爱，其实，也写下了造成今日中年我的一个基石。

月河

穿过死亡之门

超越年代的陈旧道路到我这里来

虽则梦想褪色，希望幻灭

岁月集成的果实腐烂掉

但我是永恒的真理，你将一再会见我

在你此岸渡向彼岸的生命航程中

——泰戈尔

1

"来，替你们介绍，这是林珊，这是沈。"

她不记得那天是谁让他们认识的了。就是那么简单的一句话——"这是林珊，这是沈。"就联系了他们。

记得那天她对他点点头，拍拍沙发让他坐下，介绍他们的人已经离去。他坐在她旁边，带着些泰然的沉默，他们都不说话。

其实他们早该认识的，他们的画曾经好几次同时被陈列在一个展览会场，他们互相知道已经太久太久了。多奇怪，在那个圈子里他们从来没有机会认识，而今天他们竟会在这个完全不属于他们的地方见面了。

她有好些朋友，她知道沈也经常跟那些朋友玩在一块儿的，而每一次，就好像是注定的事情一样，他们总是被错开了。

记得去年冬天她去"青龙"，彭他们告诉她——"沈刚刚走。"她似乎是认命了似的笑了笑，这是第五次了，她不知道为什么他们那么没缘，她心里总是有些沮丧的。她在每一次的错过之后总会对自己说："总有一天，总有一天我要碰到他，那个沈，那个读工学院却画得一手好画的沈。"

现在，他们终于认识了，他们坐在一起。在他们眼前晃动的是许多濛濛的色彩和人影。这是她一个女同学的生日舞会，那天她被邀请时本想用没有舞伴这个借口推托的，后来不知怎么她又去了，她本不想去的。

"你来了多久？"他问她。

"才来。"

音乐在放那支"Tender Is The Night"，几乎所有的年轻人都在跳舞。他没有请她跳，他们也没再谈什么。她无聊地用手抚弄着沙发旁那盏台灯的流苏，她懊恼自己为什么想不出话来讲，他们该可以很谈得来的，而一下子，她又觉得什么都不该说了。

她记得从前她曾那么遗憾地对彭和阿陶他们说过：

"要是哪一天能碰到那个画表现派的沈，我一定要好好地捉住他，跟他聊一整天，直到'青龙'打烊……"

彭他们听她这样说都笑开了，他们说："昨晚沈也说过类似的话，你们没缘，别想了……"

她坐在沙发上有些想笑，真的没缘？明天她要否定这句话了。

那天他穿了一件铁灰色的西装，打了一条浅灰色上面有深灰斜条纹的领带。并不太高的身材里似乎又隐藏了些什么说不出的沉郁的气质。她暗暗在点头，她在想他跟他的画太相似了。

唱机放出一支缠绵的小喇叭舞曲，标准的慢四步。他碰碰她的肩把她拉了起来，他们很自然地相对笑了笑，于是她把手交给他，他们就那样在舞池里散散慢慢地滑舞起来。在过去的日子里曾经那么互相渴慕过的两个生命，当他们偶然认识之后又那么自然地被接受了，就好像那是天经地义的事一样。

"我们终于见面了。"他侧着身子望着她，声音低低的。目光里却带着不属于这个场合的亲切。她抬起头来接触到他的目光，一刹间就好像被什么新的事物打击了，他们再也笑不出来。像是忽然迷失了，他们站在舞池里怔怔地望着彼此。她从他的眼睛里读到了她自己的言语，她就好像听到沈在说："我懂得你，我们是不同于这些人的，虽然我们同样玩着，开心着，但在我们生命的本质里我们都是感到寂寞的，那是不能否认的事，随便你怎么找快乐，你永远孤独……"她心里一阵酸楚，就好像被谁触痛了伤口一样，低下头来，觉得眼睛里充满了泪水，分不清是欢乐还是痛苦的重压教她心悸，她觉得有什么东西冲击着他们的生命，她有些吃惊这猝发的情感了。

"而他只是这么一个普通的男孩……我会一下子觉得跟他那么接近。"她吃惊地对自己说。他们彼此那样痴痴地凝望着，在她的感觉里他是在用目光拥抱她了。她低下头沙哑地说："不要这样看我，求你……"

她知道他们是相通的，越过时空之后掺杂着苦涩和喜悦的了解甚至胜过那些年年月月玩在一起的朋友。他们默默地舞着，没有再说话，直到音乐结束。

灯光忽然亮了，很多人拥了那位女同学唱出生日歌，很多人夸张着他们并不快乐的笑声帮着吹蛋糕上的蜡烛，之后男孩子们忙着替他们的女孩子拿咖啡、蛋糕……

她眯着眼睛，有些不习惯突然的光亮的喧哗。跟她同来的阿娟和陈秀都在另一个角落笑闹着。她有些恹恹的，觉得不喜欢这种场合，又矛盾地舍不得回去。

"你要咖啡不？"他侧过身来问她。

"也好，你去拿吧，一块糖！"

她回答得那么自然，就好像忘了他们只是偶尔碰到的，他并不是她的舞伴，就如她也不是他的舞伴一样。他端了咖啡回来，她默默地接了过来，太多的重压教她说不出话来。

音乐重新开始了，陈秀的二哥，那个自以为长得潇洒的长杆儿像跑百米似的抢过来请她，她对沈歉意地笑笑就跟着长杆儿在舞池里跳起来。

"林珊，你跳得真好。"

"没什么，我不过喜欢伦巴。"

她心不在焉地跳着，谈着。那夜，她破例地玩到舞会终了，陈秀家的车子兜着圈子送他们。她到家，下车，向满车的人扬扬手随随便便地喊了一声："再见！"车子扬着尘埃驶去。她知道沈在车上，她没有看他一眼就下车了，她知道那样就很够了，他们用不着多余的告别。

2

"林珊，下午三点钟 × 教授在艺术馆演讲，还有好些世界名画的幻灯片，一定要来，阿陶的车子坏了，别想有人接你，自己坐巴士来，门口见。"

"喂！彭，你猜昨晚我碰见谁了，我知道你赶课，一分钟，只要谈一分钟，求你……哎呀！别挂……"

她看看被对方挂断的电话，没有话说，她知道她那批朋友的，他们那么爱护她，又永远不买她的账，不当她女孩子。

已经上午十一时了，她穿了睡袍坐在客厅里，家里的人都出去了，显得异常地冷静。昨晚舞会戴的手镯不知什么时候遗落在地板上，她望着它在阳光下静静地闪烁着，昨夜的很多感觉又在她心里激荡了，她想，也许我和沈在一个合适的该认识的场合见面，就不会有这种感觉了。为什么昨夜我们处了那么久却一句话都说不出来。他们在各人的目光里读了彼此对于生命所感到的悲戚和寂寞。

她知道她的几个朋友都会有这种感觉，而他们年年月月地处在一起却没有办法真正地引起共鸣。"各人活各人的。"她想起去年夏天一块去游泳时阿陶说的这句话。当时她听了就觉得一阵酸楚，她受不住，沿着海滩跑开了。而那么多日子来他们仍是亲密地聚在一起，而他们仍是"各人活各人的"，在那么多快活的活动之后又都隐藏了自己的悲哀，他们从来没有"真正"地认识过。

"至少昨夜我发觉我跟沈是有些不同的。"她想，我们虽然撇不下"自我"，但我们真正地产生过一种关怀的情感，也不知道为什么会有这种想法。她耸耸肩站起来去预备下午穿的衣服。谁知道呢？这种感觉要来便来了。

一种直觉，她知道沈下午不会去听演讲的，而她在短时间内也不会看到他了。

3

那天是九月十七号，晚上九点半了。她披了一件寝衣靠在床上看小说，芥川龙之介的《河童》——请读做 Kappa，看到《河童》题目后面特别标出的这句话她不禁失笑了，为什么 Kappa 要读做 Kappa？大概 Kappa 就是 Kappa 吧！好滑稽。

门铃响了，她没有理会，大弟喊她，说是阿陶来了，她披了衣服出去，心里恨他打扰了她的《河童》。

"来干吗？"那么任性地问他。

"他们都在青龙，盼你去，叫我来接。"

"不好，今天人累了，不想见他们，好阿陶，对不起，请你转告他们下次我请……"她连推带拉地把阿陶给送了出去。阿陶有些懊恼，脸上一副沮丧的表情，她有些不忍，觉得自己太专横了，又觉得对自己无可奈何，就是不想去嘛！不想去说废话，不想见那些人。

"你不是老没见过沈吗？今夜他在那儿。"阿陶在发动他的摩托车时嘀咕了那么一句。

她忽然想起原来她从来没有告诉过他们，她和沈见过了，那天她本想跟彭说的，后来又一直没谈起，也许是下意识地想隐藏什么吧。她知道沈也没说话。她差一点想喊住阿陶了，想告诉他她改变主意了，只等两分钟，一起去，不知怎么她又没说，她只拍拍阿陶，对他歉意地笑笑叫他去了。

4

第二天，她无所事事地过了一天，看了几张报纸，卷了卷头发，下午坐车子去教那两个美国小孩的画，吃了晚饭陪父亲看了一场电影，回来已经很晚了。睡不着，看了几页书，心里又老是像有什么事似的不安。觉得口渴，她摸索着经过客厅去冰箱拿水。

就在那时候，电话铃忽然响了，她呆了一下，十二点半了，谁会在这时候来电话？一刹间她又好像听到预感在对她说："是沈的电话。"没有理由的预感，她冲过去接电话。

"林珊？"

"嗯！我就是。"

"林珊，我是沈，我想了好久，我觉得应该告诉你……喂！你在听吗？"

"什么？"

"林珊，你一定得听着，我明早九点钟的飞机飞美国，去加拿大研究院……喂……喂……"

在黑暗中她一手抱住了身旁的柱子，她觉得自己在轻轻地喊："天啊！天啊！哦……"沈仍在那边喊她——"我要你的地址，我给你写信……回答我呀……"她觉得自己在念地址给他，她不知道自己还说了些什么，然后她轻轻地放下了听筒。她摸索着回到房里蜷缩在床上像一只被伤害了的小鹿，哦！他们为什么不告诉我，为什么不早告诉我，为什么？为什么？……她怪她的朋友，怪任何一个认识她又认识沈的朋友。其实她能怪谁呢？没有人会把他们联想在一起，他们不过是只见过一次面的朋友罢了。哦，天！我们不是如此的，我们曾经真真实实地认识过，也许那根本谈不上爱，但有什么另外的代名词呢？她伏在枕上，带着被深深伤害了似的情感哭泣了。我们没缘，真的没缘。我早知道的，就像好多次完全能应验的预感一样。她受不住这种空空的感觉，就好像是好多次从没有信心的恋爱里退避下来时一样，空得教人心慌。她定睛注视着一大片黑暗慢慢地对自己念着："明天他要去了，他——要——去——了，他——要——去……"我早该做聪明人，我早该知道的。而她又不肯这样想，她似乎是叫喊着在对自己反抗："我不要孤独，我不要做聪明人，我要爱，我要爱……即使爱把我毁了……"

5

冬天来了，常常有些寒意的风刮过窗子。她把头靠在窗槛上注视着院角一棵摇晃的树梢。满园的圣诞红都开了，红得教人心乱。

那天，她有些伤风，早晨起来就觉得对自己厌倦，什么事都不想做。她呵了口气在玻璃窗上，然后随意用手指在上面涂画着，她涂了好多莫名其妙的造型，其中有一个是近乎长方形的，右边的那一道忘了封口，倒有些像是两条平行线了。她忽然一下敏感地把自己和沈反映上去了，一心惊，随手把它们统统抹去了。谁说是平行线呢？平行线再怎么延长都是不能相交的。我们不是平行线，她把头抵着窗槛，不能再想下去了。真的，好几个月了，他一封信都没有来过。他们的关系根本没有开始就结束了，这该不是结束吧？她清楚在他们之间的默契，她也明白，有时，会有一种情操不需要结果而能存在世界上的，而那又往往是最坚强的，甚至连生命的狂流也无法冲毁的。

她想着想着，忽然又觉得有一股好大的酸楚在冲击着她，她想，也许产生那种情操的意念只是一刹那间的酸葡萄所造成的吧。至少，她曾经渴望过在这样的男孩子的胸怀里安息，再不要在那种强烈的欢乐而又痛苦的日子里迷失了。

在世俗上来看，沈，是一个她最最平淡的朋友，而她居然对他固执地托付了自己。

6

她拒绝了好些真正的朋友，有时她会找那些谈不来的女孩子们一起去逛街，看电影，然后什么也不感觉地回家。有时阿陶他们碰到她都会觉得生疏了，她不知道为什么要在最难受的日子里逃避那些被她珍惜的友情。

她只想靠在窗口吹风，再不然就是什么也不想地抱着猫咪晒太阳。也许我是有些傻，她想，何必老是等那封没有着落的信呢？她看得很清楚，她对自己说："我们该是属于彼此的。"想到他那没有什么出色却另有一股气质的外形，她更肯定自己的意念了。她爱他，爱他，不为什么，就是那么固执地做了。

7

整十点，那个小邮差来了，她从窗口看见，开门去接信，一大沓耶诞卡，国内的，国外的，还有一封是彭从巴黎寄来的。想到彭，她有些歉然了，他比沈迟一个月出国，给她写过信，她只简单地回了他一张风景明信片，在国内时他一直像哥哥似的照顾她。

小邮差按铃，另递给她一张邮简，抱歉地说："忘了这一张。"一下子，她把门砰的一声带上了，丢了那些卡片，往房里跑去，她矛盾地想快快读到沈的信，而手里的裁信刀又不听话地慢慢地移动着，哦！那么多日子的等待，她期待了那么久的信却没有勇气去拆阅它。她知道若是一切正常的话他不会那么久才给她来信的。潦草的铅笔字，写得很模糊——

珊：不知道在哪部电影里听过这句话：人生岁月尔尔，在平淡中能寻取几丝欢乐，半段回忆，也是可调遣你半生的了。当时我的感受还不止此，有多少人是需要被慰藉的，而又有多少人是为生活奔波而被现实的担子压下来的，生活实在不易，而人又要为这些事情劳苦终日，终年，甚至终其一生的岁月……我很难回忆近几个月的种种感觉，就好像在根本不属于自己的土地上硬要把自己生根……想当年的狂热和所谓好气质的自傲都被现实洗刷殆尽了……一直想写信给你，我曾一再地想过，也许台湾的种种都只能属于我从前的梦了，就像你在小时候会对一只纸船、一片落叶，所发出的绮梦一样……也许我要否定那些从前被我珍惜的事物和记忆了……这不是对你个人如此，而是对一切都改变了……我一直地怀念你。

　　她看了一遍，她又看了一遍。真的，我们已经结束了，她喃喃地平静地告诉自己。她知道沈已经先她一步进入了另一个世界，他有许多感受她能完全体会，却再也没有法子引起共鸣和默契了。也许她需要他领到他的园地里去，也许不，总有一天她会不再是个女孩子，她会成长，她会毫不逃避地去摸索自己的痛苦，幸福的人会感受到某些人一辈子都尝不到的苦果。

　　她有些想哭，又有些想大笑，她知道她错过了一个强过她太多的朋友。其实谁又能说她几个月来日夜渴慕的不是她另外一个"自我"呢？她笑着，流着泪，她对自己说：我永远摆脱不开自己，即使是爱情来叩门时也选择了一个与我太接近的男孩。

　　她知道沈没有写什么伤害她的话，但当沈写完了这封信时他一定也会知道他们之间已经永远封闭了，就像两个恋人隔着一道汹涌的大河，他们可以互相呼应却再不能跨进一步。她凄怆地闭起眼睛，仿佛看到他们站在另一个世界里，有月光照着河，照着他们。她又看到他们彼此张着手臂隔着两岸呼叫着……

　　"但是，船在你那边，沈，只要你试一试……沈，什么时候你会放你的小舟来渡我？"她捂着脸低低地说着，她知道自己不会写回信了。真的，船在他那边，在我，只有年年月月地等候了。

　　一方斜斜的太阳照进来，她坐在窗口浴在阳光里，有暖暖的伤感晒着她，她拂了拂头发自言自语地说："也许，明天我该对生命、对世界有另一种不同的想法了。"

极乐鸟

　　我羡慕你说你已生根在那块陌生的土地上。我是永远不会有根的。以前总以为你是个同类，现在看看好像又不是了。你说我"好不好"。我对"好"字向来不会下定义，所以就算了；谅你也只是问问罢了。刚才我到院里去站了一会儿。是一个平平常常的夜晚，我站了一下，觉得怪无聊的，就进来写信了。S（请念做Sim），何必写那些盼望我如何如何的话。我讨厌你老写那些鼓励人的话。这些年来你何曾看见过我有什么成就，一切事情对我都不起作用，我也懒得骗自己。事情本来就是如此，你又要怎么样呢？

　　这次期中考，我国文不及格，考糟了。原因是我把该念书的时间花在闲散中。原因是那几个晚上我老在弹吉他，原因是我不在乎学校。我更是个死到临头也不抱佛脚的家伙。不要说什么，像我这样的女孩子除了叫"家伙"之外还能叫什么呢。由于我写不出古文《尚书》有几篇，我的确想不出我懂不懂那个跟我有什么关系。教授说："怎么搞的？"我说："没怎么搞，我没念嘛，天天晒太阳。"他脸上露出要研究我的倾向。我不喜欢有人乱七八糟地分析我，我一气便跑开了。你说告诉你些近况我就告诉你这些鬼事。我就是这么不成器，到哪儿都是一样。活着已花力气，再要付上努力的代价去赢得成功的滋味我是不会的。我不要尝那个连苦味都没有的空杯。你根本就不要盼望我如何如何。你岂会不明白我么，你岂会连这都不记得了么，谅你也只是写写的，我也不恼你了。

昨夜的信还没写完。下午睡觉起来接安来信。S，看到你自杀的消息。算算日期都快十天了。S，我坐在沙发上呆了几秒钟；只那么几秒钟。然后我把那没写完的信慢慢慢慢地揉掉了，然后我跑出去。心里空空荡荡的。我穿错了鞋子。自己不知道。街上好多人，我也夹在里面乱乱地走着，我走到中正路，天不知道什么时候黑下来了。空气冷得要凝固。我荡了好久，脑子里间或有你的事跳出来，没有什么特别的感觉。后来我走到二女中那儿，碰到熟人。我不知她是谁。她说天怪冷的，你一人在街上干什么。我说，我接到一封信，一封朋友来的信，所以我出来走走。她不懂，口里却哦哦地答应着。后来我就走开了。我讲完那几句话，眼泪就不听话地淌下来了。我胸口被塞住，我胃痛，我仰着头，竟似哭似笑地沿着那一大排日光灯慢慢地小跑起来了——

我回家。我把安的信捡起来铺平了，慢慢地，清楚地看了一遍。S，安说不要难过，安说你还有救，安说不要激动，不要哭，Echo 不要哭，不要哭不要哭不要哭……我不知道，我回家后便不哭了。我摊开 Logic 的书好好预备起考试来。思绪从来没有那么清楚过。第二天早晨我照样去考试。我中午回家，开冰箱，拿了一个苹果啃起来。我一面看报一面吃东西，妈妈在厨房里，我差不多叫着告诉她——S 自杀了。我说 S 上星期自杀了——妈妈听不清楚，跑上来紧张地问，谁自杀了？我看着妈妈的脸，苹果咽不下去也说不出话来。我推开她，一下子冲到自己房里，伏在门背上歇斯底里地哭起来。我滑坐在地板上，胸口好闷，胃抽痛得要打滚。我哭着，我伏在地板上小声地哭着。我不顾忌什么，我倒巴不得去放肆地哭，好冲动地哭它一场。S，你看你，你怎么样独自承担了那么多痛苦。而你什么都不说，一个字都不写。你为什么要这样。我懂，我不懂，我懂——安说你还有救。她说的。我不要哭，不要不要不要……

　　S，你是我的泥淖，我早就陷进去了，无论我挣不挣扎我都得沉下去。S，你若救不了我就拉我一起下去吧。我知道你会以为我在发疯。我的确是。你一点不要奇怪。好久好久以前，我刚开始画油画，我去你那儿，你在看书，我涩涩地把一张小画搁在墙角给你看。那日你很高兴，将书一丢，仔细看了那张裸体画，看了好久好久。然后你说——感受很好。小孩子，好好画下去——我知道你是真心在鼓励我。我画素描时你总是说我不行的。我站在那儿，心里充满快乐。后来你说："来看，给你看样新东西。"我们跑到隔壁一间。你给我看那张大画，新画的，你铺在地板上给我看。我看了一会儿。你问我喜不喜欢，我点点头，说不出话来。我们对着那画站了好久。我再没有说一句话。后来我去拿我的画箱，我说我要回去了。你送我到门口。天暗了，你穿着那件深红的毛衣，站在大大的阔叶树下。我走到巷口，回头望你，你仍站在那儿，红毛衣里渗进了黄昏的灰色。我走去搭车时，街上正飘着歌——Take my hand I am a stranger in paradise——我似乎走不动了。我靠在一根电线杆上呆呆地站了好久。心中茫然若失。我好累，我觉得从来没有那么疲倦过。手中的画箱重得提不动。路边的霓虹灯一盏盏亮起来——多奇怪，你走了有一万万年了，而我会突然想起这件小事。

我是天生的失败者。你的天才尚且不是你的武器，我又拿什么跟自己挑战呢。以前我跟你讲到乡愁的感觉，那时我也许还小，我只常常感觉到那种冥冥中无所依归的心情，却说不出到底是什么。现在我似乎比较明白我的渴望了，我们不耐地期待再来一个春天，再来一个夏天，总以为盼望的幸运迟迟不至，其实我们不明白，我们渴求的只不过是回归到第一个存在去，只不过是渴望着自身的死亡和消融而已。

其实我坐在这儿写这些东西都是很无聊的。我再从一年级去念哲学更是好愚昧的事。我本该接受 T 公司的高薪去做东京的时装模特儿。也许那样过日子我反倒活得快乐些。而 S，你会知道我说的不是真话，就是时光倒流，生命再一次重演，我选择的仍是这条同样的道路。我今日担着如此的重担，下辈子一样希望拥抱一个血肉模糊的人生。这是矛盾的矛盾，宇宙平衡的真理。

下午 D 来，他说要订婚。说话时低着头，精神很黯然。不像个有把握的恋人。我看他那样子，心中抽搐了一下。我喝了一口冰水。我说也好。但给我时间，只要短短一点时间，我要把一件事情在心里对付清楚——我要绞死自己，绞死爱情——你记不记得四年前讲过的话。我说有一天我会参加自己的葬礼。你大笑，你说小家伙又乱七八糟讲迷糊话了。那时我也笑了，我甚至笑得咳嗽起来。我把那本速写簿一下子掷到墙角去。我说我没讲错。我跟 D 结婚不就是埋了死了。我要立个滑滑的墓石。你说留点什么做个墓志铭吧。我不再笑了。那次学画回来时那种疲倦的感觉又一下子淹没我了。我慢慢地念出——魂兮归来——后来我不知怎么的就跑掉了。S，你看我，事隔多年，我一样洒脱不起来，明明要死的人，总想你拉我回来。魂兮归来，魂兮归来。我不会归回到自己了。你总叫我小家伙。我就是小家伙，我认了。我还要跟你说什么呢。S，我真的答应D了。我欠他太多，这是债，是债就还吧。了不起咬一咬牙也就挨过了。S，我知道。只要有那么一天我再见到你，哪怕我们只是在匆忙的十字路口擦肩而过；哪怕你已不再认识我，我又会把自己投进那永远脱不出来的地方去了。S，求你扶持我。我害怕这样求你。你若亲口唾弃我，我便要受炼狱的硫火了。

S，出国前那一阵你一直忙得要命，又一直闹情绪。有一晚你来电话，声音几乎低得听不见。你哭了。你说："小家伙，我想死。"当时我说，要死就去死吧。那么好的事情我替你鼓掌。说完我自己也哭起来了。离情别绪再加上好多好多事情，我担得够累了。电话挂断，好多天不敢去问你消息。朋友们见面讲起你要走的事，问我知不知道，我点点头什么都说不出来。后来那晚我在中山北路跟D散步，你迎面走过来。我们隔着一个小水塘静静地对立了好久。那水塘，那水塘就像海那么阔，我跨不过去。S，后来D拉着我走了。我梦游似的跟他走回家，再送他出门。我躺在床上呆望着黑黑的窗外直到天亮。第二天你离国，我南下旅行，直到在台南病得要死被D找到送回家。

S，我写到这儿，想到你自杀的事。我本该一点不吃惊才是，我却像个差劲的人一样为这件事痛苦感触得不能自已。S，我想到我们这批性急的家伙。我们早在透支生命，本不会活得太长，你又何苦跑得那么快呢。好多次我有那种意念，好多次我又放下了。这样一次次得来的生命总很疲惫。S，我说要你扶持我，我说求你拉着我，因为我是天堂的陌生人。S，我说什么？我在说什么？你看我，有时我又否认一切，自己所有的感觉我全部否认。S，我上面写的全都不算。我好累好累，我觉得要生病了，我没气力再写什么。我本是个差劲的人——

我今晚有些特别。我不写上面那些废话就好似活不下去了一样。S，不要怪我，因我知道了你的事情。S，你好好的吧？你好好的吧？S，你还在吗，我不能确定，S，我全身发抖。你还在吗？还在吗？我不知道下一次有这念头的会是你还是我。我不在乎你看这信有什么想法。人苦闷起来就是这样的，我一点办法都没有，你当我发高烧说吃语好了。我是天生的病人。S，你会说你不爱看这信，我无所谓。你那儿的冬天一定很冷。总有个取暖的壁炉。我不管。把信烧掉好了。那年我在画上签名，我写了 Echo 这字。你说谁给的名字，那么好。我说自己给的。没想到希腊神话中的故事，经过数千年的流传，在冥冥中又应验到一个同名的女孩身上。

不写了，明天我要寄掉这封信。我要去搭公路局车上学，挤在沙丁鱼似的车厢里颠上山。我要念书。我要做好多不喜欢的事，那么多刺人的感觉。厌倦的感觉日日折磨我。S，我很累很累，什么时候我可以安睡不再起来。

华冈的风一到冬天总化成一条呜咽的小河，在山谷里流来流去。而我一下车，那风便扑向我，绕着我，向我低低地诉说着——我们不是飞行荷兰人，为什么要这样永不止息地飘来飘去——我走在风里，总会觉得身子轻些了。我长了翅膀，化成羽毛。我慢慢地凌空而起。我低低地飞翔在群山之间。呼叫着 Echo、Echo、Echo……

众神默默。

在清晨的纽约。在摩天楼的大峡谷里。S，当你醒来的时候，你曾否听到过一只极乐鸟在你窗外拍翼飞过的声音。

雨季不再来

这已不知是第几日了，我总在落着雨的早晨醒来。窗外照例是一片灰濛濛的天空，没有黎明时的曙光，没有风，没有鸟叫。后院的小树都很寥寂地静立在雨中，无论从哪一个窗口望出去，总有雨水在冲流着。除了雨水之外，听不见其他的声音，在这时分里，一切全是静止的。

我胡乱地穿着衣服，想到今日的考试，想到心中挂念着的培，心情就又无端地沉落下去，而对这样的季候也无心再去咒诅它了。

昨晚房中的台灯坏了，就以此为借口，故意早早睡去，连笔记都不想碰一下，更不要说那一本本原文书了。当时客厅的电视正在上演着西部片，黑暗中，我躺在床上，偶尔会有音乐、对白和枪声传来，觉得有一丝朦胧的快乐。在那时考试就变得极不重要，觉得那是不会有的事，明天也是不会来的，我将永远躺在这黑暗里，而培明日会不会去找我也不是问题了。不过是这个季节在烦恼着我们，明白就会好了，我们岂是真的就此分开了，这不过是雨在冲乱着我们的心绪罢了。

每次早晨醒来的时候，我总喜欢仔细地去看看自己，浴室镜子里的我是一个陌生人，那是个奇异的时分。我的心境在刚刚醒来的时候是不设防的，镜中的自己也是不设防的，我喜欢一面将手浸在水里，一面凝望着自己，奇怪地轻声叫着我的名字——今日镜中的不是我，那是个满面渴想着培的女孩。我凝望着自己，追念着培的眼睛——我常常不能抗拒地驻留在那时分里，直到我听见母亲或弟弟在另一间浴室里漱洗的水声，那时我会突然记起自己该进入的日子和秩序，我就会快快地去喝一杯蜂蜜水，然后夹着些凌乱的笔记书本出门。

今早要出去的时候，我找不到可穿的鞋子，我的鞋因为在雨地中不好好走路的缘故，已经全都湿光了，于是我只好去穿一双咖啡色的凉鞋。这件小事使得我在出门时不及想象的沉落，这凉鞋踏在清晨水湿的街道上的确是愉快的。我坐了三轮车去车站，天空仍灰分不出时辰来。车帘外的一切被雨弄得静悄悄的，看不出什么显然的朝气，几个小男孩在水沟里放纸船，一个拾垃圾的老人无精打采地站在人行道边，一街的人车在这灰暗的城市中无声地奔流着。我看着这些景象，心中无端地升起一层疲惫来，这是怎么样令人丧气的一个日子啊。

下车付车钱时我弄掉了笔记，当我俯身在泥泞中去拾起它时，心中就乍然地软弱无力起来。培不会在车站吧，他不会在那儿等我，这已不知是第几日了，我们各自上学放学，都固执地不肯去迁就对方。几日的分离，我已不能清楚地去记忆他的形貌了，我的悬念和往日他给我的重大回忆，只有使得我一再激动地去怀想他，雨中的日子总是湿的，不知是雨还是自己，总在弄湿这个流光。今日的我是如此地撑不住，渴望在等车的时候能找到一个随便什么系的人来乱聊一下，排队的同学中有许多认识的，他们只抬起头来朝我心事重重地笑了笑，便又埋头在笔记簿里去，看样子这场期终考弄得谁都潇洒不起来了。我站在队尾，没有什么事好做，每一次清晨的盼望总是在落空，我觉着一丝被人遗忘的难受，心中从来没有被如此鞭笞过，培不在这儿，什么都不再光彩了。站内的日光灯全都亮着，惨白的灯光照着一群群来往的乘客，空气中弥漫着香烟与湿胶鞋的气味，扩音器在播放着新闻，站牌的灯一亮一熄地彼此交替着，我呼吸着这不洁的空气，觉得这是一个令人厌倦而又无奈的日子。

想到三个多月前的那日，心情就无端地陷入一种玄想中去，那时正是注册的日子，上一个学期刚从冬季寒冷的气候中结束，我们放假十天就要开始另一个新的学期。那天我办完了注册手续才早晨十点多点，我坐在面对着足球场的石砌台阶上，看着舞专的学生们穿了好看的紧身舞衣在球场上跳舞，那时候再过几日就是校庆了，我身后正有一个老校工爬在梯子上漆黄色的窗框，而进行曲被一次次大声地播放着，那些跳舞的同学就反复地在练习。当时，空气中充满着快乐的音乐和油漆味，群山在四周低低地围绕着。放眼望去，碧空如洗，阳光在缓缓流过。我独自坐在那儿，面对着这情景，觉得真像一个活泼安适的假日，我就认真地快乐起来。那份没有来由的快乐竟是非常地震撼着我。后来开学了，我们半专心半不专心地念着书，有时逃课去爬山，有时在图书馆里发神经查生字，日子一天一天过去，接着雨就来了，直到现在它没有停过。我们起初是异常欢悦地在迎接着雨，数日之后显得有些苦恼，后来就开始咒诅它，直到现在，我们已忘了在阳光下上学该是怎么回事了。

从车站下车到学校大约有二十分钟的路，我走进校园时人已是透湿的了，我没有用雨具的习惯，每天总是如此地来去着。我们教室在五楼天台的角上，是个多风的地方。教室中只有几个同学已经先到了，我进门，摊开笔记，靠在椅子上发愣，今日培会来找我吗？他知道我在这儿，他知道我们彼此想念着。培，你这样不来看我，我什么都做不出来，培，是否该我去找你呢，培，你不会来了，你不会来了，你看，我日日在等待中度日——

四周的窗全开着，雨做了重重的帘子，那么灰重地掩压了世界，我们如此渴望着想看一看帘外的晴空，它总冷漠地不肯理睬我们的盼望。而一个个希望是如此无助地被否定掉了，除了无止境的等待之外，你发现没有什么其他的办法再见阳光。

李日和常彦一起走进来，那时已是快考试了，李日是个一进教室就喜欢找人吹牛的家伙。他照例慢慢地踱进来，手中除了一支原子笔之外什么也没带。

"卡帕，你怎么穿这种怪鞋子？"卡帕是日本作家芥川的小说《河童》的发音，在雨季开始时我就被叫成这个名字了。

"没鞋了，无论皮鞋球鞋全湿了，不对吗？"

"带子太少。远看吓了我一跳，以为你干脆打赤足来上学了。"李日一面看着我的鞋，一面又做出一副夸张的怪脸来。

"我喜欢这种式样，这是一双快乐的鞋子。"

"在这种他妈的天气下你还能谈快乐？"

"我不知道快不快乐，李日，不要问我。"

"傻子，李日怕你考试紧张，跟你乱扯的。"常彦在一旁说。

"不紧张，不愉快倒是真的，每次考试就像是一种屈辱，你说你会了，别人不相信，偏拿张白纸要你来证明。"我说着说着人就激动起来。

"卡帕，有那么严重吗？"常彦很费思索地注视着我。

"他妈的，我乱说的，才不严重。"说着粗话我自己就先笑起来了。

这是一种没有来由的倦怠，你如何向人去解释这个时分的心情呢，今晨培也没有来找我，而日复一日的等待就只有使得自己更沉落下去。今晨的我就是如此地撑不住了，我生活在一种对大小事情都过分执著的谬误中，因此我无法在其中得着慰藉和亮光。好在这心情已非一日，那是被连串空泛的琐事堆积在心底的一个沙丘，禁不住连日的雨水一冲，便在心里乱七八糟地奔流起来。

这是一场不难的考试，我们只消对几个哲学学派提出一些评论，再写些自己的见解，写两千字左右就可通过。事实上回答这些问题仍旧是我很喜欢的一件工作，想不出刚才为什么要那么有意无意地牵挂着它。仔细地答完了卷子，看看四周的同学，李日正拉着身旁埋头疾书的常彦想要商量，常彦小声说了一点，李日就马上脸色发光地下笔如飞起来，我在一旁看了不禁失笑，李日的快乐一向是来得极容易的。此时的我心中想念着培，心中浮出一些失望后的怅然，四周除了雨声之外再听不出什么声音来。我合上了卷子，将脚放在前面同学的椅子上轻轻地摇晃着，那个年轻的讲师踱过来。

"是不是做完了？做完就交吧。"

"这种题目做不完的，不过字数倒够了。"

他听了笑起来，慢慢地踱开去。

我想不出要做什么，我永远学不会如何去重复审视自己的卷子，对这件事我没有一分钟的耐心。雨落得异常地无聊，我便在考卷后面乱涂着——森林中的柯莱蒂（注：Clytze，希腊神话山泽女神，恋太阳神阿波罗，后变为向日葵），雨中的柯莱蒂，你的太阳在哪里——那样涂着并没有多大意思，我知道，我只是在拖延时间，盼望着教室门口有培的身影来接我，就如以前千百次一样。十五分钟过去了，我交了卷子去站在外面的天台上，这时我才突然意识到，整天都没课了，我们已在考期终考了。整幢的大楼被罩在雨中，无边的空虚交错地撑架在四周，对面雨中的宿舍全开着窗，平日那些专喜欢向女孩们呼叫戏谑的男孩们一个也不见，只有工程中没有被拆掉的竹架子在一个个无声的窗口竖立着。雨下了千万年，我再想不起那些经历过的万里晴空，想不起我干燥清洁的鞋子，想不起我如何用快乐的步子踏在阳光上行走。夏季没有带着阳光来临，却带给我们如许难挨的一个季候。教室内陆续有人在交卷，那讲师踱出来了。他站着看了一会儿雨。

"考完了就可以回去了，我们这门课算结束了。在等谁吗？"

"没有，就回去了。"我轻轻地回答了一声，站在雨中思索着。我等待你也不是一日了，培，我等了有多久了，请告诉我，我们为什么会为了一点小事就分开了，我总等着你来接我一块下山回去。

这时我看见李日和维欣一起出来。维欣是前一星期才回校来的，极度神经衰弱，维欣回乡去了快一个月。

"考得怎么样？"我问维欣，平日维欣住在台北姑母家中，有时我们会一起下山。

"六十分总有的，大概没问题。"维欣是个忧郁的孩子，年龄比我们小，样子却始终是落落寡欢的。

"卡帕，你准是在等那个戏剧系的小子，要不然甘心站在雨里面发神经。"李日一面跳水塘一面在喊着。

"你不许叫他小子。"

"好，叫导演，喂，培导演，卡帕在想你。"李日大喊起来。我慌了。

"李日，你不要乱来。"维欣大笑着拉他。

"卡帕，你站在教室外面淋雨，我看了奇怪得不得了，差一点写不出来。"李日是最喜欢说话的家伙。

"算了，你写不出来，你一看常彦的就写出来了。"

"冤枉，我发誓我自己也念了书的。"李日又可爱又生气的脸嚷成一团了，这个人永远不知忧愁是什么。

这时维欣在凝望着雨沉默着。

"维欣，你暑假做什么，又不当兵。"我问他。

"我回乡去。"

"转系吧，不要念这门了，你身体不好。"

"卡帕，我实在什么系都不要念，我只想回乡去守着我的果园，自由自在地做个乡下人。"

"书本原来是多余的。"

"算了，算了，维欣，算你倒楣，谁要你是长子，你那老头啊——总以为送你念大学是对得起祖宗，结果你偏闷出病来了。"李日在一旁乱说乱说的，维欣始终性情很好地看着他，眼光中却浮出一层奇怪的神情来。

我踏了一脚水去洒李日，阻止他说下一句，此时维欣已悄悄地往楼梯口走去，李日还毫不觉得地在踏水塘。

"维欣，等等我们。李日，快点，你知道他身体不好，偏要去激他。"我悄悄地拉着李日跟在维欣身后下去。

下楼梯时我知道今日我又碰不着培了，我正在一步一步下楼，我正经过你教室的门口，培，我一点办法都没有，我是这样地想念着你，培，我们不要再闹了，既然我们那么爱着，为什么在这样近在眼前的环境中都不见面。

李日下楼时在唱着歌。

我知道
有一条叫做日光的大道
你在那儿叫着我的小名
呵，妈妈，我在向你赶去
我正走在十里外的麦田上
……

"喂，卡帕，这歌是不是那戏剧系的小子编出来的？告诉他，李日爱极了。"

这儿没有麦田，没有阳光，没有快乐的流浪，我们正走在雨湿的季节里，我们也从来没有边唱着歌，边向一个快乐的地方赶去，我们从来没有过，尤其在最近的一段时分里，快乐一直离我们很远。

到楼下了，雨中的校园显得很寥落，我们一块儿站在门口，望着雨水出神，这时李日也不闹了，像傻子似的呆望着雨。它又比早晨上山时大多了。

"这不是那温暖的雨。"维欣慢慢地说。

"等待阳光吧，除了等待之外怎么发愁都是无用的。"我回头对他鼓励地笑了笑，自己却笑得要落泪。

"算了，别等什么了，我们一块儿跑到雨里去，要拼命跑到车站，卡帕，你来不来？"李日说着人就要跑出去了。

"我们不跑，要就走过去，要走得很泰然地回去，就像没有下雨这等事一样。"

"走就走，卡帕，有时你太认真了，你是不是认为在大雨里跑着就算被雨击倒了，傻子。"

"我已没有多少尊严了，给我一点小小的骄傲吧。"

"卡帕，你暑假做什么？"维欣在问我。

"我不知道，别想它吧，那日子不来，我永远无法对它做出什么恳切的设想来，我真不知道。"

历年来暑假都是连着阳光的，你如何能够面对着这大雨去思想一个假期，虽然它下星期就要来临了，我觉得一丝茫然。风来了，雨打进门槛下，我的头发和两肩又开始承受了新来的雨水，地上流过来的水弄湿了凉鞋，脚下升起了一阵缓缓的凉意。水聚在我脚下，落在我身上，这是六月的雨，一样寒冷得有若早春。

雨下了那么多日，它没有弄湿过我，是我心底在雨季，我自己弄湿了自己。

"我们走吧，等什么呢。"维欣在催了。

"不等什么，我们走吧。"

我，李日，维欣，在这初夏的早晨，慢慢走进雨中，我再度完全开放地将自己交给雨水，没有东西能够拦阻它们。雨点很重地落在我全身每一个地方，我已没有别的意识，只知道这是雨，这是雨，我正走在它里面。我们并排走着，到了小树丛那儿它就下得更大了，维欣始终低着头，一无抗拒地任着雨水击打着。李日口中含了一支不知是否燃着的新乐园，每走一步就挥着双手赶雨，口中含糊而起劲地骂着，他妈的，他妈的，那样子看不出是对雨的欢呼还是咒诅。我们好似走了好久，我好似有生以来就如此长久地在大雨中走着，车站永远不会到了。我觉得四周，满溢的已不止是雨水，我好似行走在一条河里。我湿得眼睛都张不开了，做个手势叫李日替我拿书，一面用手擦着脸，这时候我哭了，我不知道这永恒空虚的时光要何时才能过去，我就那样一无抗拒地被卷在雨里，我漂浮在一条河上，一条沉静的大河，我开始无助地浮沉起来，我慌张得很，口中喊着，培，快来救我，快点，我要沉下去了，培，我要浸死了。

李日在一旁拼命推我，维欣站在一边脸都白了，全身是湿的。"卡帕，怎么喊起来了，你要吓死我们，快点走吧，你不能再淋了，你没什么吧？"

"李日，我好的，只是雨太大了。"

我跟着他们加快了步子，维欣居然还有一条干的手帕借我擦脸，我们走在公路，车站马上要看到了，这时候我注视着眼前的雨水，心里想着，下吧，下吧，随便你下到哪一天，你总要过去的，这种日子总有停住的一天，大地要再度绚丽光彩起来，经过了无尽的雨水之后。我再不要做一个河童了，我不会永远这样沉在河底的，雨季终将过去。总有一日，我要在一个充满阳光的早晨醒来，那时我要躺在床上，静静地听听窗外如洗的鸟声，那是多么安适而又快乐的一种苏醒。到时候，我早晨起来，对着镜子，我会再度看见阳光驻留在我的脸上，我会一遍遍地告诉自己，雨季过了，雨季将不再来。我会觉得，在那一日早晨，当我出门的时候，我会穿着那双清洁干燥的黄球鞋，踏上一条充满日光的大道，那时候，我会说，看这阳光，雨季将不再来。

一个星期一的早晨

当我开始爬树时，太阳并没有照耀得那么凶猛，整个树林是新鲜而又清凉的，刚一进来的时候几乎使我忘了这已是接近夏天的一个早晨了。阳光透过树上的叶子照在我脸上，我觉得睁不开眼睛，便换了一个姿势躲开太阳。

这时的帕柯正在我躺着的树干下，她坐在一大堆枯叶上，旁边放着她那漂亮的粗麻编的大手袋，脚旁散着几张报纸。这是帕柯的老习惯，无论到哪儿，总有几张当天的或过时的报纸跟着她，而帕柯时常有意无意地翻动着，一方面又不经意地摆出一副异乡人的无聊样子来。现在我伏在树上看着她，她就怪快乐的样子，又伸手去翻起报纸来。

我在树上可以看见那河，那是一条冲得怪急的小河，一块块的卵石被水冲得又清洁又光滑，去年这个时候，我总喜欢跟帕柯在石头上跨来跨去。小河在纱帽山跟学校交接的那个山谷里流着。我渡水时老是又叫又喊的，总幻想着纱帽山的蛇全在河里，而帕柯从不怕蛇，也从不喊叫，她每到河边总将书一放，就一声不响地涉到对岸的大相思树下去。太阳照耀着整个河床，我们累了就会躺在大石上晒一下，再收拾东西一块走公路去吃冰，然后等车回家。有时辛堤和奥肯也会一块儿去，但我看得出，只有帕柯和我是真正快快乐乐地在水里走来走去。这样的情形并没有很多次，后来帕柯要预备转学考试，就停掉了这种放学后的回家方式。

辛堤今天破例想自己去涉起水来，他在带着土黄色的卵石上走着，肩上还背了照相机。天很热，辛堤的白衬衫外面却套了一件今年流行的男孩背心，那种格子的花样显得古怪而轻浮。我看看帕柯，她也正在看下面的河，于是我就对辛堤嚷起来。

"辛堤，不要那样走来走去了，你不是还有一堂课，快回去上，我跟帕柯在这儿等你。"

"卡诺，不要催我吧，如今的帕柯已不是从前每天来上学的她了，让我留在这儿，明早帕柯就再不会来了。"

辛堤仰着头朝我喊着，这时候阳光照在他单纯的脸上，显得他气色很好，水花在他脚边溅起，在阳光里亮得像透明的碎钻石，我看着这情景就异常地欢悦起来。

帕柯在树下走来走去，一会儿她走过来，用手绕着我躺着的树干，摇晃着身体，一面又仰头在看树顶的天空。

"卡诺，离开这儿已经一年多了，今早我坐车上山觉得什么都没有变过，连心情都是一样的，要不是辛堤这会儿背着我的相机，我真会觉得我们正是下课了，来这林子玩的，我没有离开过。"

"帕柯，你早就离开了，你离去已不止一年了，今早在车站见你时，我就知道你真的走了有好久了，要不然再见你时不会有那样令人惊异的欢悦。"

今天的帕柯穿得异常地好看，绸衬衫的领子很软地搭在颈上，裙子也系得好好的，还破例地用了皮带，一双咖啡色的凉鞋踏在枯叶上，看起来很调和，头发直直地披在肩上，又光滑又柔软。

整个的帕柯给这普通的星期一早晨带来了假日的气息，我觉得反而不对劲起来。

"帕柯，你全身都不对劲，除了那几张报纸之外，你显得那么陌生。"

"卡诺，你这样说我似乎要笑起来，你知道吗，早晨我起来时就一直告诉自己，今天的我不是去新庄，今天是回华冈去，我就迷惑起来，觉得昨天才上山去过，那地方对我并不意味着什么，我去也不是去做什么，整个心境就是那样的，我不喜欢那种不在乎的样子，就让自己换了一件新衣服，好告诉自己，今天是不同的。卡诺，你看我，我这做作的人。"

"帕柯，不要在意那种没有来由的心情吧，毕竟回来的快乐有时是并不明显的，也不要来这儿找你的过去，你没有吧？帕柯。"

"没有。卡诺，不是没有，我不知道。"

"不要再想这些，我们去叫辛堤起来。"

我从树上踩着低桠处的树枝下来，地上除了野生的凤尾草之外，便是一大片落叶和小枯树枝铺成的地，从去年入秋以来就没有人扫过这儿的叶子。树林之外有一条小径斜斜地通到那横跨小河的水泥桥上，然后过了桥，经过橘子园直通到学校的左方。我走到树边的斜坡上向下望着辛堤，他不在河里，辛堤已经拿着脱下来的背心，低着头经过那桥向我们的地方走来。

林外的太阳依旧照耀着，一阵并不凉爽的风吹过我和帕柯站的斜坡，野草全都摇晃起来。辛堤已经走上了那伸延得很陡的小径，我由上面望着他，由于阳光的关系，我甚至可以清楚地看见他绣在衬衫口袋上的小海马。此时的帕柯站在我身旁，一只手搁在我肩上，我们同时注视着坡下的辛堤，他仍低着头走着，丝毫没有察觉我们在看他。四周的一切好似都突然寂寥起来，除了吹过的风之外没有一点声音，我们热切地注视着他向我们走近，此时，这一个本来没有意味着什么的动作，就被莫名其妙地蒙上了一层具有某种特殊意象的心境。辛堤那样在阳光下走近，就像带回来了往日在一起的时光，他将我们过去的日子放在肩上，走过桥，上坡，一步一步地向我们接近。

"帕柯，这光景就像以前，跟那时一模一样，帕柯，你看光线怎么样照射在他的头发上，去年没有逝去，我们也没有再经过一年，就像我们刚刚涉水上来，正在等着辛堤一样。"

"是的，卡诺，只要我们记得，没有一件事情会真正地过去。"

"帕柯，有时觉得你走了，有时又觉得你不过是请假，你还会来的。"

"我不知道，卡诺，我没有认真想过。"

辛堤走到尚差林子几步时，就很快地将肩上的背心一丢，口中嚷着热，走到树荫下便将身子像鸟似的扑到地上去。他自己并不知道，刚才他那样上坡时，带给了我们如何巨大的一种对过去时光的缅怀。

"热坏了，卡诺，你带了咖啡没有？"

"辛堤，你忘了，我中午留在学校才带咖啡的，今天是陪帕柯，整天没课。帕柯，你几点想回去？"

"不知道，不管，累了就回去，你走过来。辛堤不要懒了，替我们拍照吧。"

辛堤靠在那棵杨桐树的树根上，将背心罩着相机，开始装起软片来。我枕着帕柯的麻布手袋仰面躺着，而帕柯正满面无聊地在嚼一根酢浆草。我转一个身想看看河，但我是躺着的，看不见什么，只有树梢的阳光照射在帕柯的裙上，跳动着一个个圆圆的斑点。

我们从上山到现在已快三个钟点了，我觉得异常地疲倦。树林很凉爽，相思树开满黄花，风一吹香气便飘下来，我躺着就想睡过去了，小河的水仍在潺潺地流着，远处有汽车正在经过公路。

"卡诺，我在你书上写了新地址，这次搬到大直去了，你喜欢大直吗？"

"帕柯，你这不怕麻烦的家伙，这学期你已经搬了三次家了。"

"一切的感觉就是那样无助，好似哪儿都不是我该定下来的地方，就是暑假回乡时也是一样。故乡古老的屋宇和那终年飘着蔗糖味的街道都不再羁绊我了，这种心境不是一天中突然来的，三年前它就开始一点一滴地被累积下来。那时我觉得长大了，卡诺，我已没有自己的地方了。"

"帕柯。"

"我喜欢用我的方式过自由自在的日子，虽然我自己也不确信我活得有多好。"

"我不喜欢城市，尤其是山下那个城，但我每天都回到那里去，帕柯，我是一个禁不起流浪的人。"

"我不会，我每日放学就在街上游荡，有时碰到朋友，我就跟他们一块吃小摊逛街直到夜深。"

那时我躺得不想起来，地上的湿气透过小草和枯叶慢慢地渗到背脊里去，我觉得两肩又隐约地酸痛起来，就随手拉了一张报纸垫在身下，辛堤已装好软片向我们走来。

"挪过来一点，卡诺，你脸上有树叶的影子，坐到帕柯左边去，你总不会就这样躺着拍照吧。"

"就让我躺着吧，毕竟怎么拍是不重要的。"

时间已近正午了，我渐渐对这些情景厌烦起来，很希望换个地方，我是个不喜欢拍照的人，觉得那是件做作的事情。

"卡诺，你这不合作的朋友，帕柯一年都没来一次，你却不肯好好跟她一起拍些照片，卡诺——"

辛堤生气起来，一脸不高兴的样子，帕柯看见就笑了。

"辛堤，好朋友，我们去吃冰吧，不要跟卡诺过不去，毕竟我们没有什么改变，何必硬把它搞得跟以往有什么不同呢。"

于是我们离开了树林，抱着许多书，穿过桥，上坡，再经过一个天主堂就到大路了。从树林中走到正午的天空下总是不令人欢悦的，太阳被云层遮住，见不到具体的投射下来的光线，但放眼望去，在远处小山的上面，那照耀得令人眼花的天空正一望无际地展开着。大路上静静地停放着几辆车子，路旁的美洲菊盛开着火焰似的花朵，柏油路并没有被晒得很烫，但我走在上面，却因为传上来的那一点微热，使人从脚下涌起一股空乏的虚弱来。

到冰店的路并不很长，我们只需再经过一个旧木堆，绕过一家洗衣店和车站就到了，我们懒散地走着，有时踢踢石头，路上偶尔有相识的同学迎面走过。我们三人都没有说话，经过木堆时，嗅到腐木的味道，一切就更真实起来了。

"我们干脆提早一点吃饭去，我想去那家小店。"

"又要多走四十几步路，帕柯，你最多事。"

小店的墙上贴了许多汽水广告和日历女郎的照片，另外又挂了许多开张时别人送的镜子。以前帕柯常常嘲笑这家土气的小店，今日却又想它了。

今天的学生不多，我们坐在靠街的一张桌子，一面等东西吃一面看着公路上来来往往的车辆。刚才的太阳晒得我头痛，我觉得该去照照镜子，仔细去看看自己的脸，于是我就挪过椅子，对着一面画有松鹤的镜子打量起自己来，真是满面疲乏的神色了。回身去看他们，帕柯正在喝茶，辛堤在另一桌与几个男同学谈话，样子怪有精神的，这时蛋花汤来了，他就坐回来吃得很起劲。帕柯拿起筷子在擦，动作慢慢的，脸上露出思索的表情，但她没说什么。

"卡诺，我们吃完了去阳明山，走小路去，底片还有好多呢。"辛堤吃着东西人就起劲了。

"我现在不知道。"

"我要去，现在下山没意思。"帕柯在一旁说。

太阳又出来了，见到阳光我的眼睛就更张不开了，四周的一切显得那么地拉不住人，蓝的的公路局车一辆辆开过，我突然觉得异常疲倦，就极想回去了。

"我不管你们，吃完饭我要走了，帕柯，你跟辛堤去吧。"

"卡诺永远是一个玩不起的家伙，回去吧，我们先陪你去等车。"

我们站在候车亭的栏杆边上，四周有几个小孩在跑来跑去，车站后面的冰店在放着歌曲，那带着浪漫的拉丁情调的旋律在空气中飘来，四周的一切就突然被浸在这奇怪的伤感的调子里，放眼望去，学校的屋顶正在那山冈上被夏日的太阳照得闪闪发光。

帕柯在送我，就如以前那一阵接近放假时的日子一样，什么都没改变，心中一样也浮着些深深浅浅的快乐和忧伤。车来了，正午的阳光照着车顶和玻璃，我上车，望着留下来的帕柯和辛堤，他们正要离开。我问帕柯：

"帕柯，什么时候再来？"

"不知道。再见，卡诺。"

车开了，沿途的橘树香味充满了整个空旷的车厢，一幢幢漂亮精致的别墅在窗外掠过，远处的山峦一层层绵亘到天边，淡水河那样熟悉地在远处流着，而我坐在靠右的窗口，知道我正在向山下驶去。

这是一个和帕柯在一起的星期一的早晨。

秋恋

生命有如渡过一重大海，我们相遇在这同一的狭船里。

死时，我们同登彼岸，又向不同的世界各奔前程。

——泰戈尔

她坐在拉丁区的一家小咖啡室里望着窗外出神，风吹扫着人行道上的落叶，秋天来了。

来法国快两年了，这是她的第二个秋，她奇怪为什么今天那些风，那些落叶会叫人看了忍不住落泪，会叫人忍不住想家，想母亲，想两年前松山机场的分离，想父亲那语不成声的叮咛……她仿佛又听见自己在低低地说："爸、妈，我走了。"我走了，我走了，就像千百次她早晨上学离家时说的一样，走了，走了……哦！妈妈……她靠在椅背上，眼泪不听话地滴下来。她打开皮包找手帕，她不喜欢自己常常哭，因为她害怕自己一哭就要哭个不停了。今天怎么搞的，特别难过。她低下头燃了一支烟，她有些埋怨自己起来。

她记得半年前写给妈妈的一封信，她记得她曾说："妈妈，我抽烟了，妈妈，先不要怪我。我不是坏女孩子，我只是……有时

167

我觉得寂寞得难受。小梅住得远，不常见面。这儿，大家都在为生活愁苦……不要再劝我回去，没有用的，虽然在这儿精神上苦闷，但我喜爱飘泊……"她奇怪在国内时她最讨厌看女人抽烟。她狠狠地吸了一口。

咖啡凉了，她预备回去，回她那间用廿元美金租来的小阁楼兼画室。

抬头望了望窗外，黄昏了。忽然，她发觉在窗外有一个陌生的中国青年向她注视着，并且似乎站了很久了。她迷乱地站在那儿，不知怎么开口招呼他。这儿中国人太少，除非存心去找人，要不然一个星期也碰不到一个，再不然就是那批说青田话、开餐馆的华侨。他从外面推门进来了。

"坐吧！"她指着对面的椅子低哑地说着。他们没有交谈，只沉默地互相注视着，她觉得有些窘，下意识地拿出了一支烟，自己点了火。

"抽烟？"他摇了摇头。

小店的胖老板亲自端来了一杯咖啡，朝她扮了个鬼脸，大概是替她高兴吧！这个每天来喝咖啡的苍白寂寞的中国女孩子找到朋友了。她觉得有些滑稽，只因为他是一个中国人就使我那么快乐了吗？她再看了他一眼，他像是个够深刻的男孩。

"我在窗外看了你很久，你心烦？"他终于开口了。

"没什么，只不过是有些想家。"她狠狠地吸了一口烟，逃避地把眼神散落到窗外，她害怕人家看透她。

"你从台湾来？"他问。

"台湾。"她缓缓地，清清楚楚地回答他。她像是松了口气似的倒在椅背上。

"那真好，你知道我顾忌这些。"

"我也是。"她淡淡地却是放了心地回答。

"你住过台北没有？你知道，我家在那儿。"她掠了掠头发，不知应该再说什么。他没有回答她，却注视着她掠头发的动作。

"你来巴黎多久？"

"两年不到。"

"干什么？"

"没什么，只是画画。"

"生活还好？"

"我来时带了些钱，并且，偶尔我可以卖掉一张小画……"他沉默了好久，一会儿他说：

"你知道当我在窗外看到你，第一眼给我的感觉是什么？"她装着没听见他的问话，俯下身去拨动烟灰缸。

"刚才我问你曾在台北住过？"

"是，我一直住在那儿，我是海员，明年春天我跟船回去。台北有我的母亲、妹妹……"他的声音低哑起来，"我们的职业就是那么飘泊，今天在这儿，明天又不知飘到哪里了……"他自嘲地笑了笑，眼光里流露出一股抑制不住的寂寞。

"招商局的船极少极少开到这儿。"她说。

"不是招商局的，我们挂巴拿马的旗子。"

"什么时候开船？"

"昨天来的，后天清早开中东。"

后天，后天。她喃喃地念着，一下子觉得她对现在的一切留恋起来。她忽然想冲动地对他说，留下来吧！留下来吧！即使不为我，也为了巴黎……多留几天吧！然而，她什么都没有说，他们不过是两个天涯游子偶尔相遇而已。他们只是互相连姓名都不知道的陌生人。她把两杯咖啡的钱留在桌上，站起身来，像背书似的对他说：

"很高兴今天能遇见你，天晚了，我要回去……"一口气说完了，她像逃似的跑了出去。她真恨自己，她知道她在这儿寂寞，她需要朋友，她需要快乐。她不能老是这样流泪想家……他像是一个好男孩子。她恨自己，为什么逃避呢，为什么不试一试呢？我求什么呢？踉跄地跑上楼梯，到了房里，她伏在床上放声大哭起来。她觉得她真是寂寞，真是非常非常寂寞……几个月来拼命抑制自我的那座堤防完全崩溃了。

第二天早晨，她没有去史教授的画室，她披了一件风衣在巴黎清冷的街心上独步着，她走到那家咖啡室的门口，老板正把店门拉开不久，她下意识地推门进去。

中午十一时，她仍坐在那儿，咖啡早凉了，烟灰散落了一桌。睡眠不足的眼睛在青烟里沉沉地静止着，她咀嚼着泰戈尔的一首诗："因为爱的赠遗是羞怯的，它说不出名字来，它掠过阴翳，把片片欢乐铺展在尘埃上，捕捉它，否则永远失却！"——捕捉它，否则永远失却——他不会再来了，昨天，他不过是路过，不会再来了……

她奇怪昨夜她会那么哭啊哭的，今天情绪低落反而不想哭了。她只想抽抽烟，坐坐，看看窗外的落叶，枯枝……忽然，她从玻璃反光上看到咖啡室的门开了，一个高大的身影进来，他穿了一件翻起衣领的风衣。他走过来，站在她身后，把手按在她的肩上。她没有回头，只轻轻地颤抖一下，用低哑的声音说："坐吧！"就像昨天开始时一样，他们互相凝视着说不出话来，他们奇怪会在这样一个奇异、遥远的地方相遇。他伸过手臂轻轻拿走了她的烟。

"不要再抽了，我要你真真实实地活着。"

他们互相依偎着，默默地离开那儿。

那是短暂的一天，他们没有赶命似的去看那铁塔、罗浮宫、凯旋门，他们只坐在河畔的石椅上紧紧地依偎着，望着塞纳河的流水出神。

"今天几号了？"她问。

"二十七，怎么？"

"没什么，再过三天我就满廿二岁了。"路旁有个花摊，他走过去买了一小束淡紫色的雏菊。

"Happy Birthday！"他动情地说。她接过来，点点头，忽然一阵鼻酸，眼泪滴落在花上……黄昏了，他们开始不安，他们的时间不多了。他拉起她的手，把脸伏在她的手背上，他红着眼睛喃喃地沙哑地说着：

"不要离开我，不要离开我，不要，不要……"

夜深了，她知道时候到了，她必须回去；而他，明早又四处飘泊去了。她把花轻轻地丢在河里，流水很快地带走了它。

于是，一切都过去了，明天各人又各奔前程。生命无所谓长短，无所谓欢乐、哀愁，无所谓爱恨、得失……一切都要过去，像那些花，那些流水……

我亲爱的朋友，若是在那天夜里你经过巴黎拉丁区的一座小楼前，你会看见，一对青年恋人在那么忧伤忘情地吻着，拥抱着，就好像明天他们不会再见了一样。

其实，事实也是如此。

西风不识相

我年幼的时候，以为这世界上只住着一种人，那就是我天天看见的家人、同学、老师和我上学路上看到的行人。

后来我长大了，念了地理书，才知道除了我看过的一种中国人之外，还有其他不同的人住在不同的地方。

我们称自己叫黄帝的子孙，称外国人以前都叫洋鬼子，现在叫国际友人。以前出国去如果不是去打仗，叫和番。现在出国去，无论去做什么都叫镀金或者留洋。

我们家里见过洋鬼子的人，要先数祖父和外祖父这两个好汉。他们不但去那群人里住过好久，还跟那些人打了很多交道，做了几笔生意，以后才都平安地回国来，生儿育女。

我的外祖父，直到现在还念念不忘他在英国时那个漂亮的女朋友。他八十多岁了，高兴起来，还会吱吱地说着洋话，来吓唬家里的小朋友。

我长大以后，因为常常听外祖父讲话，所以也学了几句洋鬼子说的话。学不对时，倒也没发生什么特别的现象；不巧学对了时，我的眼睛就会一闪一闪冒出鬼花，头顶上轰一下爆出一道青光，可有鬼样。

我因为自以为会说了几句外国话，所以一心要离开温暖的家，去看看外面那批黄毛碧眼青牙血嘴的鬼子们是怎么个德行。

我吵着要出走，父母力劝无用，终日忧伤得很。

"你是要镀金？要留洋？还是老实说，要出去玩？"

我答："要去游学四海，半玩半读，如何？"

父母听我说出如此不负责任的话来，更是伤心，知道此儿一旦飞出国门，一定丢人现眼，叫外国人笑话。

"这样没有用的草包，去了岂不是给人吃掉了。"他们整日就反反复复地在讲这句话，机票钱总也不爽快地发下来。

外祖父看见我去意坚定，行李也打好了，就叫父母说："你们也不要那么担心，她那种硬骨头，谁也不会爱去啃她，放她去走一趟啦！"

总司令下了命令，我就被父母不情不愿地放行了。

在闷热的机场，父亲母亲抹着眼泪，拉住我一再地叮咛："从此是在外的人啦，不再是孩子啰！在外待人处世，要有中国人的教养，凡事忍让，吃亏就是便宜。万一跟人有了争执，一定要这么想——退一步，海阔天空。绝对不要跟人怄气，要有宽大的心胸……"

我静静地听完了父母的盼咐，用力地点点头，以示决心，然后我提起手提袋就迈步往飞机走去。

上了扶梯，这才想起来，父母的账算得不对，吃亏怎么会是便宜？退一步如果落下深渊，难道也得去海阔天空？

我急着往回跑，想去看台下问明白父母才好上路，不想后面闪出一个空中少爷，双手捉住我往机舱里拖，同时喊着："天下哪有不散的筵席，快快上机去也，不可再回头了。"

我挣扎地说："不是不是，是弄明白一句话就走，放我下机啊！"

这人不由分说，将我牢牢绑在安全带上。机门徐徐关上，飞机慢慢地滑过跑道。

我对着窗户，向看台大叫："爸爸，妈妈，再说得真切一点，才好出去做人啊！怎么是好……"

飞机慢慢升空，父母的身影越来越小。我叹一口气，靠在椅子上，大势已去，而道理未明，今后只有看自己的了。

我被父亲的朋友接下飞机之后，就送入了一所在西班牙叫"书院"的女生宿舍。

这个书院向来没有中国学生，所以我看她们是洋鬼子；她们看我，也是一种鬼子，群鬼对阵，倒也十分新鲜。

我分配到的房间是四个人一间的大卧室，我有生以来没有跟这么多人同住的经验。

在家时，因为我是危险疯狂的人物，所以父亲总是将我放在传染病隔离病房，免得带坏了姐姐和弟弟们。

这一次，看见我的铺位上还有人睡，实在不情愿。但是我记着父母临别的吩咐，又为着快快学会语文的缘故，就很高兴地开始交朋友。第一次跟鬼子打交道，我显得谦卑、有礼、温和而甜蜜。

第一两个月的家信，我细细地报告给父母听异国的情形。

我写着："我慢慢地会说话了，也上学去了。这里的洋鬼子都是和气的，没有住着厉鬼。我没有忘记大人的吩咐，处处退让，她们也没有欺负我，我人胖了……"

起初的两个月，整个宿舍的同学都对我好极了。她们又爱讲话，下了课回来，总有人教我说话，上课去了，当然跟不上，也有男同学自动来借笔记给我抄。

这样半年下来，我的原形没有毕露，我的坏脾气一次也没有发过。我总不忘记，我是中国人，我要跟每一个人相处得好，才不辜负做黄帝子孙的美名啊！

四个人住的房间，每天清晨起床了就要马上铺好床，打开窗户，扫地，换花瓶里的水，擦桌子，整理乱丢着的衣服。等九点钟院长上楼来看时，这个房间一定得明窗净几才能通过检查，这内务的整理，是四个人一起做的。

最初的一个月，我的同房们对我太好，除了铺床之外，什么都不许我做，我们总是抢着做事情。

三个月以后，不知什么时候开始的，我开始不定期地铺自己的床，又铺别人的床，起初我默默地铺两个床，以后是三个，接着是四个。

最初同住时，大家抢着扫地，不许我动扫把。三个月以后，我静静地擦着桌子，挂着别人丢下来的衣服，洗脏了的地，清理隔日丢在地上的废纸。而我的同房们，跑出跑进，丢给我灿烂的一笑，我在做什么，她们再也看不到，也再也不知道铺她们自己的床了。

我有一天在早饭桌上对这几个同房说："你们自己的床我不再铺了，打扫每人轮流一天。"

她们笑眯眯地满口答应了。但是第二天，床是铺了，内务仍然不弄。

我内心十分气不过，但是看见一个房间那么乱，我有空了总不声不响地收拾了。我总不忘记父母叮嘱的话，凡事要忍让。

半年下来，我已成为宿舍最受欢迎的人物。我以为自己正在大做国民外交，内心沾沾自喜，越发要自己人缘好，谁托的事也答应。

我有许多美丽的衣服，搬进宿舍时的确轰动过一大阵子，我的院长还特别分配了我一个大衣柜挂衣服。

起初，我的衣服只有我一个人穿，我的鞋子也是自己踏在步子下面走。等到跟这三十六个女孩子混熟了以后，我的衣柜就成了时装店，每天有不同的女同学来借衣服，我沉着气给她们乱挑，一句抗议的话也不说。

开始，这个时装店是每日交易，有借有还，还算守规矩。渐渐地，她们看我这鬼子那么好说话，就自己动手拿了。每天吃饭时，可以有五六个女孩子同时穿着我的衣服谈笑自若，大家都亲爱地叫着我宝贝、太阳、美人等等奇怪的称呼。说起三毛来，总是赞不绝口，没有一个人说我的坏话。但是我的心情，却越来越沉落起来。

我因为当时没有固定的男朋友，平日下课了总在宿舍里念书，看上去不像其他女同学那么地忙碌。

如果我在宿舍，找我的电话就会由不同的人打回来。

——三毛，天下雨了，快去收我的衣服。

——三毛，我在外面吃晚饭，你醒着别睡，替我开门。

——三毛，我的宝贝，快下楼替我去烫一下那条红裤子，我回来换了马上又要出去，拜托你！

——替我留份菜，美人，我马上赶回来。

放下这种支使人的电话，洗头的同学又在大叫——亲爱的，快来替我卷头发，你的指甲油随手带过来。

刚上楼，同住的宝贝又在埋怨——三毛，今天院长骂人了，你怎么没扫地。

这样的日子，我忍着过下来。每一个女同学，都当我是她最好的朋友。宿舍里选学生代表，大家都选上我，所谓宿舍代表，就是事务股长，什么杂事都是我做。

我一再地思想，为什么我要凡事退让？因为我们是中国人。为什么我要助人？因为那是美德。为什么我不抗议？因为我有修养。为什么我偏偏要做那么多事？因为我能干。为什么我不生气？因为我不是在家里。

我的父母用中国的礼教来教育我，我完全遵从了，实现了；而且他们说，吃亏就是便宜。如今我真是货真价实成了一个便宜的人了。

对待一个完全不同于中国的社会，我父母所教导的那一套果然大得人心，的确是人人的宝贝，也是人人眼里的傻瓜。

我，自认并没有做错什么，可是我完全丧失了自信。一个完美的中国人，在一群欺善怕恶的洋鬼子里，是行不太通的啊！我那时年纪小，不知如何改变，只一味地退让着。

有那么一个晚上，宿舍的女孩子偷了望弥撒的甜酒，统统挤到我的床上来横七八竖地坐着、躺着、吊着，每个人传着酒喝。这种违规的事情，做来自是有趣极了。开始闹得还不大声，后来借酒装疯，一个个都笑成了疯子一般。我那夜在想，就算我是个真英雄林冲，也要被她们逼上梁山了。

我，虽然也喝了传过来的酒，但我不喜欢这群人在我床上躺，我说了四次——好啦！走啦！不然去别人房里闹——但是没有一个人理会我，我忍无可忍，站起来把窗子哗的一下拉开来，而那时候她们正笑得天翻地覆，吵闹的声音在深夜里好似雷鸣一样。

"三毛，关窗，你要冻死我们吗？"不知哪一个又在大吼。

我正待发作，楼梯上一阵响声，再一回头，院长铁青着脸站在门边，她本来不是一个十分可亲的妇人，这时候，中年的脸，冷得好似冰一样。

"疯了，你们疯了，说，是谁起的头？"她大吼一声，吵闹的声音一下子完全静了下来，每一个女孩子都低下了头。

我站着靠着窗，坦然地看着这场好戏，却忘了这些人正在我的床上闹。

"三毛，是你。我早就想警告你要安分，看在你是外国学生的份上，从来不说你，你替我滚出去，我早听说是你在卖避孕药——你这个败类！"

我听见她居然针对着我破口大骂，惊气得要昏了过去，我马上叫起来："我？是我？卖药的是贝蒂，你弄弄清楚！"

"你还要赖，给我闭嘴！"院长又大吼起来。

我在这个宿舍里，一向做着最合作的一分子，也是最受气的一分子，今天被院长这么一冤枉，多少委屈和愤怒一下子像火山似的爆发出来。我尖叫着沙哑地哭了出来，那时我没有处世的经验，完全不知如何下台。我冲出房间去，跑到走廊上看到扫把，拉住了扫把又冲回房间，对着那一群同学，举起扫把来开始如雨点似的打下去。我又叫又打，拼了必死的决心在发泄我平日忍在心里的怒火。

同学们没料到我会突然打她们，吓得也尖叫起来。我不停地乱打，背后给人抱住，我转身给那个人一个大耳光，又用力踢一个向我正面冲过来女孩子的胸部。一时里我们这间神哭鬼号，别间的女孩子们都跳起床来看，有人叫着——打电话喊警察，快，打电话——

我的扫把给人硬抢下来了，我看见桌上的宽口大花瓶，我举起它来，对着院长连花带水泼过去，她没料到我那么敏捷，退都来不及退就给泼了一身。

我终于被一群人牢牢地捉住了，我开始吐捉我的人口水，一面破口大骂——婊子！婊子！

院长的脸气得扭曲了，她镇静地大吼——统统回去睡觉，不许再打！三毛，你明天当众道歉，再去向神父忏悔——

"我？"我又尖叫起来，冲过人群，拿起架子上的厚书又要丢出去，院长上半身全是水和花瓣，她狠狠地盯了我一眼，走掉了。

女孩子们平日只知道我是小傻瓜，亲爱的。那个晚上，她们每一个都窘气吓得不敢作声，静静地溜掉了。

留下三个同房，收拾着战场。我去浴室洗了洗脸，气还是没有发完，一个人在顶楼的小书房里痛哭到天亮。

那次打架之后，我不肯道歉，也不肯忏悔，我不是天主教徒，更何况我无悔可忏。

宿舍的空气僵了好久，大家客气地礼待我，我冷冰冰地对待这群贱人。

借去的衣服，都还来了。

"三毛，还你衣服，谢谢你！"

"洗了再还，现在不收。"

每天早晨，我就是不铺床，我把什么脏东西都丢在地上，门一摔就去上课，回来我的床被铺得四平八稳。

以前听唱片，我总是顺着别人的意思，从来不抢唱机。那次之后，我就故意去借了中国京戏唱片来，给它放得个锣鼓喧天。

以前电话铃响了，我总是放下书本跑去接，现在我就坐在电话旁边，它响一千两百下，我眉毛都不动一下。

这个宿舍，我尽的义务太多，现在豁出去，给它来个孙悟空大闹天宫。大不了，我滚，也不是死罪。

奇怪的是，我没有滚，我没有道歉，我不理人，我任着性子做事，把父母那一套丢掉，这些鬼子倒反过来拍我马屁了。

早饭我下楼晏了，会有女同学把先留好的那份端给我。

洗头还没擦干，就会有人问："我来替你卷头发好不好？"

天下雨了，我冲出去淋雨，会有人叫："三毛，亲爱的，快到我伞下来，不要受凉了。"

我跟院长僵持了快一个月。有一天深夜，我还在图书室看书，她悄悄地上来了，对我说："三毛，等你书看好了，可以来我房间里一下吗？"

我合起书下楼了。

院长的美丽小客厅，一向是禁地，但是那个晚上，她不但为我开放，桌上还放了点心和一瓶酒，两个杯子。

我坐下来，她替我倒了酒。

"三毛，你的行为，本来是应该开除的，但是我不想弄得那么严重，今天跟你细谈，也是想就此和平了。"

"卖避孕药的不是我。"

"打人的总是你吧！"

"是你先冤枉我的。"

"我知道冤枉了你，你可以解释，犯不着那么大发脾气。"

我注视着她，拿起酒来喝了一口，不回答她。

"和平了？"

"和平了。"我点点头。

她上来很和蔼地亲吻我的面颊，又塞给我很多块糖，才叫我去睡。

这个世界上，有教养的人，在没有相同教养的社会里，反而得不着尊重。一个横蛮的人，反而可以建立威信，这真是黑白颠倒的怪现象。

以后我在这个宿舍里，度过了十分愉快的时光。

国民外交固然重要，但是在建交之前，绝不可国民跌跤。那样除了受人欺负之外，建立的邦交也是没有尊严的。

这是"黄帝大战蚩尤"第一回合，胜败分明。

我初去德国的时候，听说我申请的宿舍是男女混住的，一人一间，好似旅馆一样，我非常高兴。这一来，没有舍监，也没有同房，精神上自由了很多，意识上也更觉得独立，能对自己负全责，这是非常好的制度。

我分到的房间，恰好在长走廊的最后第二间。起初我搬进去住时，那最后一间是空的，没几日，隔壁搬来了一个金发的冰岛女子。

冰岛来的人，果然是冰冷的，这个女人，进厨房来做饭时，她只对男同学讲话，对我，从第一天就讨厌了，把我上上下下地打量。那时候流行穿迷你裙，我深色丝袜上，就穿短短一条小裙子；我对她微笑，她瞪了我一眼就走出去了。看看我自己那副德行，我知道要建交又很困难了，我仍然春风满面地煮我的白水蛋。

那时候，我在"歌德书院"啃德文，课业非常重，逼得我非用功不可。

起初我的紧邻也还安分，总是不在家，夜间很晏才回来，她没有妨碍我的夜读。

过了两三个月，她交了大批男朋友，这是很值得替她庆幸的事，可是我的日子也开始不得安宁了。

我这个冰山似的芳邻，对男朋友们可是一见即化，她每隔三五天就抱了一大堆啤酒食物，在房间里开狂欢会。

一个快乐的邻居，应该可以感染我的情绪。她可以说经常地在房内喝酒，放着高声的吵闹嘶叫的音乐，再夹着男男女女兴奋的尖叫，追逐，那高涨的节日气氛的确是重重地感染了隔着一道薄薄墙壁的我，我被她烦得神经衰弱，念书一个字也念不进去。

我忍耐了她快两三星期，本以为发高烧的人总也有退烧的一天。但是这个人的烧，不但不退，反而变本加厉，来往的男朋友也很杂，都不像是宿舍的男同学。

她要怎么度过她的青春，原来跟我是毫无关系的，但是，我要如何度过我的考试，却跟她有密切的关联。

第四个星期，安静了两天的芳邻，又热闹起来了。第一个步骤一定是震耳欲聋的音乐开始放起来，然后大声谈笑，然后男女在我们共通的阳台上裸奔追戏，然后尖叫丢空瓶子，拍掌跳舞……

我那夜正打开笔记，她一分不差地配合着她的节目，给我加起油来。

我看看表，是夜间十点半，还不能抗议，静坐着等脱衣舞上场。到了十二点半，我站起来去敲她的房门。

我用力敲了三下，她不开；我再敲再敲，她高兴地在里面叫——"是谁？进来。"

我开了门，看见这个小小的房间里，居然挤了三男两女，都是裸体的。我找出芳邻来，对她说："请你小声一点，已经十二点

183

半了。"

她气得冲了过来，把我用力向外一推，就把门嘭一下关上，里面咔哒上了锁。

我不动声色，也不去再打她的门。我很明白，对付这种家伙，打架是没有用的，因为她不是西班牙人，西班牙人心地到底老实忠厚。

她那天吵到天亮才放我阖了两三小时的眼睛。

第二天早晨，我旷了两堂课，去学生宿舍的管理处找学生顾问。他是一个中年的律师，只有早晨两小时在办公室受理学生的问题。

"你说这个邻居骚扰了你，可是我们没有接到其他人对她的抗议。"

"这很简单，我们的房间在最后两间，中间隔着六个浴室和厨房，再过去才是其他学生的房间，我们楼下是空着的大交谊室，她这样吵，可能只会有我一个人真正听得清楚。"

"她做的事都是不合规定的，但是我们不能因为你一个人的抗议就请她搬走，并且我也不能轻信你的话。"

"这就是你的答复吗？"我狠狠地盯着这个没有正义感的人。

"到目前为止是如此！再见，日安！"

过了一个星期，我又去闯学生顾问的门。

"请你听一卷录音带。"我坐下来就放录音。

他听了，马上就叫秘书小姐进来，口授了一份文件。

"你肯签字吗？"

我看了一下文件，有许多看不懂的字，又一个一个问明白，才签下了我的名字。

"我们开会提出来讨论，结果会公告。"

"您想，她会搬出去？"

"我想这个学生是要走路了。"他叹了口气说。

"台湾的学生，很少有像你这样的。他们一般都很温和，总是成绩好，安静，小心翼翼。以前我们也有一次这样的事情——两个人共一个房间的宿舍，一个是台湾来的学生；他的同房，在同一个房间里，带了女朋友同居了三个月，他都不来抗议，我们知道了，叫他来问，他还笑着说，没有关系，没有关系。"

我听了心都抽痛起来，恨那个不要脸的外国人，也恨自己太善良的同胞。

"我的事什么时候可以解决？"

"很快的，我们开会，再请这位冰岛小姐来谈话，再将录音带存档，就解决了。"

"好，谢谢您，不再烦您了，日安！"我重重地与他握了握手。

一个星期之后，这个芳邻静悄悄地搬走了，事情解决得意外地顺利。

这事过了不久，我在宿舍附近的学生食堂排队吃饭，站了一会儿，觉得听见有人在说中文，我很自然地转过身去，就看见两个女同胞排在间隔着三五个人的队里。我对她们笑笑，算打招呼。

"哪里来的？"一个马上紧张地问。

"西班牙来的。"另外一个神秘兮兮地在回答。

"你看她那条裙子，啧，啧……"

"人家可风头健得很哪！来了没几天，话还不太会说，就跟隔房的同学去吵架。奇怪，也不想想自己是中国人——"

"你怎么知道她的事情？"

"学生会讲的啊！大家商量了好久，是不是要劝劝她不要那么没有教养。我们中国人美好的传统，给她去学生顾问那么一告，真丢脸透了！你想想，小事情，去告什么劲嘛——她还跟德国同学出去，第一次就被人看见了……"

我听见背后自己同胞对我的中伤，气得把书都快扭烂了，但是我不回身去骂她们，我忍着胃痛搬了一盘菜，坐得老远地一个人去吃。

我那时候才又明白了一个道理，对洋鬼子可以不忍，对自己同胞，可要百忍，吃下一百个忍字，不去回嘴。

我的同胞们所谓的没有原则地跟人和平相处，在我看来，就是懦弱。不平等条约订得不够，现在还要继续自我陶醉。

我到美国去的第一个住处，是托一个好朋友事先替我租下的房子，我只知道我是跟两个美国大一的女生同分一幢木造的平房。

我到的第一天，已是深夜了，我的朋友和她的先生将我送到住处，交给我钥匙就走了。

我用钥匙开门，里面是反锁着的，进不去。

我用力打门，门开了，房内漆黑一片，只见一片鬼影幢幢，或坐或卧；开门的女孩全裸着，身体重要的部分涂着银光粉，在黑暗中一闪一闪的，倒也好新鲜。

"嗨！"她叫了一声。

"你来了，欢迎，欢迎！"另外一个女孩子也说。

我穿过客厅里躺着的人，小心地不踏到他们，就搬了箱子去自己房间里。

这群男男女女，吸着大麻烟，点着印度的香，不时敲着一面小铜锣，可是沉醉在那个气氛里，他们倒也不很闹，就是每隔几分钟的锣声也不太烦人。

那天清晨我起来，开门望去，夜间的聚会完毕了，一大群如尸体似的裸身男女交抱着沉沉睡去，余香还燃着一小段。烟雾里，那个客厅像极了一个被丢弃了的战场，惨不忍睹。

这些人是十分友爱和平的，他们的世界加入了我这个分租者，显得格格不入。比较之下，我太实际，他们太空虚，这是我这方面的看法。

在他们那方面的看法，可能跟我刚刚完全相反。

虽然他们完全没有侵犯我、妨碍我，但是我还是学了孟母，一个月满就迁居了。

我自来有夜间阅读的习惯，搬去了一个小型的学生宿舍之后，我遇到了很多用功的外国女孩子。

住在我对间的女孩，是一个正在念教育硕士的勤劳学生，她每天夜间跟我一样，要做她的功课。我是静的，她是动的，因为她打字。

她几乎每夜打字要打到两点，我觉得这人非常认真，是少见的女孩子，心里很赞赏她，打字也是必须做的事情，我根本没有放在心上。

这样的生活，我总是等她夜间收班了，才能静下来再看一会儿书，然后睡觉。

过了很久，我维持着这个夜程表，绝对没有要去计较这个同学。

有一夜，她打完了字，我还在看书，我听见她开门了，走过来敲我的门，我一开门，她就说："你不睡，我可要睡，你门上面那块毛玻璃透出来的光，叫我整夜失眠；你不知耻，是要人告诉你才明白？嗯？"

我回头看看那盏书桌上亮着的小台灯，实在不可能强到妨碍别一间人的睡眠。我叹了口气，无言地看着她美而僵硬的脸，我经过几年的离家生活，已经不会再气了。

"你不是也打字吵我？"

"可是，我现在打好了，你的灯却不熄掉。"

"那么正好，我不熄灯，你可以继续打字。"

说完我把门轻轻在她面前合上，以后我们彼此就不再建交了。

绝交我不在乎，恶狗咬了我，我绝不会反咬狗，但是我可以用棍子打它。

在我到图书馆去做事时，开始有男同学约我出去。

有一个法学院的学生，约我下班了去喝咖啡，吃"唐纳子"甜饼，我们聊了一会儿，就出来了。

上了他的车，他没有征求我的同意，就把车一开开到校园美丽的湖边去。

停了车，他放上音响，手很自然地往我圈上来。

我把车窗打开，再替他把音乐关上，很坦然地注视着他，对他开门见山地说："对不起，我想你找错人了。"

他非常下不了台，问我："你不来？"

"我不来。"我对他意味深长地笑笑。

"好吧！算我弄错了，我送你回去。"他耸耸肩，倒很干脆。

到了宿舍门口，我下了车，他问我："下次还出来吗？"

我打量着他，这人实在不吸引我，所以我笑笑，摇摇头。

"三毛，你介不介意刚刚喝咖啡的钱我们各自分摊。"

语气那么有礼，我自然不会生气，马上打开皮包找钱付给他。

这样美丽的夜色里，两个年轻人在月光下分账，实在是遗憾而不罗曼蒂克。

美国，美国，它真是不同凡响。

又有一天，我跟女友卡洛一同在吃午饭，我们各自买了夹肉三明治，她又叫了一盘"炸洋葱圈"，等到我吃完了，预备付账，她说："我吃不完洋葱圈，分你吃。"

我这傻瓜就吃掉她剩下的。

算账时，卡洛把半盘洋葱圈的账摊给我出，合情合理，我自然照付了。

这叫姜太公钓鱼，愿者上钩，鱼饵是洋葱做的。

也许看官们会想，三毛怎么老说人不好，其他留洋的人都说洋鬼子不错，她尽说反话。

有一对美国中年夫妇，他们非常爱护我，本身没有儿女，对待我视如己出，周末假日再三地开车来宿舍接我去各处兜风。

他们夫妇在山坡上有一幢惊人美丽的大洋房，同时在镇上开着一家成衣批发店。

感恩节到了，我自然被请到这人家去吃大菜。

吃饭时，这对夫妇一再望着我笑，红光满面。

"三毛，吃过了饭，我们有一个很大的惊喜给你。"

"很大的？"我一面吃菜一面问。

"是，天大的惊喜，你会快乐得跳起来。"

我听他们那么说，很快地吃完了饭，将盘子杯子帮忙送到厨房洗碗机里面去，再煮了咖啡出来一同喝。

等我们坐定了，这位太太很情感激动地注视着我，眼眶里满是喜悦的泪水。

她说："孩子，亲爱的，我们商量了好多天，现在决心收养你做我们的女儿。"

"你是说领养我？"我简直不相信自己的耳朵。

我气极了，他们决心领养我，给我一个天大的惊喜。但是，他们没有"问我"，他们只对我"宣布"他们的决定。

"亲爱的，你难道不喜欢美国？不喜欢做这个家里的独生女儿？将来——将来我们——我们过世了，遗产都是你的。"

我气得胃马上痛起来，但面上仍笑眯眯的。

"做女儿总是有条件的啊！"我要套套我卖身的条件。

"怎么谈条件呢？孩子，我们爱你，我们领养了你，你跟我们永远永远幸福地住在一起，甜蜜地过一生。"

"你是说过一辈子？"我定定地望着她。

"孩子，这世界上坏人很多，你不要结婚，你跟着爹地妈咪一辈子住下去，我们保护你。做了我们的女儿，你什么都不缺，可不能丢下了父母去结婚哦！如果你将来走了，我们的财产就不知要捐给哪一个基金会了。"

这样残酷的领儿防老，一个女孩子的青春，他们想用遗产来交换，还觉得对我是一个天大的恩赐。

"再说吧！我想走了。"我站起来理理裙子，脸色就不自然了。

我这时候看着这两个中年人，觉得他们长得是那么地丑恶，优雅的外表之下，居然包着一颗如此自私的心。我很可怜他们，这样的富人，在人格上可是穷得没有立锥之地啊！

那一个黄昏，下起薄薄的雪雨来，我穿了大衣，在校园里无目的地走着。我看着肃杀的夜色，想到初出国时的我，再看看现在几年后的我；想到温暖的家，再联想到我看过的人，经过的事，我的心，冻得冰冷。

我一再地反省自己，为什么我在任何一国都遭受到与人相处的问题，是这些外国人有意要欺辱我，还是我自己太柔顺的性格，太放不开的民族谦让的观念，无意间纵容了他们；是我先做了不抵抗的城市，外人才能长驱而入啊！

我多么愿意外国人能欣赏我的礼教，可惜的是，事实证明，他们享受了我的礼教，而没有回报我应该受到的尊重。

我不再去想父母叮咛我的话，但愿在不是自己的国度里，化做一只弄风白额大虎，变成跳涧金睛猛兽，在洋鬼子的不识相的西风里，做一个真正黄帝的子孙。

安东尼·我的安东尼

　　离复活节假期还有半个月，全宿舍正为期中考念得昏天暗地，这宿舍是一年交一次成绩单的，不及格下学年马上搬出去，再潇洒的女孩在这时候也神气不起来了。早也念，晚也念，个个面带愁容，又抱怨自己不该天天散步会男朋友，弄得临时抱佛脚。那几天，整个一幢房子都是静悄悄的，晚上图书室客满，再没有人弹吉他，也没有人在客厅放唱片跳舞了。吃饭见面时就是一副忧忧愁愁的样子，三句不离考试，空气无形中被弄得紧张得要命，时间又过得慢，怎么催急它也不过去，真是一段不快乐的日子。

　　大家拼命念书还不到四天，停停歇歇的学潮又起，部分学生闹得很起劲，每天一到中午一点钟下课时，警察、学生总是打成一团。我们宿舍每天总有几个女孩放学回来全身被水龙冲得透湿，口里嚷着："倒楣，跑不快，又被冲到了，我看不伤风才怪。"她们说起游行闹事，就如上街买了一瓶洗头水一样自然，有时我实在不懂。身为外国学生，不问也罢。

　　学校课程又连续了两天，直到第三天中午，我寄信回来，一看客厅围满了人在听新闻，我也跑去听，只听见收音机正在报——"学潮关系，大学城内各学院，由现在起全面停课，复活节假期提早开始……"听到这里，下面的新闻全跟我们无关了，大家又叫又跳，把书一本一本丢到天花板上去，只听见几个宝贝叫得像红番一样："万岁！万岁！不考试，不考试了，哎唷，收拾东西回家去啊！"

第二天餐厅钉了一张纸，要回家的人可以签名离开宿舍。我黄昏时去看了一下，一看了不得，三十五个女孩全走，只留我一个了，心里突然莫名其妙地感触起来，想想留着也没意思，不如找个同班的外国同学旅行去。打了几个电话，商量了一下行程，讲好公摊汽油钱，马上决定去了。

那个晚上宿舍热闹得不得了，有人理衣服，有人擦箱子，有人打电话订火车票，几个贪吃的把存着预备开夜车的零食全搬出来了，吃得不亦乐乎。我计划去北部旅行她们不知道，于是这个来请我回家过节，那个来问要不要同走，但我看出她们是假的，没有诚意，全给推掉了，躺在床上听音乐，倒也不难过。十二点多，楼上的胖子曼秋啪一下推门进来了，口里含了一大把花生米，含含糊糊地问我：

"艾珂，你放假做什么？不难过啊？"

我听得笑起来了。

"不难过，本人明天去北部，一直要跑到大西洋，没空留在马德里掉眼泪给你看。"

曼秋一听叫起来了，往我床上一跳，口里叫着：

"怎么不先讲？你这死人，怎么去？去几天？跟谁去？花多少？我跟你去，天啊，我不回家了。"

"咦，我是没家的人才往北部跑，你妈妈在等你，你跟我去做什么。我又不去长的，钱用光了就回来，下次再约你。"好不容易劝走了曼秋，叹口气，抱着我的小收音机睡着了。

第二天我启程去北部，玩了八天钱用光，只得提早回来，黄昏时同去的几个朋友把我送回宿舍，箱子在门口一放，挥挥手他们就走了。按了半天门铃，没人开门，我绕到后院，从厨房的窗子里爬进去，上上下下走一圈，一个人也不见，再看看女佣人艾乌拉的房间，她正在睡觉，我敲敲窗把她叫醒，她一下子坐起来了，口里说着：

"哎，哎，艾珂，你把我吓死了，你怎么早回来了，复活节还没到呢，假期还有半个月，玛丽莎小姐以为没人留在宿舍，已经决定关门了，明天我也回去了，你怎么办呢？"她噜噜苏苏地讲了一大堆，我心真的冷了一半，宿舍关门，我事先不知道，临时叫我到哪里去找地方住呢。那时我拍着艾乌拉的肩，口里说着不要紧，自己却一下子软弱得路都走不动了。我那个晚上一直打电话找城内的劳拉小姐，她十一号才回公寓，讲了宿舍的情形，她答应租给我一个房间，直到学校开课，我这才安心去睡，只等第二天搬家了。

第二天早晨，艾乌拉做了一个蛋饼给我吃，亲亲我的颊，把大门钥匙留给我人就走了，走到门口又急急地跑回来向我喊着："艾珂，艾珂，不要忘了下午把安东尼带去你租的公寓一起住，小米在厨房抽屉里，天天喂一点水，你很细心的，它跟你一定很高兴，再见，再见。"我在窗上向她点点头，心里有点无可奈何，这只我们宿舍的"福星"看样子真给我麻烦了。我跑到厨房去看它，安东尼正在笼子里跳得很高兴，我用中文向它讲——"小家伙，跟我来吧。"它显然很不习惯中文，轻轻地叫了一声，我提着它走上石阶到客厅去。先喂了安东尼一点小米，再提了自己的箱子，外面正在下雨，我又打了伞，走出宿舍锁上了门，把钥匙留在花盆下面，抬头望望这幢沉寂的爬满了枯藤的老房子，心情竟跟初出国时一样的苍凉起来，人呆站在雨中久久无法举步。这时安东尼的笼子正挂在我伞柄上，它轻轻地拍了几下翅膀，我方才清醒过来。翻起了风衣的领子，对安东尼说——"来吧，我们去找劳拉小姐去，不会寂寞的，安东尼，你一向是我们的福星。"

劳拉小姐的公寓在城里的学生区，我没进宿舍之前住过三个月，跟一般的包租婆没有两样，住着处处要留心，用水、用电、用煤气没有一样可以舒舒服服用的，但我跟她相处得还不错。不知道为什么，我走了之后她再没有把房间租出去。我到的时候正是中午，这老小姐把我箱子接过去，两人高高兴兴地亲颊问候，她话匣子就打开了，我一面挂衣服一面听她讲老邻居的琐事给我听，当我正挂到最后一件身上的风衣时，猛然听见安东尼的笼子刷地在窗台上一滑，接着它在里面又叫又跳，像疯子一样，我半个身子都悬出去了，只见一个大花猫正扑在安东尼的笼子上，我喊了一声两手去抓猫，它反抓了我一把，跳上隔壁阳台跑掉了。我把笼子拿进来，把窗关上了，人坐在地板上发愣，劳拉小姐手里拿着个大衣架，口里轻轻地在喊："哥伦布啊，哥伦布啊，这恶猫抓伤你了。"我看看手背上有几条血痕，并不严重，就是有点刺痛，倒是笼子里的安东尼，伏在水槽旁一动也不动，我大惊了，拼命摇笼子，大声叫它名字，它总算醒过来了，动了一下，眼睛张开来向我看了看。这时我突然十分地激动起来，无名的寂寞由四面八方向我涌过来，我蹲在笼子旁边，手放在铁丝上，只觉我一个人住在这大城市里，带着唯一的一只鸟，除了安东尼外，我什么也没有了。那夜我很累，劳拉小姐去望弥撒了，我抱着自己的小收音机，听着那首老歌——"三个喷泉里的镍币，每个都在寻找快乐……"在朦朦胧胧的歌声里我昏昏睡去。

清早五点多钟，天还没亮，我房内安东尼把我叫醒了，只听见它的笼子有人在抓在拖，它在叫在跳，那声音凄惨极了。我跳下床来，在黑暗里看不见东西，光脚伏在地上摸，我找不到它的笼子，人急坏了。"安东尼，天啊，安东尼，你在哪里？"那时我看到一个猫影子刷一下从开着的天窗里跳出去，再开灯看安东尼，它的笼子已被拖得反过来了，它僵在里面，浑身羽毛被抓得乱七八糟。我全身都软了，慢慢蹲下去，打开笼子把它捧在手里，发觉它居然还是活着的，一只脚断掉了。一个清早，我只穿着一件夏天的睡袍在忙着包扎安东尼，弄到九点多钟，它吃了第一口小米，我才放心地把自己丢到床上去休息了一下。十点多钟我给家中写信——"爸爸、妈妈：我搬出宿舍了，带着一只鸟回到劳拉小姐的公寓来——"我写的时候，安东尼一直很安静地望着我，我向它笑笑，用西班牙语对它说："早安，小家伙，没事了，我试试把你送到没有猫的地方去，不要害怕。"

"马大"有个日本同学启子，跟我一星期同上两天课，她有家在此地，平日还算不错的朋友，打电话去试试她吧。

"喂，启子，我是艾珂，有事找你。"

"什么事？"一听她声音就知她怕了，我一泄气，但还是不放弃煽动她。

"我有只鸟，麻烦你养半个月怎么样？它会唱歌，我答应你天天来喂它。"

"艾珂，我不知道，我不喜欢鸟，让我想一想，对不起，明天再说吧。"

放下电话，咬咬嘴唇，不行，我不放心安东尼留下来，那只恶猫无孔不入，半个月下来不被吃掉吓也被吓死了。突然想到那个奥国同学，他们男生宿舍不关门，去试一下他吧，找到他时已是下午了。电话里我还没说话，他就讲了——"哎唷，艾珂，太阳西边出了，你会打电话来，什么事？"我听出他很高兴，又觉有点希望了。

　　"我搬出宿舍了，要在城内住半个月。"

　　"真的，那太好了，没有舍监管你，我们去跳舞。"

　　"不要开玩笑，彼德，我找你有事。"

　　"喂，艾珂，电话里讲不清楚，我来接你吃饭，见面再谈好不好？"

　　"彼德，你先听我讲，我不跟你出去，我要你替我养只鸟，开学我请你喝咖啡。"

　　"什么，你要我养鸟？不干不干，艾珂，怎么不找点好事给我做，喂，你住哪里嘛，我们去跳舞怎么样？"

　　我啪一下挂断了电话，不跟他讲了。心里闷闷的，穿上大衣去寄家信，临走时看见安东尼的笼子，它正望着我，十分害怕留下来的样子，我心一软，把它提了起来，一面对它说着："安东尼，不要担心，我天天守着你，上街带你一起，也不找人养了。"

　　那是个晴朗的早晨，太阳照在石砌的街上，我正走过一棵一棵发芽的树，人就无由地高兴起来。安东尼虽然断了脚了，包着我做的夹板，但也叫了几声表示它也很快乐。走了约十分钟，街上的人都看我，小孩更指着我叫——"看啊，看啊，一个中国女孩提了一只鸟。"我起初还不在意，后来看的人多了，我心里喃喃自语："看什么，奇怪什么，咱们中国人一向是提了鸟笼逛大街的。"后来自己受不了，带了安东尼回公寓去。由那一天起，我早晚守着安东尼，喂它水，替它换绷带，给它听音乐，到了晚上严严地关上所有的窗户，再把笼子放在床旁边。白天除了跟朋友打打电话之外足不出户，只每天早晨买牛奶面包时带了它一起去，那只猫整天在窗外张牙舞爪也无法乘虚而入，五六天下来，劳拉小姐很不赞成地向我摇摇头。

"艾珂，你瘦了，人也闷坏了，何必为了一只鸟那么操心呢！我姐姐住楼下，我们把安东尼送去养怎么样，你夜里好安心睡觉。"

"我不要，安东尼对我很重要，脚伤又没好，不放心交给别人，你不用担心，好在只有几天了。"

几天日夜守着安东尼之后，它对我慢慢产生了新的意义，它不再只是一只宿舍的"福星"了，它是我的朋友，在我背井离乡的日子里第一次对其他的另一个生命付出如此的关爱。每天早晨我醒来，看见安东尼的笼子平安地放在我床边，一夜在梦中都担心着的猫爪和死亡就离得远远的了。我照例给它换水，喂小米，然后开着窗，我写信念书，它在阳光下唱歌，日子过得再平静不过了。我常对它说——"安东尼，我很快乐，我情愿守着你不出去，艾珂说什么你懂吗？安东尼，你懂吗？"

过了半个月，宿舍又开了，我告别了劳拉小姐回到大学城内来，艾乌拉替我把箱子提上楼，我把安东尼往她手上一递，人往床上一躺，口里喊着："天啊，让我睡一觉吧，我十五天没好好睡过。"话还没说完，人已经睡着了。

以后我有了好去处，功课不顺利了，想家了，跟女孩子们不开心了，我总往厨房外的大树下去找安东尼，在笼边喂它吃吃米，跟它玩一阵，心情自自然然地好起来了。

前几星期马德里突然炎热起来，我在阁楼上念书，听见楼下院子里吱吱喳喳的全是人声，探头一看，几个女孩子正打开了笼子把安东尼赶出去，它不走，她们把它一丢，安东尼只好飞了。我一口气冲下去，抓住一个女孩就推了她一把，脸涨红得几乎哭了，口里嚷着：

"你们什么意思，怎么不先问问我就放了。"

"又不是你的鸟，春天来了不让它离开吗？"

"它脚断过，飞得不好。"我找不出适当的理由来，转身跑上楼，在室里竟大滴大滴地落下泪来。

前几天热得宿舍游泳池都放水了，大家在后院穿着泳衣晒太阳玩水，我对失去安东尼也不再伤心。春天来了，放它自由是应该的事。那天夜晚我尚在图书室念书，窗外突然刮起大风，接着闪电又来，雷雨一下子笼罩了整个的夜，玻璃窗上开始有人丢小石子似的响起来，两分钟后越来越响，我怕了，去坐在念书的伊娃旁边，她望着窗外对我说："艾珂，那是冰雹，你以前没看过？"我摇摇头，心里突然反常地郁闷起来，我提早去睡了，没有再念书。

第二天早晨，风雨过去了，我爬过宿舍左旁的矮墙走隔壁废园的小径去学院，那条路不近，却有意思些。当我经过那个玫瑰棚时，我脚下踢到一个软软的东西，再仔细一看，它竟然是一只满身泥浆的死鸟，我吓了一跳，人直觉地叫起来——"安东尼，是你，是你，我不相信，我不相信。"我叫着，又对自己喊起，"快看它的脚。"一翻过它缩着的脚来，我左手的书本松了，人全蹲在花丛里再也站不起来——安东尼，我的安东尼，我们害死你了，安东尼。我伏在一根枯木上，手里握着它冰冷的身体，眼泪无声地流满了面颊。我的安东尼，我曾在你为生命挣扎的时候帮助过你，而昨夜当你在风雨里被击打时，我却没有做你及时的援手，我甚至没有听见你的叫声——这是春天，我却觉得再度地孤零寒冷起来。空气里弥漫着玫瑰的花香，阳光静静地照着废园，远处有人走过，几个女孩子的声音很清晰地传过来——"春天了，艾珂正在花丛里发呆呢。"安东尼，我再也没有春天了，昨夜风雨来时，春天已经过去了。

初见蒙娜丽莎

十三岁那年看过一本好书，叫做《诸神复活》。是位俄国作家，以十六世纪意大利"文艺复兴时代"的社会背景写出了伟大艺术家达文西的一生。事实上，达文西一生涉猎的知识探索极广，美术只是他的部分而已。

看这本书的当时，家中挂着一张月份牌，就印着达文西的作品之一蒙娜丽莎的画像。家里人只当它是一份实用月历，对于那张画没说什么。只有我，只要灯下或黄昏经过那张画，心里总有些不自在。当时，蒙娜丽莎挂在钢琴正上方，琴上又放了一个贝多芬合上眼以后做出来的石膏模子。两样东西。

在我的家里，艺术性的话题并无太多人可以沟通，毕竟是许多不同方向的人生活在一个叫做家的屋檐下。只有二堂哥，是个好将，跟他说什么，也是懂的。那个怪人，选了音乐，懂的可不止是音乐。

每到黄昏，家中的孩子无论大房二房，都要练琴的——有的心甘，有的被迫。总之，那是我父亲的坚持，他一生想望的就是：在他的四个孩子中，起码有一个去做艺术家，另一个去做运动家。父亲不坚持我得弹钢琴，于是我选了黑管，实在吹不成气候，就给迫上琴凳去了。

每天对着蒙娜丽莎弹琴，总会看看她。

有一天，跟二堂哥说："这个女人诡异。"

二哥说他有同感。鬼气怪重的。可是我们喜欢。

一直害怕蒙娜丽莎，觉着她的灵魂无所不在。那个眼神配上嘴角的微笑，加上左额头和下巴的光影，再加身后那些并非实景的所谓风景，还有整张画的色调，悠悠搁着的双手，胸上部饱满的那一片；这些细细碎碎的看法之外，再一远观，就又融合成一体、一境。那份安静中沉潜的神秘之美便摄去了人的魂。无论甘不甘愿，必被摄入。

有一阵，最怕的名画就是它，只因为再没有另一张画中的人物，是如此"安静地"向人呈现一份极为摸触不着的巨大神秘。

后来，达达派的那些立论者，给蒙娜丽莎加了八字胡，也无不可。达达画派亦是接受的——那些对艺术的观念。

后来慢慢长大了，这幅画的复制可以说无处不在，总有许多机会看见它。而它，也成了一张生活中十分通俗的风景，看惯了也不很当它一回事了，漫不经心的。

一九六九年的夏天，因为马德里大学文哲学院的课程都考及格了。其中"艺术史"是在柏拉图美术馆中去上的，自然看到了许多名画真迹，觉得非常过瘾。学期考试时，因为对于大画家维拉斯盖兹（Velazquez）画的马有些不好的评语，被教授几乎当场掐死。总而言之，学校通过了，同时也在西班牙各省各地玩了个足够，放假了，直然想往法国跑。

有一个同班同学，是德国人，政经味很浓的那种人，他要开车经过法国回西德去，要找人搭车共分汽油钱。我自然抢先去搭车子，可是讲好一个条件，可得一路玩过去哦！不能穿过法国便算了，巴黎得留上十天才答应同去。

旅行是没有预算的，父亲听说我要跑法国，就来信说："读书吃饭钱父亲可以供给，旅行自己想办法，不能支持。"

这个办法很简单，宿舍退掉，每天吃白水面包，住小旅馆，在巴黎用走路的——连地下车也不坐。铁塔不付钱坐电梯，爬上去好了，这么一来，费用也就挪出来了。

车子是同学的，开到一半破了胎，要两人分钱买新轮胎，因为并无备胎，那是辆老爷破车。

就因多花了一笔钱，眼看法国南部转去梵谷住过的小镇"日耳"就可以在眼前时，开车的朋友不肯绕路去。而我，生了一场气，很悲伤看不到那幢黄屋子，朋友却不动一丝怜悯之心。

就那么不吃不喝地一口气开到了巴黎。

已经晚上九点半了，累得已是濒死，急着想找小旅馆躺下休息，朋友却将车子开到巴黎铁塔下去，对着铁塔太近，也没看见什么，只是看了些大架子，朋友称了心，这下才在小巷小街里找了一家极小的旅舍给人睡了。

第二天是星期天，朋友拿出地图来，说要去拿破仑的墓，还有要去看《钟楼怪人》那本小说里的教堂。这个，我是同意的，可是先看墓实在没有意思。

那时我的年纪小，不会管钱，钱都交给了那位德国同学。反正两个人差不多穷，花费有限，由他支付一切费用，每天晚上结一次账就好了。

就因为钱在他人口袋里，我只好跟着走，不能乱跑。

已经在巴黎一个星期整了，什么地方都走去了，走得筋疲力尽，而因为路太不熟，我的朋友车内又满载了由西班牙运回德国的行李，他不肯在巴黎市内开车。

　　住在巴黎已经八天了，所谓罗浮宫一直没有去。当然，花都可看的景色实在够丰富，八天如何来得及看什么？

　　那天早晨没有吃什么东西，我的朋友吃了一条好长的夹肉面包和咖啡，我舍不得那个钱，就在路边的水龙头下喝了几口水。

　　两个人走在街上，为着罗浮宫起了剧烈的争执。他，不知要去看一个什么硬性的政治类的纪念碑，我"一定"要去罗浮宫。说着说着两人骂了起来，我骂他一句"政治动物"，他就走了，没再带着我。

　　那时，我猜是饿得太厉害了，胃揪着剧痛，也不去追，就在塞纳河边一棵树下半躺半靠地倒下了。倒了半日，一直到中午，都没有办法——因为身上没有半分钱。

　　巴黎是自由的，没有人会见怪而怪，自然没人上来问我做什么躺在树下。

　　等到下午三点多，我的朋友回来了，参观过了，笑眯眯地回来，说："好了！我们现在去罗浮宫。"当然，是用走的。那么饿，还是不肯吃，要等到晚上才肯吃一顿，好睡得稳些。

　　一步一拖地不知走了多久，心里着急罗浮宫要关门了，又走又小跑，有时路边坐一下，拖到那个艺术的宫殿，才发觉是星期一。忘了，全世界的博物馆之类，星期一是休息的。

　　朋友答应在巴黎十天的，表示第十天清晨就得起程往德国去，而我也跟去德国，为了慕尼黑的"现代美术馆"和一家"玩偶收藏馆"。同时，在慕尼黑得去应征面试一个导游的工作，预备暑假去地中海的马约加岛做导游赚钱——那个萧邦和乔治桑的海岛。总之，不能不走了，而罗浮宫只得等到次日星期二才能去。

而我，"后期印象派美术馆"也尚未去，一天去两个地方如何来得及？

在旅馆中，我跟朋友说，最后一日的巴黎，我要跟他分手，我去我的，他请随意，于是分了钱，就去睡了。

再走到罗浮宫已是中午时分了，那时是夏初，气候极美，早晚仍凉，正午是暖的。我脱了鞋子光脚走，也是快不了多少，而那时，那时连坐车的念头都没有过。

进了罗浮宫，发觉那么大，分那么多区参观，实在急得要哭，挣扎了一下，买了少数几区的票，看画、看雕塑、看埃及的木乃伊。

时间不够，大卫的古典画不是没见过，站在真迹面前，才知伟大的定义。尺寸那么大，站在它们面前，突然不敢再忽视以前没有深植在心的古典写实。很羞惭，也庆幸自己看了真迹，还来得及修正一些过去错误的观点。

呆了很久，真的呆了过去，等到回过神来，才从心里喊了起来——蒙娜丽莎——

在罗浮宫内寻找蒙娜丽莎太容易了，只看那一条人龙排着的地方，就是她在。

艺术的东西，排队看是不成的，那份后面人的压力和等待，无法使人静下来徘徊。更不能使人近观、远视、左看、右看，只因脱了队就回不去。

很悲伤，很遗憾地夹在一群美国旅客里一步一步进。

那个女人，神秘的女人，被放在一面玻璃的后面，前面隔了一段红绳子的距离——不给人走过那个界线。如临大敌一般地被保护着。而她，无视于一双双来往的眼睛，只是永恒地微笑着一个内心的秘密。

许多排队的人在说话，说来说去都在猜想那朵微笑是什么意思。当然，绝对有女游客说当时蒙娜正在怀孕。

我尽可能不去听身边的喧哗，一步一近，就那么将她由队伍的尽处一直看到站在她面前。在她的面前，没有人敢说一句分心的话。

是幅摄魂的好画啊！跟大卫的东西又是不同的好。那份静、美、深、灵，是整个宇宙磁场的中心。

是的，用了"磁场"这两个字。

没有法子以这支笔来形容蒙娜丽莎。她的神秘是一个磁场，达文西知道，蒙娜知道，我知道。世人也许不知道，可是那么多的复制画被翻印到全世界去，那么多的艺术爱好者如此来往地观察它，那么多万水千山的人站在真迹面前全心全意地注视着这幅画。因为它本身的磁性，因为每个人再加赋进去的那"一霎的"强大念力，使得这幅画的本质，已经成魔。

活的。世上唯一一张超越了艺术范畴的生灵，在这个女人的形象中吐露了灵界的信息。

后来，我被人轻推着走。走了，又去排队，去了，再去排队。看到体内一切的"能"都被吸空，还是不忍离开。

初去罗浮宫，那一个下午，就站在蒙娜丽莎的画下度过。

我知道，来日方长，那不太可能是最后一次去罗浮，那只是今生的一个开始。果然，以后又去过了两次，不过没有再去会蒙娜丽莎。那个她，早已吸过我体内的磁场。初会的当日回去，体力上的感觉，就如被鬼吸去了人的精和神一般的累。

今天写这篇文章，案前又放着蒙娜丽莎的复制画，是昨夜因为要开始写她，又去对着坐了一夜。当清晨的曙光透过窗帘照进房间来时，我将这张画由灯下移到一方阳光下去放着。就算阳光也来了，仍然照不穿那朦胧画境中的深幽。因着世上看她的人时日加深，她也就一日一日在磁力上更加壮大深厚。

而我，就如小时候弹钢琴时对着这幅画脱口而出的感觉，觉着这仍是一个美成诡异的女人。

蒙娜丽莎不能是一篇散文，能的是，去看画吧！全心全意将灵魂交给那幅画，然后体会出失魂落魄的那份灵性之美——如果你用心，她是会有这种魔力的。

最快乐的教室

当我拿到那张学生证的时候，以为它只是注册完毕之后的一种凭借。后来发现，用它，坐车可以买减价车票，听音乐会能够半票而已。

西班牙马德里大学是我游学生涯中所进的第一所大学。

课表上教授"艺术"这一门的老师据宿舍的西籍女同学们告诉我，是名牌的。

进入文学院上课时，不是因为思想程度差，而是那些西班牙文实在艰难，使得刚开始的前三个月心情惊惶甚而沮丧。当然，用功得死去活来，念到三更半夜必然只想死。

那只是前半年而已，不久以后也就看到耕耘而来的收获了。

前半年的"艺术"课比较起哲学和文学来说，毕竟仍是较容易的——我想说的只是在文字的领悟上，倒不是境界。

艺术课不必动笔画画，只是学着欣赏和分析，这个实在很合心意。起初，我们念的是建筑。一个一个不同时代的建筑形式、背景、特色和风格，都得知道。考试用一把尺和圆规就够了，把各样派别的建筑大略画出来，这是十二分有趣的功课。文法错不扣分，图解清楚正确就算对。而今，略略具备的一点点西方建筑的常识是那个时候得来的珍宝。

我的前半年艺术课就是在啃各式廊柱、窗户、屋顶、地基和浮塑里度过，那真是快乐。比较起文学来，建筑又是很不相同。它们那么实实在在又坚固而且涵盖着深广的人文背景。

第二个半年开始了，教授提醒我们学生证的事情。一时，不很明白为了什么，后来发觉艺术课原来并不只在学校内上课，改成去普拉多（Prado）美术馆了。

马德里的普拉多美术馆据称是世界上藏画最多的一个美术馆。例如说，巴黎的罗浮宫内，不只是藏画，也收藏了其他的物品。而普拉多美术馆中，画却是主要的，当然，还有雕塑。

发觉上课居然不在学校里，真的呆掉了。

这不是经验之内的事情。

中午，上完了文哲学院其他的课程，一路快跑回宿舍。当年，我住的是一种叫做"书院"的宿舍，天主教修女管理的。吃饭五个女孩子一桌，每餐必有雪白加花边的台布还有一瓶葡萄酒。上菜是一道一道正经八百来着的，十分闺阁味。中午吃饭可以穿长裤，晚餐就非得半礼服不可。这种生活教育，乍看好似矫情，可是到而今，喝哪一种酒用不错哪一种杯子，却是在那儿学来的。当然，学的不只是喝酒，还有极多生活中行为举止上的文化。有时，精致生活不是必要，知道些，总也没有坏处。

就为着下午三点的艺术课，那顿由管家侍候吃饭的缓慢就成不了一种生活的情调了。总是喝完三五杯红酒，胡乱吃些菜，趁着舍监不注意，悄悄开溜，甜点让给同学们代吃。这一出宿舍，飞奔去公共车站，哗一下给坐出大学城，坐车坐到邮政总局那个西比略斯大广场下车，沿着普拉多林荫大道快跑，跑过"丽池饭店"，那座美术馆就在眼前了。

总是最早到的学生。

这么活泼的大教室是舍不得立即进去的，馆外的草坡上躺一下，吃一个甜筒冰淇淋，看看周遭形形色色打扮的游客，偶尔和草坪上另外躺着晒太阳的陌生人胡扯一阵，这才慢吞吞地往入口处走去。

别人付入场券，我给验个学生证，就进去了。

同学三三两两地来了，《裸体的玛哈》前面自有馆内白发的管理人给我们排椅子。对着一张画，闲闲坐着。馆内阴阴凉凉的心里安静。不一会儿，我们叫他"艺术魔鬼"的名牌教授夹着一大卷不知为何老是带来带去的纸张书籍，大步走过来。

一张又一张画，就是这么一堂又一堂地分析出来。

是个极好的教授，在他的语言里，最引人的除了知性的分析之外，看见了一种精神的美，而这种无形的精神之美，是一份对于艺术深入了一生的痴狂和研究。

那门课不难，一点也不难，教授说什么，我的心都有呼应。而上课，教授站在画的前方、右方、左方，甚而站在学生的背后，我们听他的声音，眼睛对着的是画。

那时候，文学课在看《唐·吉诃德》，这本书用的西班牙语文是十六世纪，看得痛苦不堪，而近人乌拿么诺的作品也得苦念。以当时的西班牙文程度来说，这除非奇迹出现，是没有可能看顺的。哲学又在念圣·多玛斯的东西。知道他们的好，只是消化不进去。

只有艺术课，成了日常生活里的一种期盼、情调和欢乐，还有那十足的信心。这不完全因为教授，这是因为我本身。

在那个快乐得冒泡泡的美术馆里，认识了大画家哥雅（Goya）、葛列柯（El Greco）、维拉斯盖兹（Velazquez）、波修（Bosch），当然还有许多许多台湾比较不熟悉的宗教画家。

后来，艺术课上成了一种迷藏，学校的文哲课都不肯去了，只借同学的笔记来抄。每天出了宿舍就往美术馆走——不坐车。沿途看街景，经过路边咖啡座，坐下来喝一杯酒，慢慢晃到馆内，也不理有课没课，死赖着不买票也就一样进去——看门的人都认识我了。

因为美术馆是校外的教室，逃了别的课，不过是又进了一幢大教室，内心十分安然，丝毫没有罪恶感。

最常在的一层是哥雅黑色时期展列室和他一张一张小号的素描画那两间。

有时也不是只看画，也交朋友的。那位看守陈列室的管理员，讲起这一幅幅名画来，头头是道。当我，听说这位白发先生一生的岁月就是伴着一幅一幅画度过时，我来往地看着他的面容，说着这份生涯的时候，他的脸上流露出来的是一份说不出的恭敬、骄傲和光荣。

常常，生活在美术馆里，舍不得回宿舍去吃中饭。这中饭不很重要。晚饭之后宿舍就比较紧，偶尔夜间突袭查房，可是我们还是有方法等修女睡着了，爬墙出去跳舞。

不过，我是大半逃中午的，跟名画约会去。

艺术老师越来越喜欢我，是又爱又恨的那种。

每当他讲解告一段落，我总是一面记笔记一面顺口讲几句跟他的评论不很吻合的感想。有一次教授冲过来掐我的脖子，当然不是真掐死的那种，他只是作势而已。我知道，他知道我是懂的。

奇怪的是，回想起来，居然忘了教授的名字，我们一向只叫他"艺术魔鬼"这个绰号的。

美术馆里面除了陈列室之外，也有放东西的小房间。只有两次，实在是累够了，白发的管理员带我进了密室，有一个躺椅，是他们休息用的。我在里面睡午觉，醒来赫然发觉墙角一张报纸大的静物油画在阴暗中放着，蹲下去看看画框上钉的小铜牌，十六世纪的画，画家没听说过。是张安静的好画。

那一刻，起了坏心，想偷。没有做，却也因为这个念头，吓了自己一大跳。我猜那幅画的漫不经心的放置，是西班牙人民族性里太信任人才有的疏忽。

从小是一个厌恶教室的人，这种情形到了西班牙也改不了多少。总是觉得学问的传授不能与生活脱节，一旦完全被关在教室里念所谓学问的东西，到了某种时刻时，也是该当放出来和世界混一混才能融会贯通的。

每当我丢弃了其他的课程去美术馆时，快乐得恨不能一路高唱着歌去，而心里确实在唱："如果电影院是教室／那么美术馆当然是更好的教室。对我对我／它是最愿意去的地方……"

当时，不记得怎么认识了一位日本同学，只记得是学外交的，被派到西班牙去深造语文。他的西班牙文是在日本念的，发音很日本味，可是程度绝对优秀。这位男同学的笔记抄得扼要，字迹一板一眼，我就借来每夜边抄边读，也有信心应付考试。

抄了一阵，情人节来了，这位好朋友半开玩笑地买了一盒鸡心形状的糖果，又说："代转送给你的情人。课不上，天天乱跑，恋爱一样的……"

我拿了那盒糖，当然舍不得吃，可是立即联想到那位美术馆中白发苍苍的哥雅守卫者。也是那一阵心情一向极好，就笑问日本同学，去不去美术馆玩呢？反正又不要门票的。同学上课时当然去的，日本人凡事认真，他是上哪一堂课就乖乖进哪一间教室的一种人。

那天没有艺术课，可是两个人一同跑去了。

因为从来没有同伴一起去过，又生了顽皮心。我知道，美术馆里有轮椅免费出借——当时一共有四辆轮椅，而这个东西没有使用过。

进了门，一定推那个同学去借轮椅，自己躲在好远的一边。同学不肯，我给他洗脑，说是演戏嘛，将来老了回忆起来多么好玩等等。

于是，我突然坐在一辆轮椅上，下半身用脱下来的大衣盖住，叫同学一间一间陈列室慢慢地推。经过认识我的看守人时，就跟他们眨一下眼睛，用手指放在嘴上做一个不许他们讲话的表情。

哥雅的黑色时期画在楼下，有电梯可以推了坐下去，等到我们绕了一圈，绕到那位半打瞌睡的看守人正对面时，才停了车，也不喊他，就等他来发现我。

当他发现我居然坐在轮椅上由一个东方人推着时，悄悄举起手臂，一副不能相信的表情，张口结舌的样子可像极了哥雅画中那一张张无声呐喊的人脸——美术馆内，工作的人不能叫的。

等他惊够了，这才一把拉开大衣站起来，手里捧着那盒说明可以转送的情人糖，大步朝他走去。

"圣·范仑汀快乐，祝你！"我对他说，双手将糖交给这位好人。

"天哪！你怎么把轮椅骗到手的？"他悄悄地说。

我说我哪里会去骗，是这位日本同学本事好大。讲完又去坐在轮椅上，再叫人推，一面笑笑地跟白发管理员轻轻挥一下手。

这种教室，再玩下去就快成为艺术魔鬼了。对于一些喜爱的画，闭上眼睛，画中人衣服上哪一条折痕是哪一种光影都能出现在脑海里。也不只是这些，这些是表相，而表相清楚之后，什么内在的东西都能明白。那份心灵的契合，固然在于那是一个快乐的教室，也实在算是用功，也算是一大场华丽的游戏。而我，主要还是本身的我，吸收美术精华的那份天赋，是不能否认的。

有趣的是，学期结束时，考试中最高分的居然又不是"艺术"那门课，而是"现代诗"。分析了安东尼奥·马恰窦和加西亚·洛加的两首诗，得了个好见解的好分数。

其实，因为看出那首加西亚·洛加的诗中有着极强烈的"画境"，才能评论得比其他同学特出的。

拿到那张成绩单，我由美术馆中晃了一下出来，经过国会广场附近的一座古老教堂，那日恰是定期演奏管风琴的时候。我走了进去，悄悄地靠在长椅上，将眼睛闭上，让巴哈如同素菜一般的音乐浸透全身，浸到不知身在何处。

常常，因为对于美的极度敏感，使我一生做了个相当寂寞的人。

那些，最美、最深，那些，贴附在骨髓里的艺术之爱，因为太深了，而使人失去了语言——因为语言配不上它们。

是一个快乐的教室。

是一个寂寞的人。

倾城

一九六九年我住西柏林。住的是"自由大学"学生宿舍村里面的一个独立房间。所谓学生村，是由十数幢三层的小楼房，错落地建筑在一个近湖的小树林中。

是以马德里大学文哲学院的结业证书申请进入西柏林自由大学哲学系就读的。在与学校当局面谈之后，一切都似可通过了，只有语文一项的条件是零。学校要求我快速地去进"歌德语文学院"，如果在一年内能够层层考上去，拿到高级德文班毕业证明书，便可进入自由大学开始念哲学。而宿舍，是先分配给我了。

"歌德学院"在德国境外的世界各地都有分校，那种性质，大半以文化交流为主，当然也可学习德文。在德国境内的"歌德"，不但学费极为昂贵，同时教学也采取密集快速方法，每日上课五六小时之外，回家的功课与背诵，在别的同学要花多少时间并不晓得，起码我个人大约得钉在书桌前十小时。一天上课加夜读的时间大约在十六七个钟点以上。当然，是极为用功的那种。别的同学念语文目的不及我来得沉重，而我是依靠父亲伏案工作来读书的孩子。在这种压力之下，心里急着一个交代，而且，内心也是好强的人，不肯在班上拿第二。每一堂课和作业一定要得满分，才能叫自己的歉疚感少一些。

苦读三个月之后，学校老师将我叫去录音，留下了一份学校的光荣纪录；一个三个月前连德语早安都不会讲的青年，在三个月的教导训练之后，请听听语调、文法和发音的精准。那一次，我的老师非常欣慰，初级班成绩结业单上写的是——最优生。

拿着那张成绩单，飞奔去邮局挂号寄给父母。茫茫大雪的天气里，寄完了那封信。我快乐得流下了眼泪，就是想大哭的那种说不出来的成就感。当然这里又包含了自己几乎没有一点欢乐，没有一点点物质享受，也没有一点时间去过一个年轻女孩该过的日子，而感到的无可奈何与辛酸。那三个月，大半吃饼干过日的，不然是黑面包泡汤。

也不是完全没有男朋友，当时，我的男友是位德国学生，他在苦写论文，一心将来要进外交部。而今他已是一位大使了，去年变的，这是后话，在此不说了。

在德国，我的朋友自律很严，连睡眠时枕下都放着小录音机，播放白日念过的书籍。他说，虽然肉体是睡了，潜意识中听着书本去睡，也是会有帮助的。他不肯将任何一分钟分给爱情的花前月下，我们见面，也是一同念书。有时我已经将一日的功课完全弄通会背，而且每一个音节和语调都正确，朋友就拿经济政治类的报纸栏来叫我看。总而言之，约会也是念书，不许讲一句闲话更不可以笑的。

约会也不是每天都可以的，虽然同住一个学生村，要等朋友将他的台灯移到窗口，便是信号——你可以过来一同读书。而他的台灯是夹在书桌上的那种，根本很少移到窗口打讯号。在那种张望又张望的夜里，埋头苦读，窗外总也大雪纷飞，连一点声音都听不见。我没有亲人，那种心情，除了凄苦孤单之外，还加上了学业无继，经济拮据的压力。总是想到父亲日日伏案工作的身影，那一块块面包吃下去，等于是喝父亲的心血，如何舍得再去吃肉买衣？总是什么物质的欲望都减到只是维持生存而已了。

因为初级班通过的同学只有四个，而其他十一个同学都不许升班，老师便问我想不想休息三个月。他也看见我过度的透支和努力，说休息一阵，消化一下硬学的语文，然后再继续念中级班是比较合理的。

听见老师叫我休息，我的眼泪马上冲出来了。哪里不想停呢？可是生活费有限，不念书，也得开销，对自己的良知如何交代？对父母又如何去说？于是我不肯休息，立即进了中级德文班。

中级班除了课本之外，一般性的阅读加重了许多，老师给的作业中还有回家看电视和阅报，上课时用闭路电视放无声电影，角色由同学自选，映像一出来，我们配音的人就得立即照着剧情讲德文配音——这个我最拿手。

"听写"就难了，不是书上的，不能预习，在一次一千多字有关社论的报纸文字听写考试中，一口气给拼错四十四个字。成绩发下来，年轻的我，好比世界末日一般，放学便很悲伤，一奔到男朋友的宿舍，进门摔下考卷便大哭起来。那一阵，压力太大了。

我的朋友一看成绩，发现不该错的小地方都拼错了，便责备了我一顿。他也是求好心切，说到成绩，居然加了一句——将来你是要做外交官太太的，你这样的德文，够派什么用场？连字都不会写。

听了这句话，我抱起书本，掉头就走出了那个房间。心里冷笑地想——你走你的阳关道，我过我的独木桥，没有人要嫁给你呀！回到自己空虚的房间，长裤被雪湿到膝，赶快脱下来放在暖气管上去烤。想到要写家信，提起笔来，写的当然是那场考坏了的听写，说对不起父母，写到自己对于前途的茫茫然和不知，我停下了笔将头埋在双臂里，不知再写什么。窗外冬日的枯树上，每夜都停着一只猫头鹰，我一打开窗帘，它就怪嗥。此生对于这种鸟的联想有着太多寂寞的回忆，想起来便不喜欢。

每天晚上，修补鞋子是天快亮时必然的工作，鞋底脱了不算，还有一个大洞。上学时，为着踏雪，总是在两双毛袜的里面包住塑胶袋，出门去等公车时，再在鞋子外面包上另一个袋子。怕滑，又用橡皮筋在鞋底鞋面绑紧。等到进了城内，在学校转弯处，快碰到同学时，弯腰把外层的塑胶袋取下来。为了好面子，那脱了底的鞋总当心地用一条同色的咖啡色橡皮筋扎着，走起路来，别人看不出，可是那个洞，多少总渗进了雪水。进了教室立即找暖气管的位置坐下来，去烤脚。虽然如此，仍是长了冻疮。

同学们笑我为了爱美，零下十九度都不肯穿靴子。哪知我的脚尺寸太小，在柏林买不到现成的靴，去问定做价格，也不是一个学生所花费得起的。自然，绝对不向父母去讨这种费用，家信中也不会讲的。

那天考坏了，被朋友数落了一顿，都没有使我真正灰心，写家信也没有，做功课也照常，只是，当我上床之前，又去数橡皮筋预备明天上学时再用时，才趴在床沿，放开胸怀地痛哭起来。

很清楚地记得，那是十二月二日，一九六九年的冬天。

那时候，学校说二十二日以后因为耶诞节，要放几天的假，我跟一位同宿舍的男生约好，合出汽油钱，他开一半，我开一程，要由西柏林穿过东德境内，到西德汉诺瓦才分手，然后他一路玩玩停停去法国，车子由我开到西德南部一个德国家庭中去度节。我们讲好是二十三日下午动身。

那时，由西柏林要返东德去与家人团聚的车辆很多，边境上的关口必然大排长龙，别人是德国人，放行方便。那本护照万一临时在关卡不给通过，就穿不过东德境内，而坐飞机去，又是不肯花机票钱的。

为了这事，那位与我同搭车的法国朋友心里有些不情愿，怕有了临时的麻烦，拖累到他。那位朋友叫米夏埃。他坚持在旅行之前，我应该先跑到东柏林城那边的东德政府外交部去拿过境签证。如果不给，就别去了。说来说去，就是为了省那张飞机票钱才弄出这么多麻烦的。

米夏埃不常见到我，总在门上留条子，说如果再不去办，就不肯一同开车去了。我看了条子也是想哭，心里急得不得了，可是课业那么重，哪有时间去东柏林。课缺一堂都不成的，如果缺了一天，要急死的，实在没有时间，连睡觉都没有时间，如何去办手续？

心里很怕一个人留在宿舍过节，怕那种已经太冷清的心情。"中国同学会"不是没有，可是因为我由西班牙去的，又交的是德国男朋友，加上时间不够，总也不太接近，又有一种不被认同的自卑心理，便很少来往了。

那天，十二月二日，终于大哭特哭了一场。不过才是一个大孩子，担负的压力和孤寂都已是那个年龄的极限。坐得太久，那以后一生苦痛我的坐骨神经痛也是当时死钉在桌前弄出来的。而自己为什么苦读——虽然语文是我心挚爱的东西，仍然没有答案。

第二天，十二月三日，也许因为哭累了，睡过了头。发觉桌上的小钟指着十点，又急得要哭。抓了书本就往车站跑，跑的时候，鞋子一开一合的，才知忘了扎橡皮筋。而左腿，也因为坐骨的痛压到神经，变成一拐一拐的了。

知道第一堂课是完了，赶不上。想，想自己如此苦苦地折磨所为何来，想成了呆子。站在车站牌下，眼看着一次又一次的班车走过，都没有上车。

逃课好了，冻死也没什么大不了，死好了，死好了。

没有再转车，摸摸身上的护照和二十块美金的月底生活费，将书在树丛雪堆里一埋，上了去东柏林围墙边，可以申请进去的那条地下火车。

柏林本来是一个大城，英美法苏在二次大战后瓜分了它。属于苏俄的那一半，是被封了，一个城变为天涯海角，不过一墙相隔便是双城了。

我下车的那个车站，在一九六九年是一个关卡，如果提出申请，限定当日来回，是可以过去的。而东柏林的居民却不可以过来。

那个车站是在东柏林，接受申请表格的就是东德的文职军人了。

我们的护照和表格在排了很久的队之后，才被收去。收了便叫人坐在一排排的椅子上等，等扩音机内喊到了名字，又得到一个小房间内去问，问什么我不明白，总之面露喜色的人出来，大半是准进东柏林去了。

等了很久，我坐着会痛，又不敢乱走，怕听不见喊人的名字。那儿，有一个办公室是玻璃大窗的，无论我如何在一拐一拐地绕圈子，总觉得有一双眼睛，由窗内的办公桌上直射出来，背上有如芒刺般地给钉着。

有人在专注地看我，而我不敢也看回去。

扩音机叫出我的名字来时，已是下午一点左右了。我快步跑进小房间，密封的那一间，没有窗，里面坐着一位不笑的军官。请坐，他说。我在他对面坐了下来。军官衣着很整齐，脸色不好，我一坐定，他便将那本护照向桌上轻轻一丢，说："你知道这本护照的意义吗？"我说我知道。他听了便说："那你为何仍来申请？我们不承认你的，不但不承认，而且你们的政策跟南韩一样。现在我正式拒绝你的申请。"我看了他一眼，站起来，取回了护照，对他笑了一笑，说谢谢。那时的我，是一个美丽的女人，我知道，我笑，便如春花，必能感动人的——任他是谁。

已经走出了门，那位军官是心动了，他很急地叫住了我，说："你可以去西柏林付十五块美金，参加有导游带的旅行团，我给你一个条子，这种护照也可以过去的。"

我说，我是要去你们东德的外交部，导游会放人单独行动吗？再说，十五块美金太贵了，我有，可是舍不得。说完我没有再对那个人笑，就出来了。

决定逃学，决定死也可以，那么不给过去东柏林也不是什么大事，不去也就不去好了。时间，突然出现了一大段空当，回宿舍，不甘愿，去逛街，只看不买不如不去。于是哪儿也没有去，就在那个车站里晃来晃去看人的脸。

那面大玻璃窗里仍然有一种好比是放射光线一样的感应，由一个人的眼里不断地放射在我身上，好一会儿，他还在看我。

等我绕到投币拍快照片的小亭子边时，那种感应更强了。一回身，发觉背后站着一位就如电影《雷恩的女儿》里那么英俊迫人的一位青年军官——当然是东德的。

"哦！你来了，终于。"我说。他的脸，一下子浮上了一丝很复杂的表情，但是温柔。"晃来晃去，为什么不回西柏林去？"我指了一下那个密封的审人室，说："他们不给我进东柏林。"我们又说了一些话，说的是想先进去拿过境签证的事。一直看他肩上的星，感觉这个军官的职位和知识都比里面那个审人的要高，而且他不但俊美，也有一副感人而燃烧的眼睛。这个人哪里见过的？

事情很快解决了，护照东德不承认，给发了一张对折的临时证。上面要写明身高、眼色、发色、特征等等——在填写特征时，我写：牙齿不整齐。那叫它通行证的东西是白色的。说要拍张快照，我身上没有零钱，那位军官很快掏出了钱。一下子拍出来三张，公事用了两张，另外一张眼看他放入贴心内袋，我没说一个字，心里受到了小小的震动，将眼光垂了下来。

排队的人很长，一个一个放，慢慢地。那位帮我的军官不避嫌地站在我的身边，一步一步地移。我们没有再说话。时光很慢，却舍不得那个队伍快快地动。好似两个人都是同样的心情，可是我们不再说话了。

等到我过关卡时，军官也跟了过来。一瞬间，已站在东柏林这一边了。凄凉的街上，残雪仍在，路上的人，就如换了一个时光，衣着和步伐跟西柏林全不一样了。

"好，我走了。"我说。那个军官很深地看了我一眼，慢慢说了一句英文，他说："你真美！"听了这句话，突然有些伤感，笑着向他点点头，伸出手来，说："五点钟，我就回来。可以再见的。"他说："不，你进入东柏林是由这里进，出来时是由城的另外一边关口出去。问问路人，他们会告诉你的。外交部不远，可以走去。我们是在这一边上班的人，你五点回来时，不在我这里了。"

"那，那么我也走了。"我说。

我们没有再握手，只互看了一眼，我微微地笑着。他，很深的眼睛，不知为什么那么深，叫人一下子有落水的无力和悲伤。

就那么走到外交部去，一面走一面问人，路上有围着白围巾的青年，一路跟着要换西柏林马克或美金，随便多少都可以。我不敢睬他，只是拒绝得难过。

都快下班了，才问到签证的柜台，也不存希望给或不给，孤零零的心，只留在那个离别时叫人落水的眼睛里。

是东德，在东柏林的外交部，是一种梦境，很朦胧的倦和说不出的轻愁。那本护照，就如此缴了上去。

看护照的中年胖子一拿到，翻了三两下，就向身后的同事叫嚷，说："喂！来看这本护照呀！蒋介石那边来的。"人都围上来了，看我。我的心，仍在那双眼睛里。随便人们如何看我，都很漠然。"蒋——介——石——嗯。"那位中年人叹了口气。

也是那日不想活了，也是多日不想活了，当他说到这句话，我就自杀似的冲出了一句："蒋介石，我还是他女儿呢！"

"真的？！"对方大叫起来。

他呆呆地看住我的名字，一念再念——陈、陈、陈……

"你说老实话哦！"他说。我不说话，只是笑了笑。那双眼睛，今朝才见便离了的眼睛，他说我真美丽，他用英文说，说成了他和我的秘密还有终生的暗号。

"你姓陈，他姓蒋，怎么会？"又问。

我反问他："请问给不给东德的签证吗？"他说："给、给、给……"急着哗一下盖了章，就成了事。

隔着柜台，我竖起了脚尖，在那中年胖子的脸上亲了一下，说："你真美，谢谢你。"然后，走了。

东柏林在展越南战争的照片，进去看了一下。那张，美军提着越共的头，踩在无头尸体上，有若非洲猎象猎兽的成就感，在那个大兵的脸上开着花。没有再看下去，觉得自己是一个亚细亚的孤儿。

去饭店吃了一顿鱼排，付账时，茶房暗示我——很卑微的那种笑，使我付出了不是过境时换的当地钱。有二十块美金，给了十块，每月生活费的十分之一。没有等找钱，向那位老茶房笑笑，便走了。

经过一家书店，看见齐白石的画，我一急，进去了，要人窗内拿下来，发现是印制的，不是原墨，就谢了走开。

街上行人稀少，有女人穿着靴子，那是我唯一羡慕的东西。

又走了很多路，累了，也渴，天在下午四点时已经暗了，可是这边的城没有太多灯光。问到了出关回西柏林的地方，关口很严也牢，是九曲桥似的用曲折墙建出来的，我猜是怕东边的人用车子来闯关而设计的。

他们不给我回去，一直审问，问我那张白色的通行证如何得来的，为什么会身上又有一本护照藏着。又问来时身上报了二十美金，怎么换了五块美金的当地东德马克仍在，而那另十五元美金只剩下了五块一张。我说吃饭时付错了。问是哪一家饭店，我答谁记得路。

他们不给我走。我急了，急得又不想活了，说："你们自己发的通行证，去问放我过来的那个关卡。去问！打电话去问呀！好讨厌的，也不去解决。"

不知过了有多久，我弯弯曲曲地走过了一道又一道关，门口站着来接的，是中午那个以为已经死别了的人。他在抽烟，看见我出来，烟一丢，跨了一步，才停。

"来！我带你，这边上车，坐到第五站，进入地下，再出来，你就回西柏林了。"他拉住我的手臂，轻轻扶住我，而我只是不停地抖。眼前经过的军人，都向我们敬礼——是在向他，我分不清他肩上的星。

在车站了，不知什么时刻，我没有表，也不问他，站上没有挂钟，也许有，我看不见。我看不见，我看不见一辆又一辆飞驰而过的车厢，我只看见那口井，那口深井的里面，闪烁的是天空所没有见过的一种恒星。

天很冷，很深的黑。不再下雪了，那更冷。我有大衣，他没有，是呢绒草绿军装。我在拼命发抖，他也在抖，车站是空的了，风吹来，吹成一种调子，夹着一去不返的车声。

没有上车，他也不肯离去。就这么对着、僵着、抖着，站到看不清他的脸，除了那双眼睛。风吹过来，反面吹过来，吹翻了我的长发，他伸手轻拂了一下，将盖住的眼光再度与他交缠。反正是不想活了，不想活了，不想活了，不想活了……

"最后一班，你上！"他说。我张口要说，要说什么并不知道，我被他推了一把，我哽咽着还想说，他又推我。这才狂叫了起来——"你跟我走——""不可能，我有父母，快上！""我留一天留一天！请你请你，我要留一天。"我伸手拉住他的袖子，呀！死好了，反正什么也没有，西柏林对我又有什么意义。

怎么上车的不记得了。风很大，也急，我吊在车子踩脚板外急速地被带离，那双眼睛里面，是一种不能解不能说不知前生是什么关系的一个谜和痛。直到火车转了弯，那份疼和空，仍像一把弯刀，一直割、一直割个不停。

那一夜，我回到宿舍，病倒下来，被送进医院已是高烧三日之后才被发现的。烧的时候头痛，心里在喊，在喊一个没有名字的人。

住了半个月的三等病房，在耳鼻喉科。医生只有早晨巡视的时候带了一群实习医生来，探病的人一周可以进来一次。我的朋友念书忙，总是打电话给护理室，叫小姐来传话问好，但人不来。

医院的天井里有几棵大枯树，雪天里一群一群的乌鸦呱呱地在树枝和地上叫。病房很冷，我包住自己，总是将头抵在窗口不说什么。同住一房的一位老太太，想逗我说话，走上来，指着窗外对我说："你看，那边再过去，红砖公寓的再过去，就是围墙，东柏林，在墙的后面，你去过那个城吗？"

还给谁

一九七一年的夏天，我在美国伊利诺州立大学。

不知是抵美的第几个长日了，我由一个应征事情的地方走回住处，那时候身上只剩下一点点生活费，居留是大问题，找事没有着落，前途的茫然将步子压得很慢，穿过校园时，头是低着的。

远远的草坪边半躺着一个金发的青年，好似十分注意地在凝望着我，他看着我，我也知道，没有抬头，他站起来了，仍在看我，他又蹲下去在草坪上拿了一样什么东西，于是这个人向我走上来。

步子跨得那么大，轻轻地吹着他的口哨，不成腔调又愉快的曲子。

不认识走过来的人，没有停步。

一片影子挡住了去路，那个吹着口哨的青年，把右手举得高高的，手上捏着一枝碧绿的青草，正向我微笑。

"来！给你——"他将小草当一样珍宝似的递上来。

我接住了，讶然地望着他，然后忍不住笑了起来。

"对，微笑，就这个样子，嗯！快乐些……"他轻轻地说。

说完拍拍我的面颊，将我的头发很亲爱地弄弄乱，眼神送过来一丝温柔的鼓励，又对我笑了笑。

然后，他双手插在口袋里，悠悠闲闲地走了。

那是我到美国后第一次收到的礼物。

小草，保留了许多年，才找不到了。那个人，连名字都没有法子知道，他的脸在回忆中也模糊了，可是直到现在，没有法子忘记他。

很多年过去了，常常觉得欠了这位陌生人一笔债，一笔可以归还的债；将信心和快乐传递给另外一些人类。将这份感激的心，化做一声道谢，一句轻微的赞美，一个笑容，一种鼓励的眼神……送给似曾相识的面容，那些在生命中擦肩而过的人。

我喜爱生命，十分热爱它，只要生活中一些小事使我愉快，活下去的信念就更加热切，虽然是平凡的日子，活着仍然是美妙的。这份能力，来自那枝小草的延伸，将这份债，不停地还下去，就是生存的快乐了。

老兄，我醒着

一九七一年的冬天，当时我住在美国伊利诺大学的一幢木造楼房里。

那是一幢坐落在街角的房子，房子对面是一片停车场，右手边隔着大街有一家生意清淡的电影院，屋后距离很远也有人家，可是从来没见人影。也就是说，无论白天或晚上，这幢建筑的周遭是相当安静的。

这幢老房子并不是大型的学生宿舍，一共三层楼加地下室。楼下，在中午时属于大学教授们做俱乐部用，供应午餐，夜间就不开放了。二楼有一间电视室、一间图书室以及一个小型办公室，到了下午五点，办公的小姐就走了。

多余的房间一共可以容纳十四个女学生，每人一间，住得相当宽敞也寂寞，因为彼此忙碌，很少来往。我们也没有舍监。

记得感恩节那日是个"长周末"，节日假期加上周六周日一共可以休息四整天，宿舍里的美国同学全部回家去了，中国同学除了我之外还有三个，他们也各有去处。我虽也被人邀请一同回家过节，却因不喜做客拘束，婉谢了朋友的好心好意。

就这样，长长的四整天，我住在一幢全空了的大房子里——

完全孤独的。

也是那一天，初雪纷飞，游子的心，空空洞洞。窗外天地茫茫，室内暖气太足，在安静得令人窒息的巨大压迫下，落一根针的声音都可以听见。

我守住黄昏，守过夜晚，到了深夜两点，把房门的喇叭锁咔一下按下。我躺在床上，把窗帘拉开，那时，已经打烊的小电影院的霓虹灯微微透进室内，即使不开灯，还是看得见房间内的摆设。

躺下去没有多久，我听见楼下通往街上的那扇大门被人"呀"的一声推开了——照习惯，那扇门总是不关的，二十四小时不锁。

我以为，是哪一个同住的女学生突然回来了，并不在意。

可是我在听。

进来的人，站在楼下好一会儿，不动。

然后，轻轻的脚步声上了二楼，我再听，上了三楼，我再听，脚步向我的房门走来，我再听——有人站在我的门口。

大概一分钟那么久，房外没有动静，我没有动静——我躺着——等。

我听见有钥匙插进我那简单的门锁里，我盯住把手看，幽暗的光线中，那个门柄慢慢地正在被人由外面转开。

不肯相信自己的眼睛，可是那把柄千真万确地在转动。

有人正在进来。

一个影子，黑人，高大、粗壮，戴一顶鸭舌帽，穿橘红夹克、黑裤子、球鞋，双手空着，在朦胧中站了几秒，等他找到了我的床，便向我走来。

他的手半举着，我猜他要捂我的嘴，如果我醒着，如果我开始尖叫。

当他把脸凑到我仰卧的脸上来时，透过窗外的光，我们眼睛对眼睛，僵住了。

"老兄，我醒着。"我说。

我叫他BROTHER。

他没有说话，那时，我慢慢半坐了起来。我可以扭亮我的床头灯，不知为什么，我的意念不许我亮灯。我听见那个人粗重的喘息声——他紧张，很紧张。

在这种时刻，任何一个小动作都可以使一个神经绷紧的人疯狂，我不能刺激他。

"你不想说话吗？"我又说。

他的双手不放下来，可是我感觉到他放松了。他不说话，眼光开始犹豫。这一切，都在极暗的光线里进行着。

"你坐下来，那边有椅子。"我说。

他没有坐，眼睛扫过我伸手可及的电话。

"我不会打电话、不会叫、不会反抗你，只请你不要碰我。要钱，请你自己拿，在皮包里——有两百块现金。"我慢慢地说，尽可能地安静、温和、友善。

他退了一步，我说："你要走吗？"

他又退了一步，再退了一步，他一共退了三步。

"那你走了。"我说。

那个人点了点头，又点了一下头，又点了一下头，他还在退，他快退到门口去了。

"等一下。"我喊停了他。

"你这个傻瓜，告诉我，你怎么进来的？"我开始大声了。

"你的大门开着，钥匙放在第十四号邮件格子里，我拿了，找十四号房门——就进来啦！"这是那人第一次开口，听他的声音，我已了然，一切有关暴行的意念都不会再付诸行动。这个人正常了。

"那你走呀！"我叫起来。

他走了，还是退着走的，我再喊："把我的备用钥匙留下来，放在地板上。你走，我数到三你就得跑到街上去，不然——不然——我——"

我没有开始数，他就走了。

我静听，那脚步声踏过木板楼梯，嗒嗒嗒嗒直到楼下。我再听，那扇门开了又合起来，我凝神听，雪地上一片寂静。

我跳起来，光脚冲到楼下，冲到大门，把身体扑上去，用尽了全身的气力去压那个锁，我再往楼上跑，跑过二楼，跑到三楼自己的房间，再锁上门。

我往电话跑去，拿起听筒，一个女人的声音立即回答我："接线台，接线台，我可以帮助你吗？"

我发觉自己的牙齿格格在响，我全身剧烈地发抖好似一片狂风里被摧残的落叶，我说不出一句话，说不出一个字。

我把电话挂回去，跑到衣柜里面，把背脊紧紧抵住墙，用双手抱住自己的两肩，可是我止不住那骨头与骨头的冲击。我一直抖一直抖，抖到后来，才开始如同一个鬼也似的笑起来——听见那不属于人的一种笑声，我又抖、又抖、又抖……

赴欧旅途见闻录

绕了一圈地球，又回到欧洲来，换了语文，再看见熟悉的街景，美丽的女孩子，久违了的白桦树，大大的西班牙文招牌，坐在地下车里进城办事，晒着秋天的太阳，在露天咖啡座上看着来来往往的行人，觉得在台湾那些日子像是做了一场梦；又感觉到现在正可能也在梦中，也许有一天梦醒了正好睡在台北家里我自己的床上。

人生本是一场大梦，多年来，无论我在马德里，在巴黎，在柏林，在芝加哥，或在台北，醒来时总有三五秒钟要想，我是谁，我在哪里。脑子里一片空白，总得想一下才能明白过来，哦！原来是在这儿啊——真不知是蝴蝶梦我，还是我梦蝴蝶，颠颠倒倒，半生也就如此过去了。

离开台北之前，舍不下朋友们，白天忙着办事，夜里十点以后总在 Amigo 跟一大群朋友坐着，舍不得离去。我还记得离台最后一晚，许多好友由 Amigo 转移阵地，大批涌到家里，与父亲、弟弟打撞球、乒乓球大闹到深夜的盛况，使我一想起来依然筋疲力尽也留恋不已。当时的心情，回到欧洲就像是放逐了一样。

其实，再度出国一直是我的心愿，我是一个浪子，我喜欢这个花花世界。随着年岁的增长，越觉得生命的短促，就因为它是那么地短暂，我们要做的事，实在是太多了。回台三年，我有过许多幸福的日子，也遭遇到许多不可言喻的伤痛和挫折，过去几年国外的教育养成了我刚强而不柔弱的个性。我想在我身心都慢慢在恢复的情况下，我该有勇气再度离开亲人，面对自己绝对的孤独，出外去建立新的生活了。

我决定来西班牙，事实上还是一个浪漫的选择而不是一个理智的选择。比较我过去所到过、住过的几个国家，我心里对西班牙总有一份特别的挚爱，近乎乡愁的感情将我拉了回来。事实上，七年前离家的我尚是个孩子，我这次再出来，所要找寻的已不是学生王子似的生活了。

这次出国不像上次紧张，行李弄了只两小时，留下了一个乱七八糟的房间给父母去头痛。台北机场送我的朋友不多（亲戚仍是一大堆啊！），这表示我们已经进步了，大家都忙，送往迎来这一套已经不兴了。上机前几乎流泪，不敢回头看父亲和弟弟们，仰仰头也就过去了。

再临香港

我的母亲舍不得我，千送万送加上小阿姨一同飞到香港。香港方面，外公、外婆、姨父、姨母，加上妹妹们又是一大群，家族大团聚，每日大吃海鲜，所以本人流浪的第一站虽不动人但仍是豪华的。（这怎么叫流浪呢？）

香港我一共来过四次。我虽是个红尘中的俗人，但是它的空气污染我仍是不喜欢，我在香港一向不自在，每次上街都有人陪着，这种事我很不惯，因我喜欢一个人东逛西逛，比较自由自在，有个人陪着真觉得碍手碍脚。虽说香港抢案多，但是我的想法是"要抢钱给他钱，要抢命给他命"，这样豁出去，到哪儿都没有牵挂了。广东话难如登天，我觉得被封闭了，大概语文也是一个问题。

香港是东方的珍珠，我到现在仍认为它是不愧如此被称呼的。了不起的中国人，弹丸之地发展得如此繁华。二十世纪七〇年代的今天，几乎所有经济大国跟它都有贸易上的来往，当然它也占尽了地理上位置上的优势。虽然它的出品在价格上比台湾是贵了一点，但仍是大有可为的。这些事暂不向读者报导，这篇东西是本人的流浪记，将来再报导其他经济上的动向。

海底隧道建成之后，我已来过两次，请不要误会本人在跑单帮，香港太近了，一个周末就可来去，虽然不远，但总有离家流浪之感。隧道我不很感兴趣，我仍喜欢坐渡轮过海，坐在船上看看两岸的高楼大厦，半山美丽的建筑，吹吹海风，还没等晕船人已到了，实在是过瘾极了。

买了一家怪公司的包机票

且说坐飞机吧，我买了一家怪公司 Laker 航空的包机票，预备在香港起飞到伦敦再换机去马德里，到香港一看机票目的地写的是 Gatwick 机场，打电话去问，才知我要换 BEA 航空公司去马德里的机场，是英国另外一个 Heathrow 机场，两地相隔大约一小时车程。

当时心里不禁有点泄气，坐长途飞机已是很累人的事，再要提了大批行李去另一机场，在精神上实在不划算。不过转过来想，如果能临时申请七十二小时过境，我也不先急着去西班牙了，干脆先到伦敦，找个小旅馆住下来，逛它三天三夜再走。后来证明我的如意算盘打错啦。

这次登机不像台北那么悠哉了，大包机，几百人坐一架，机场的混乱、闷热、拥挤，使我忘了在一旁默默流泪的母亲和年迈的外祖父。坐飞机不知多少次了，数这一次最奇怪，全是清一色的中国人。匆忙去出境处，香港亲友挤在栏杆外望着我。

不要望吧，望穿了我也是要分离的。移民的人问我填了离港的表格没有，我说没有，讲话时声音都哽住了。挤出队伍去填表，回头再看了母亲一眼，再看了一次，然后硬下心去再也不回头了，泪是流不尽的。拿起手提袋，我仰着头向登机口走去。就那样，我再度离开了东方。

在我来说，旅行真正的快乐不在于目的地，而在于它的过程。遇见不同的人，遭遇到奇奇怪怪的事，克服种种的困难，听听不同的语言，在我都是很大的快乐。虽说一沙一世界，一花一天堂；更何况世界不止是一沙一花，世界是多少多少奇妙的现象累积起来的。我看，我听，我的阅历就更丰富了。

换了三次座位

飞机上我换了三次座位，有的兄妹想坐在一起，我换了；又来了一家人，我又换了；又来了一群学生想坐一起，我又换了。好在我一个人，机上大搬家也不麻烦。（奇怪的是我看见好几个年轻人单身旅行，别人商量换座位，他们就是不答应，这种事我很不明白。）予人方便，无损丝毫，何乐不为呢？

机上有一个李老太太，坐在我前排右边，我本来没有注意到她，后来她经过我去洗手间，空中小姐叫："坐下来！坐下！"她听不懂，又走，我拉拉她，告诉她："要降落加油了，你先坐下。"她用宁波话回答我："听不懂。"我这才发现她不会国语，不会广东话，更别说英文了，她只会我家乡土话。（拿的是香港居留证。）

遇见我，她如见救星，这一下宁波话哗啦啦全倒出来了。她给我看机票，原来她要换机去德国投奔女儿女婿，我一看她也是两个不同机场的票，去德国那张机票还是没划时间的，本想不去管她了，但是看看她的神情一如我的母亲，我忍不下心来，所以对她说："你不要怕，我也是宁波人，我也要去换机，你跟住我好了。"她说："你去跟旁边的人说，你换过来陪我好吗？"我想这次不能再换了，换来换去全机的人都要认识我了。

大约六十八岁

飞机飞了二十一小时，昏天黑地，吃吃睡睡，跟四周的人讲讲话，逗逗前座的小孩，倒也不觉无聊。清晨六点多，我们抵达英国 Gatwick 机场，下了飞机排队等验黄皮书。我拿了两件大衣，一个很重的手提袋，又得填自己的表格，又得填李老太太的。（奇怪的是她没有出生年月日，她说她不记得了，居留证上写着"大约六十八岁"，怪哉！）

两百多个人排队，可恨的是只有一个人在验黄皮书，我们等了很久，等完了，又去排入境处的移民局，我去找到一个移民官，对他说："我们不入境，我们换机，可不可以快点。"他说："一样要排队。"

　　这一等，等了快两小时，我累得坐在地上，眼看经过移民局台子的有几个人退回来了，坐在椅子上。我跑去问他们："怎么进不去呢？"有的说："我英国居留证还有十五天到期，他们不许我进去。"

　　有的说："开学太早，不给进。"

　　有一个台湾人，娶了比利时太太，他的太太小孩都给进了，他被挡在栏杆里面，我问他："你怎么还不走？"他说："我是拿台湾护照。"我又问："你的太太怎么可以？"他说："她拿比利时护照。""有入境签证吗？"他说："我又不入境，我是去 Heathrow 机场换飞机去比利时，真岂有此理。"

　　我一听，想想我大概也完了，我情形跟他一样。回到队伍里我对李老太太说："如果我通不过移民局，你不要怕，我写英文条子给你拿在手上，总有人会帮你的，不要怕。"她一听眼眶马上红了，她说："我可以等你，我话不通……"

　　我安慰她，也许我跟移民局的人说说可以过，现在先不要紧张。等啊，等啊，眼看一个个被问得像囚犯似的，我不禁气起来了，我对一个英国人说："你看，你看，像审犯人似的。"他笑笑也不回答。

　　站到我脚都快成木头了，才轮到我们，我先送李老太太去一个移民官前，她情形跟我差不多，她通过了，我松了口气。轮到我了，我对移民局的人说："麻烦您了。"他不理，眼睛望着我，我对他笑笑，他不笑。手里拿着我的护照翻来翻去地看了又看，最后他说："你，你留下来，这本护照不能入境。"

我说："我是换机去西班牙，我不要入境，我有 BEA 十点半的飞机票。"（看情况我得放弃七十二小时申请入境的计划了。）

"哦，你很聪明，你想找换机场的理由，半途溜进英国是不？你们这些中国人。"

我一生除了在美国芝加哥移民局遇到过不愉快的场面之外，这是第二次如此使我难堪。（更难堪的还在后面。）

我努力控制自己，不要生气，不要生气，给我通过了再骂他还来得及。我尽力对他解说："请不要误会，我给你看机票，给你看西班牙签证，我很匆忙，请给我通过。"

讲完更好了，他将我护照、机票全部扣下来，他说："你回到那边去，等别人弄好再来办你的问题。"

我拿了大衣，也不走门，跨了栏杆回到里面，嘴里轻轻地骂着："混蛋，混蛋。"

那位李老太太走到栏杆边来，眼巴巴地望着我，我写了一张英文条子叫她拿着自己走吧。她再度眼圈湿了，一步一回头，我看了实在不忍，但也没有法子助她了。李老太太如果看见这篇文章，如能给我来张明信片我会很高兴。助人的心肠是一定要有的，我们关心别人，可忘记自己的软弱和困难。

阴沟里翻船

再说全机的人都走了，一共有五个人留下来，我机上认识的朋友们走时，向我挥手大叫："再见，再见，祝你顺利通过。"我也挥挥手叫："再见啊，再见啊！"

等了又快一小时，有三个放了，最后第四个是那个拿台湾护照，娶比利时太太的也放了。他太太对我说："不要急，你情形跟我先生一样，马上轮到你了，再会了。"

这一下我完全孤单了，等了快三十分钟，没有人来理我，回头一看，一个年轻英俊的英国人站在我后面，看样子年纪不会比我弟弟大，我对他说："你吓了我一大跳。"他笑笑也不响，我看他胸口别着安全官的牌子，就问他："你在这儿做什么？"他又笑笑不说话。（真傻，还不知道是来监视我的。）这时那个移民局的小胡子过来了，他先给我一支烟，再拍拍我肩膀，对我友善地挤挤眼睛，意味深长地笑了笑（你居然也还会笑），然后对我身后的安全官说："这个漂亮小姐交给你照顾了，要对她好一点。"说完，他没等我抽完第一口烟，就走了。

这时，安全官对我说："走吧，你的行李呢？"我想，我大概是出境了，真像做梦一样。他带我去外面拿了行李，提着我的大箱子，往另一个门走去。

我说："我不是要走了吗？"他说："请你去喝咖啡。"

我喝咖啡时另外一个美丽金发矮小的女孩来了，也别着安全官的牌子，她介绍她叫玛丽亚，同事叫劳瑞。玛丽亚十分友善，会说西班牙文，喝完咖啡，他们站起来说："走吧！"

我们出了大门，看见同机来的人还没走，正乱七八糟地找行李，我心里不禁十分得意，马上找李老太太。我的个性是泥菩萨过完江，马上回头拉人，实在有点多管闲事。

玛丽亚将我带着走，我一看以为我眼睛有毛病，明明是一部警车嘛！她说："上吧！"我一呆，犹豫了一下，他们又催："上吧！"我才恍然大悟，刚才那个小胡子意味深长地对我笑笑的意思了——中了暗算，被骗了。(气人的是，那个娶外国太太的台湾人为什么可以走？)

眼看不是争辩的时候，还是先听话再说，四周嘈杂的人都静下来了，众目睽睽之下，我默默地上了警车（真是出足风头），我的流浪记终于有了高潮。

我不闭嘴

警车开了十分钟左右，到了一座两层楼的房子，我的行李提了进去，我一看，那地方有办公室，有长长的走廊，有客厅，还有许多房间。再走进去，是一个小办公室，一个警官在打字，看见我们进去，大叫："欢迎，欢迎，陈小姐，移民局刚刚来电话。"

玛丽亚将门一锁，领我到一个小房间去，我一看见有床，知道完了。突然紧张起来，她说："睡一下吧，你一定很累了。"我说："什么事？这是什么地方？我不要睡。"她耸耸肩走了。

这种情形之下我哪里能睡，我又跑出去问那个在办公的警官："我做了什么事？我要律师。"他说："我们只是管关人，你做了什么我并不知道。""要关多久？"他说："不知道，这个孩子已经关了好多天了。"他指指一个看上去才十几岁的阿拉伯男孩。

我回房去默默地想了一下，吵是没有用的，再去问问看，我跑去叫那警官："先生，我大概要关多久？"他停下了打字，研究性地看着我，对我说："请放心睡一下，床在里面，你去休息，能走了会叫你走的。"我又问："什么样的人关在这里？都是些谁？""偷渡的，有的坐船，有的坐飞机。""我没有偷渡。"

他看看我，叹了口气对我说："我不知道你做了什么，但是你可不可以闭嘴？"我说："不闭。"他说："好吧，你要讲什么？"我说："我如果再多关一小时，出去就找律师告你。""你放心，移民局正在填你的罪状，不劳你先告。"

我说："我要律师，我一定要律师。"他气了，反问我："你怎不去房间里抱了枕头哭，你吵得我不能工作。""我要律师！"他奇怪地问我："你有律师在英国？"我说："有，给我打电话。"他说："对不起，没有电话。"我也气了："这是什么？瞎子！"

我指着他桌上三架电话问他，他笑呵呵地说："那不是你用的，小心点，不要叫我瞎子。"

我当时情绪很激动，哭笑只是一念之间的事了，反过来想，哭是没有用的。事到如今，只有努力镇静自己往好处去想，跟拘留所吵没有用的，要申辩也是移民局的事。不如回房去躺一下吧。

回房一看，地下有点脏，又出去东张西望，那个警官气疯了，"你怎么又出来了，你找什么？"我说："找扫把想扫扫地。"他说："小姐，你倒很自在啊，你以前坐过牢没有？"

本人坏念头一向比谁都多，要我杀人放火倒是实在不敢，是个标准的胆小鬼。

人生几度坐监牢

他说："来来，我被你吵得头昏脑涨，我也不想工作了，来煮咖啡喝吧！"

于是我去找杯子，他去煮咖啡，我说："请多放些水！"他说："为什么？"我也不回答他，就放了一大排杯子，每一个房间都去叫门："出来，出来，老板请喝咖啡啊！"

房间内很多人出来了，都是男的，有很多种国籍，神情十分沮丧萎缩，大家都愣愣地看着我。警官一看我把人都叫出来了，口里说着："唉唉，你是什么魔鬼啊！我头都痛得要裂开了。"

我问他："以前有没有中国女孩来过？"他说："有，人家跟你不同，人家静静地在房内哭着，你怎么不去哭啊？"（怎么不哭？怎么不哭？怎么不哭？太讨厌了！）

我捧着杯子，喝着咖啡，告诉他："我不会哭，这种小事情值得一哭吗？"反过来想想，这种经历真是求也求不来的，人生几度夕阳红——人生几度坐监牢啊！

看看表，班机时间已过，我说要去休息了，玛丽亚说："你可以换这件衣服睡觉，舒服些。"我一看是一件制服一样的怪东西。

我说："这是什么？囚衣？我不穿，我又不是犯人。"事实上也没有人穿。警官说："随便你吧！你太张狂了。"

出了喝咖啡的客厅，看见办公室只有劳瑞一个人在，我马上小声求他："求求你，给我打电话好吧！我要跟律师联络，请你帮帮忙。"

他想了一下，问我："你有英国钱吗？"我说有，他说："来吧，这里不行，我带你去打外面的公用电话。"

我马上拿了父亲的朋友——黄律师的名片，跟他悄悄地走出去。外面果然有电话，劳瑞拿了我的零钱，替我接通了，我心里紧张得要命，那边有个小姐在讲话，我说找黄律师，她说黄律师去香港了，有什么事。我一听再也没有气力站着了，我告诉她没有事，请转告黄律师，台湾的一位陈律师的女儿问候他。挂掉了电话，也挂掉了我所有的希望，我靠在墙上默默无语。

劳瑞说："快点，我扶你回去，不要泄气，我去跟移民局讲你在生病，他们也许会提早放你。"我一句话都不能回答，怕一开口眼泪真要流下来了。

英国佬不信我们有电视

我在机上没有吃什么，离开香港之前咳嗽得很厉害，胃在疼，眼睛肿了，神经紧张得像拉满的弓似的，一碰就要断了，不知能再撑多久，我已很久没有好好睡觉了。闭上眼睛，耳朵里开始叫起来，思潮起伏，胡思乱想，我起床吃了一粒镇静剂，没有别的东西吃，又吃了几颗行李里面的消炎片。躺了快二十分钟，睡眠却迟迟不来，头开始痛得要炸开了似的。

听听外面客厅里，有"顽皮豹"的音乐，探头出去看，劳瑞正在看"顽皮豹过街"的电视。（顽皮豹想尽了办法就是过不了街，台湾演过了。）

我想一个人闷着，不如出去看电视，免得越想越钻牛角尖，我去坐在劳瑞前面的地上看。这时大力水手出场了，正要去救奥莉薇，还没吃菠菜。那些警官都在看，他们问我："你们台湾有电视吗？"我告诉他："不稀奇，我家就有三架电视，彩色电视很普通。"

他们呆呆地望着我，又说："你一定是百万富翁的女儿，你讲的生活水准不算数的。"

我说："你们不相信，我给你们看图片，我们的农村每一家都

244

有电视天线，我怎么是百万富翁的女儿，我是最普通家庭出来的孩子，我们台湾生活水准普遍地高。"

复仇者

有一个警官问我："你们台湾有没有外国电视长片？"我说有，叫《复仇者》。我又多讲了一遍《复仇者》，眼睛狠狠地瞪着他们。

玛丽亚说："你很会用双关语，你仍在生气，因为你被留在这里了是不是？复仇者，复仇者，谁是你敌人来着？"

我不响。事实上从早晨排队开始，被拒入境，到我被骗上警车（先骗我去喝咖啡），到不许打电话，到上洗手间都由玛丽亚陪着，到叫我换制服，到现在没有东西给我吃——我表面上装得不在乎，事实上我自尊心受到了很大的伤害。

我总坚持人活着除了吃饱穿暖之外，起码的受人尊重，也尊重他人，是我们这个社会共存下去的原则。虽然我在拘留所里没有受到虐待，但他们将我如此不公平地扣下来，使我丧失了仅有的一点尊严，我不会很快淡忘这事的。

我不想再看电视，走到另一间去，里面还真不错，国内青年朋友有兴趣来观光观光，不妨照我乘机的方法进来玩一玩。

另外房间内有一个北非孩子，有一个希腊学生，有一个奥国学生。我抽了一支烟，他们都看着我，我以为他们看不惯女孩子抽烟，后来一想不对，他们大概很久没有烟抽了，我将烟拿出来全部分掉了。

玛丽亚靠在门口看我，她很不赞成地说："你太笨了，你烟分完了就买不到了，也不知自己要待多久。"

这些话是用西班牙文对我说的。我是一个标准的个人主义者，但我不是唯我主义者。几支烟还计较吗？我不会法文，但是我跟非洲来的孩子用画图来讲话。原来他真的是偷渡来的，坐船来，我问他为什么，他说他在非洲做了小偷，警察要抓他把手割掉，所以他逃跑了。我问他父母呢？他摇头不画下去了。总之，每个人都有伤心的故事。

真像疯人院

下午两点多了，我躺在床上看天花板，玛丽亚来叫我："喂，出来吃饭，你在睡吗？"我开门出来，看见玛丽亚和劳瑞正预备出去。他们说："走，我们请你出去吃饭。"

我看看别人，摇摇头，我一向最羞于做特殊人物，我说："他们呢？"玛丽亚生气了，她说："你怎么搞的，你去不就得了。"

我说："谢谢！我留在这里。"他们笑笑说："随你便吧，等一下有饭送来给你们吃。"

过了一下饭来了，吃得很好，跟台北鸿霖餐厅一百二十元的菜差不多，我刚吃了消炎片，也吃不下很多，所以送别人吃了。刚吃完劳瑞回来了，又带了一大块烤肝给我吃，我吃下了，免得再不识抬举，他们要生气。

整个下午就在等待中过去，每一次电话铃响，我就心跳，但是没有人叫我的名字。我在客厅看时装杂志。看了快十本，觉得女人真麻烦，这种无聊透顶的时装也值得这么多人花费脑筋。（我大概真是心情不好，平日我很喜欢看新衣服的。）

没事做，又去墙上挂着的世界地图台湾的位置上写下："我是这里来的。"又去拿水洒花盆内的花，又去躺了一会儿，又照镜子梳梳头，又数了一遍我的钱，又去锁住的大厦内每个房间看看有些什么玩意儿。

总之，什么事都做完了，移民局的电话还不来。玛丽亚看我无聊透了，她说："你要不要画图？"我一听很高兴，她给了我一张纸，一盒蜡笔，我开始东涂西涂起来——天啊，真像疯人院。画好了一张很像卢奥笔调的哭脸，我看了一下，想撕掉，玛丽亚说："不要撕，我在收集你们的画，拿去给心理医生分析在这儿的人的心情。"（倒是想得出来啊，现成的试验品。我说疯人院，果然不错。）

我说我送你一张好的，于是我将侄儿荣荣画的一张大力水手送给拘留所，贴在门上。

开仗了

这样搞到下午六点，我像是住了三千五百年了，电话响了，那个大老板警官说："陈小姐，你再去机场，移民局要你，手提包不许带。"

我空手出去，又上了警车，回到机场大厦内，我被领到一个小房间去。

里面有一张桌子，三把椅子，我坐在桌子前面，玛丽亚坐在门边。早晨那个小胡子移民官又来了。我心里忐忑不安，不知又搞什么花样，我对他打了招呼。

这时我看见桌上放着我的资料，已经被打字打成一小本了，我不禁心里暗自佩服他们办事的认真，同时又觉他们太笨，真是多此一举。

这个小胡子穿着淡紫红色的衬衫，灰色条子宽领带，外面一件灰色的外套，十分时髦神气，他站着，也叫我站起来，他说："陈小姐，现在请听我们移民局对你的判决。"

当时，我紧张到极点，也突然狂怒起来，我说："我不站起来，你也请坐下。我拒绝你讲话，你们不给我律师，我自己辩护，不经过这个程序，我不听，我不走，我一辈子住在你们拘留所里。"

我看他愣住了，玛丽亚一直轻轻地在对我摇头，因为我说话口气很凶，很怒。那位移民官问我："陈小姐，你要不要听内容？你不听，那么你会莫名其妙地被送回香港。你肯听，送你去西班牙，去哪里，决定在我，知道吗？要客气一点。"

我不再说话了，想想，让他吧。

他开始一本正经地念理由。第一、护照不被大英帝国承认。第二、申请入境理由不足，所以不予照准。第三、有偷渡入英的意图。第四、判决"驱逐出境"——目的地西班牙。另外若西班牙拒绝接受我的入境，今夜班机回香港转台湾。

我的反击

他念完了将笔交给我："现在请你同意再签字认可。"

我静静地合着手坐着。我说："我不签，我要讲话，讲完了也许签。"其实我心里默默地认了,但绝不如此偃旗息鼓了事。

他看看表,很急的样子,他说:"好吧,你讲,小心,骂人是没有好处的,你骂人明天你就在香港了。"

我对他笑笑,我说:"这又不是小孩子吵架,我不会骂你粗话,但是你们移民局所提出的几点都不正确,我要申辩。"

他说:"你英文够用吗?"我点点头。他叹了口气坐下来,点了烟,等我讲话。

我深深地呼吸了一大口气,开始告诉他:

"这根本是一个误会,我不过是不小心买了两个飞机场的票而已。(这一点国内旅行社要当心,只可买同时到 Heathrow 换机的两张票,减少旅客麻烦。)你们费神照顾我,我很感激,但是你所说的第一点理由,我同意,因为我也不承认你的什么大英帝国。

"第二,你说我申请入境不予照准,请你弄明白,我'没有申请入境'。世界上任何一个国家的机场都设有旅客过境室,给没有签证的旅客换机,今天我不幸要借借路,你们不答应,这不是我的错误,是你们没有尽到服务的责任,这要你们自己反省。我没有申请的事请不必胡乱拒绝。

"第三,我没有偷渡入境的意图,我指天发誓,如果你不信任我,我也没法子拿刀剖开心来给你看。我们中国人也许有少数的害群之马做过类似的事情,使你留下不好的印象,但是我还是要声明,我没有偷渡的打算。英国我并不喜欢居住,西班牙才好得多。

"第四,你绝不能送我回香港,你没有权利决定我的目的地,如果你真要送我回去,我转托律师将你告到国际法庭,我不怕打官司,我会跟你打到'你死'为止。至于'驱逐出境'这四个难听的字，我请你改掉，因为我从清早六点到此，就没有跨出正式的'出境室'一步，所以我不算在'境内'，我始终在'境外'，既然在境外，如何驱逐'出境'？如果你都同意我所说的话，改一下文件，写'给予转机西班牙'，那么我也同意签字；你不同意，那么再见，我要回拘留所去吃晚饭了。现在我讲完了。"

他交合着手，听完了，若有所思的样子，久久不说话。我望着他，他的目光居然十分柔和了。"陈小姐，请告诉我，你是做什么的？"我说："家伯父、家父都是律师，我最小的弟弟也学法律，明年要毕业了。"（简直答非所问。）

他大笑起来，伸过手来握住我的手，拍拍我，对我说："好勇敢的女孩子，你去吧，晚上九点半有一班飞马德里的飞机，在Heathrow 机场。欢迎你下次有了签证再来英国，别忘了来看我。你说话时真好看，谢谢你给我机会听你讲话，我会想念你的。对不起，我们的一切都获得澄清了，再会！"

他将我的手拉起来，轻轻地吻了一下，没等我说话，转身大步走了出去。

这一下轮到我呆住了，玛丽亚对我说："恭喜！恭喜！"我勾住她的肩膀点点头。疲倦，一下子涌上来。这种结束未免来得太快，我很感动那个移民官最后的态度，我还预备大打一仗呢，他却放了我，我心里倒是有点怅然。

猪吃老虎的游戏

回拘留所的路上，我默默地看着窗外。玛丽亚说："你好像比下午还要悲伤，真是个怪人，给你走了你反而不笑不闹了。"

我说："我太累了。"

回到拘留所，大家围上来问，我笑笑说："去西班牙，不送回香港了。"看见他们又羡慕又难过的样子，我一点也高兴不起来。我希望大家都能出去。

劳瑞对我说："快去梳梳头，我送你去机场。"我说："坐警车？"他说："不是的，计程车已经来了，我带你去看英国的黄昏，快点。"

他们大家都上来帮我提东西，我望了一眼墙上的大力水手图画，也算我留下的纪念吧。那个被我叫瞎子的大老板警官追出来，给了我拘留所的地址，他说："到了来信啊！我们会想你的，再见了！"我紧紧地握着他的手谢谢他对我的照顾。

佛说："修百年才能同舟。"我想我跟这些人，也是有点因果缘分的，不知等了几百世才碰到了一天，倒是有点恋恋不舍。

劳瑞跟计程车司机做导游，一面讲一面开，窗外如诗如画的景色，慢慢流过去，我静静地看着。傍晚，有人在绿草如茵的路上散步，有商店在做生意，有看不尽的玫瑰花园，有骏马在吃草，世界是如此地安详美丽，美得令人叹息。生命太短促了，要怎么活才算够，我热爱这个世界，希望永远不要死去。

车到 H 机场，劳瑞将我的行李提下去，我问他："计程车费我开旅行支票给你好不好？"他笑了笑，说："英国政府请客，我们的荣幸。"

我们到 H 机场的移民局，等飞机来时另有人送我上机，我一面理风衣，一面问劳瑞："你玩过猪吃老虎的游戏没有？"他说："什么? 谁是猪？"我说："我们刚刚玩过，玩了一天，我是猪，移民局是老虎，表面上猪被委屈了十几小时，事实上吃亏的是你们。你们提大箱子，陪犯人，又送饭，打字，还付计程车钱。我呢，免费观光，增了不少见识，交了不少朋友，所以猪还是吃掉了老虎。谢啦！"

劳瑞听了大声狂笑，一面唉唉地叹着气，侧着头望着我，半晌才伸出手来说："再见了，今天过得很愉快，来信啊！好好照顾自己。"他又拉拉我头发，一面笑一面走了。

我站在新拘留所的窗口向他挥手。这个新地方有个女人在大哭。又是一个个动人的故事。

挥挥手，我走了，英国，不带走你一片云。（套徐志摩的话。）

寄语读者

三毛的流浪并没有到此为止，我所以要写英国的这一段遭遇，也是要向国内读者报导，如果你们不想玩"猪吃老虎"的游戏，还是不要大意，机票如赴伦敦换机，再强调一次，买 Heathrow 一个机场的，不要买两个机场的票。

又及：我来此一个月，收到八十封国内读者的来信，谢谢你们看重我，但是三毛每天又念书又要跑采访，还得洗洗衣服，生生病，申请居留证，偶尔参加酒会也是为了要找门路。代步工具是地下车，有时走路，忙得不亦乐乎。

所以，在没有眉目的情况下，我尚不能一一回信给你们。

再见了。谢谢各位读者看我的文章。

我从台湾起飞

你想有益于社会，

最好的法子，

莫如把你自己这块材料，

铸造成器。

我在做这篇访问之前，一共见到西班牙环宇贸易公司的董事长萨林纳先生（Migue Salinas）大约三次。每次，都是在很匆忙的场合之下，握握手，没说几句话就分开了。

后来，我知道他不止在西国做生意，跟台湾贸易方面，也有很大项额的来往。我打过数次电话给他，请求他安排短短的半小时给我做个专访。但是他太忙了，一直到上星期六才排出一点空当来。

我在约定的时间——下午四点半到公司，但是他公司的人告诉我，要等十五分钟左右。萨林纳先生已打过电话回来了。他私人的办公室里，满房间都堆满了样品，许多台湾来的产品，令人看了爱不释手。

如果说这个办公室是严肃的，有条理的，吓人的，公式化的，那就错了。它是一个亲切舒适，不会吓坏你的地方，你坐在里面，可以感觉到它是年轻的，有干劲的，一点不墨守成规。

五点不到，因为是星期六，公司里的人陆续都走了，只留下我在等。我一间一间走了一圈，东看看、西看看，顺便接了两个电话，也不觉得无聊。这时门"砰"的一下推开了，萨林纳先生抱了一大卷文件，大步走进来。

"抱歉，抱歉，要你久等了，我尽快赶回来的。"他一面松领带一面点烟，东西放在桌上，又去拉百叶窗。

"你不在意我将百叶窗放一半下来吧，我就是不喜欢在太光亮的地方工作。"

我坐在他办公桌对面的沙发上静静地观察他。他进办公室第一步就是布置一个他所觉得舒适的环境，这一点证明他是一个很敏感的人。

艺术型的企业家

他并不太高大，略长、微卷的棕发，条子衬衫，一件米灰色的夹克式外套，带一点点宽边的年轻人时兴的长裤，使他在生意之外，又多了些微的艺术气息。

在他随手整理带回来的文件时，口中一再地说："对不起，对不起，请稍候一下，马上好了。"

他是亲切的，没有架子的，眼神中不经意地会流露出一点点顽皮的影子。但你一晃再看他时，他又是一个七分诚恳三分严肃的人了。

好不容易他将自己丢在沙发上，叹了口气说：

"好了，总算没事了，你问吧！我尽量答复你。"

此话刚刚讲完，又有人进来找他。他马上笑脸大步迎上去，于是又去办公桌前谈了很久，签字、打电话、讨论再讨论，总算送走了那个厂商。

送完客他回来对我笑笑，说：

"你看看，这就是我的日子，星期六也没得休息。"

这时电话铃又响了。过了十分钟，谢天谢地，他总算可以静静地坐下来了。

"开始吧！"他说。

"萨林纳先生，你几岁？"

他有点惊讶，有礼地反问我："你说话真直截了当，这是你采访的方式吗？我今年三十岁。"

"是的，对不起，我是这种方式的，请原谅。

"你们的公司 Mundus International 成立有多久了？"

"两年，我们是刚起步的公司，但是业务还算顺利。"

"那么你是二十八岁开始做生意的，经商一直是你的希望吗？"

"不是，我小时候一直想做医生，后来又想做飞机师。不知怎的，走上了贸易这条路。"

漂泊的岁月

"你生长在马德里吗？"

"不，我生长在西班牙北部，那是靠近法国边界的美丽夏都——San Sebastian。我的童年记忆，跟爬山、滑雪、打猎是分不开的。我的家境很好，母亲是西班牙皇族的后裔。一直到我十八岁以前，我可以说是十分幸福的。"

"你今年三十岁，所以你的意思是，这十二年来你并不很幸福？"我反问他。

"我并不是在比较。十八岁那年我高中毕业，被父亲由故乡一送送到英国去念书。从那时离家开始，我除了年节回去之外，可以说就此离开故乡和父母了。一直在外漂泊着。"他站起来靠在窗口看着楼下的街景。

"你所说的漂泊，可以做一个更确切的解说吗？"

"我十八岁初次离家去英国念书时，心情是十分惶惑的，后来习惯了浪子似的生活，也就不想回西班牙了。我所谓的漂泊是指前几年的日子。

"我二十岁时离开英国到法国去，此后我又住在荷兰一年，但是不知怎的心里不想安定下来，于是又去瑞士看看，在那儿住了好几个月。当时我在瑞士不很快乐，所以有一天我对自己说，走吧，反正还年轻，再去找个国家。于是，我上了一条去芬兰的船，到北欧去了。在那儿我住了一年，芬兰的景色，在我个人看来，是世界上最美的了。"他坐下来，又开始一支烟。

"当时你一直没有回过西班牙，生活如何维持呢？"

"有时父母寄给我，有时钱没了，我就去打工。酒保、茶房、厨子什么都干过，一个一个国家地流浪着，也因此学会了很多种语言。那段时光，现在回想起来仍然是那样地鲜明而动人，有时真有点怅然——"他停了一下，静静地坐着，好像不知旁边还有人似的。

有妻万事能

"人的路是一段一段走的，我不常怀念过去。因为，我现在有更实在的事要做。"他的眼神又冷淡起来了，朦胧回想的光芒不见了。他是一个有时候喜欢掩饰自己的人。

"你什么时候回西班牙来的？"

"我回国来服兵役，运气好，将我派到北非西班牙属地撒哈拉去，因此我也认识了一点点非洲。"

"你的故事很动人，老的时候该写本书。服役之后你回故乡了吗？"

"没有，San Sebastian 是一个避暑的胜地，但是没有什么发展。我在一个旅行社，当了一阵子的副经理，又在航空公司做了好久的事。但是，总觉得，那些都不是我真正久留的地方。我在一九六七年结婚，娶了我在英国念书时认识的女友，她是芬兰人，名字叫宝琳。"

"有了家，你安定下来了？"

"是的，我要给宝琳一个安定幸福的生活，婚后不能叫她也跟着我跑来跑去。我总努力使自己尽到一个好丈夫所该尽的义务，给她幸福。我不再是一个浪子了。"

我在旁一面记录，一面轻轻吹了一声口哨。我是女人，我不是强烈的妇女运动者。所以，我喜欢听一个丈夫说出这么勇敢的话。

"你的婚姻使你想到改行做生意吗？"

萨林纳先生听了大笑起来，我的问话常常是很唐突的。

"不是，带着妻子，什么职业都能安定，倒不是为了这件事。那是几年前一次去台湾的旅行，促成我这个想法的。"

台湾是大好财源

"你怎么会去台湾的？台湾那么远，很多西班牙人，根本不知道台湾在哪里。"

"台湾对我的一生，是一个很大的转捩点。我当时在航空公司服务，有一趟免费的旅行，恰好我最要好的朋友——他是中国人——在台湾。我就飞去了，那是第一次，后来我和宝琳又同去了一次，从那时开始我对台湾有了很深的感情，现在为了公务，总有机会去台湾。"

"为什么台湾对你那么重要？"

"因为我去了几次都在观察。台湾的经济起飞，已到了奇迹的地步。台湾的产品可说应有尽有，而且价格合理，品质也不差，是一个大好的采购市场。同时我也想到，可以将欧洲的机器，卖到台湾去。我与朋友们商量了一下，就决心组织公司了。"

"你们公司是几个人合资的？"

"一共三个，另外两位先生，你还不认识。"

"你们的业务偏向哪一方面？"

"很难说，我们现在，是西班牙三家大百货公司（连锁商店）Sepu 与 Simago 还有 Juinsa 的台湾产品代理商。每年我们要在此举办两次中国商展，产品包罗万象，都来自台湾，当然我们的业务不止是进口，我们也做出口，如 Albo, Tricomalla, Mates 的机器，还有 Tejeto 的针织机我们都在做。"他顺手给我一本卷宗，里面全是台湾厂商来的订单。

没有一件同样的衣服

"我在 Sepu 公司门市部看见直接印图案在衣服上的小机器，也是你们公司提供的吗？"

"你是说在各色棉织的套头衫上，印上图案和名字的那个摊位？"

"是，我看很多人买，总是挤满了顾客。"

"那是我们的一种新构想，现在的青年人，无论男女，都喜欢穿舒适的套头棉衫，但市面上卖的花色有限，不一定合顾客的胃口。所以我们干脆在卖棉衫时，同时放几十种图案和英文字母，让他们自己挑、自己设计，放在衣服的什么地方。我们请个女孩，当场用机器替顾客印上去，这样没有一件是完全相同的衣服了。这个夏天我们卖了很多，可惜推出晚了一点，早两三个月还能多卖些。"

"这是一个很新奇的想法，这种印花机哪里来的？"

"恕我不能告诉你，西班牙只有我们卖，现在试销墨西哥。"原来是不能告诉人的，我也不再追问了。

"你们的业务很广，也很杂，没有专线吗？"

"目前谈不上专线，我们要的东西太多太广。"

"你对目前公司的业务还算满意吗？"

"做生意像钓鱼，急不得的，你不能期望睡一觉醒来已是大富翁了。我公司主要的事还是委托总经理马丁尼滋先生管理，我在行政上、人事上都做不好，马丁尼滋先生比我有经验，我十分地信托他，我对这两年来的成绩，如不要求太高的话，尚可说满意。"

像一条驴子

"你个人对目前生活形态与过去做比较，觉得哪一种生活有价值？"

"很难说，人的生活像潮水一样，两岸的景色在变，而水还是水，价值的问题很难说。我并不想做金钱的奴隶，但是自从我做生意以来，好似已忘了还有自己的兴趣，多少次我想下班了回家看看我喜欢的书，听听音乐，但总是太累了，或者在外面应酬——"他做了一个无可奈何的表情。

"你现在的理想是什么？"

"当然是希望公司能逐渐扩大业务，这是一个直接的理想——眼前的期望。有一天如果公司能够达到我们所期待的成绩，我另有一个将来的理想，当然那是很多年之后的事了。"

"你对金钱的看法如何？"

"钱是一样好东西，有了它许多事情就容易多了。并不是要借着金钱，使自己有一个豪华的生活。我常常对自己说，你想要有益于社会，最好的法子，莫如把你自己这块料子铸造成器。如果我有更多的钱，我就更有能力去帮助世界上的人——当然，金钱不是万能，世界上用金钱不能买到的东西太多了，譬如说幸福、爱情、健康、知识、经验、时间……要从两个不同的面去看这件事。"

"你刚才说赚钱之后另有一个理想，那是你所指的许多年之后的事，你能说说吗？"

"你知道这个世界上有一种人，他们是永远没有假期，没有太多的家庭生活，没有悠闲的时间，永远也不许疲倦。像一条驴子一样竟日工作，出卖心力、劳力的，这种人就是生意人。有时候，我为自己目前的成绩感到安慰，但是我常常自问，我为了什么这样劳碌？我的一生就要如此度过吗？我什么时候有一点时间去做些旁的事情？我什么时候能好好陪伴我妻子几天？我常常觉得对她不公平，因为我太忙了。"

人生的愿望

"谈谈你将来的理想吧。"

"我不是厌倦生意，我衷心地喜欢看我的公司慢慢成长壮大，一如看见自己的孩子长大时的欣慰。但是有一天，公司扩大到差不多了，我要放下这一切去旅行，是真的了无负担地放下一切，世俗名利我不再追求。"

"你倒是有一点中国道家的思想，你放下一切去哪里呢？"

"去南美玻利维亚的山上，我喜欢大自然的生活，我热爱登山摄影，我也喜欢南美的印地安人。我希望有一天住在一个没有汽车，没有空气污染，没有电话，安静而还没有受到文明侵害的地方去。"

"你是一个理想主义者。"我轻轻地对他说。

"你认为生意人不能有一点理想吗？"他静静地反问我。

"能的，问题是你的理想看上去很简单，但不容易达到，因为它的境界过分淡泊了。"

"我常常回想小的时候，在北部故乡的山上露宿的情形。冬天的夜晚，我和朋友们点着火，静静地坐在星空之下。风吹过来时，带来了远处阵阵羊鸣的声音，那种苍凉宁静的感动，一直是我多年内心真正追求的境界——"

"萨林纳先生，我真怀疑我是在做商业采访，我很喜欢听你讲这些事情。"

他点了支烟，笑了笑说："好了，不讲了，我们被迫生活在如此一个繁忙、复杂的社会里，要找一个淡泊简单的生活已是痴人说梦了。我们回到话题吧，你还要知道公司的什么事？"

我需要台湾的产品

"我想知道，在不久的将来，你大概会需要台湾的什么产品？"

"太多了，我们需要假发、电晶体收音机、木器——但是西班牙气候干燥，怕大件木器来了要裂。还有手工艺品、成衣——"

"你欢迎厂商给你来信吗？"

"欢迎之至，多些资料总是有用的。"

"什么时候再去台湾采购？"

"很难讲，我上个月才从台湾回来。"

"你不介意我拍几张照片吧！我改天来拍，今天来不及了。"

"我们再约时间，总是忙着。谢谢你费神替我做这次访问。"

"哪里，这是我的荣幸，我该谢谢你。有什么事我可以替你效劳的吗？"

"目前没有事，我倒是想学些中文。"他很和气地答着。

"你公司的侯先生，不是在教你吗？你们真是国际公司。西班牙人、芬兰人、英国人，还有中国人。"

"我们这个公司是大家一条心，相处得融洽极了。当然，目前一切以公司的前途为大家的前途，我们不分国籍，都是一家人。"他一面说话，一面送我到门口。

"谢谢你，我预祝你们公司，慢慢扩大为最强的贸易公司。"

能的，只是太淡泊了

下了楼我走在路上，已是一片黄昏景象了。美丽的马德里，这儿住着多少可以大书特书的人物啊！可惜每天时间都不够。

我们如何将自己，对社会做一个交代，常常是我自问的话。而今天萨林纳先生所说的——最好的法子，莫如把你自己这块材料铸造成器——起码给了我一些启示。我沿着一棵棵白桦树，走向车站，一个生意人，对将来退休后所做的憧憬，也令我同样地向往不已。

有风吹过来，好似有羊鸣的声音来自远方，宁静荒凉朦胧的夜笼罩下来了，我几乎不相信，这个心里的境界，是由刚刚一篇商务采访而来的。我的耳中仍有这些对话的回响："你是一个理想主义者……""一个生意人难道不能有一点理想吗？""能的，只是你的境界太淡泊了——"

翻船人看黄鹤楼

我们的三毛，

在西班牙玩了一次滑铁卢，

故事很曲曲折折，

到头来，

变得天凉好个秋了。

话说有一日下午两点多钟，我正从银行出来。当天风和日丽，满街红男绿女，三毛身怀巨款，更是神采飞扬。难得有钱又有时间，找家豪华咖啡馆去坐坐吧。对于我这种意志薄弱而又常常受不住物质引诱的小女子而言，进咖啡馆比进百货公司更对得起自己的荷包。

推门进咖啡馆，一看我的朋友梅先生正坐在吧台上，两眼直视，状若木鸡。我愣了一下，拉一把椅子坐在他旁边，他仍然对我视若无睹。

我拿出一盒火柴来，划了一根，在他的鼻子面前晃了几晃，他才如梦初醒——"啊，啊，你怎么在我旁边，什么时候来的？"

我笑笑："坐在你旁边有一会儿了。你……今天不太正常。"

"岂止不正常，是走投无路。"

"失恋了？"我问他。

"不要乱扯。"他白了我一眼。

"随便你！我问你也是关心。"我不再理他。这时他将手一拍拍在台子上，吓了我一跳。

"退货，退货，我完了。混蛋！"大概在骂他自己，不是骂我。

"为什么，品质不合格？"

"不是，信用状时间过了，我们出不了货，现在工厂赶出来了，对方不肯再开L/C，工厂要找我拼命。"

"是你们公司的疏忽，活该！"我虽口里说得轻松，但是心里倒是十分替他惋惜。

"改天再说，今天没心情，再见了。"他走掉了，我望着他的背影发呆，忽然想起来，咦，这位老兄没付账啊！叫来茶房一问，才发觉我的朋友喝了五杯威士忌，加上我的一杯咖啡，虽说不太贵，但幸亏是月初，否则我可真付不出来。

手心有奇兵

当天晚上睡觉，大概是毯子踢掉了，半夜里冻醒，再也睡不着。东想西想，突然想到梅先生那批卖不掉的皮货成衣，再联想到台北开贸易行的几个好友，心血来潮，灵机一动，高兴得跳起来。"好家伙！"赶快披头散发起床写信。

　　××老兄，台北一别已是半年过去，我在此很好，嫂夫人来信，上星期收到了。现在废话少说。有批退货在此，全部最新款式的各色鹿皮成衣，亚洲尺寸，对方正水深火热急于脱手，我们想法子买下来，也是救人一命。我知道你们公司的资本不大，吃不下这批货，赶快利用日本方面的关系，转卖日本，赶春末之前或还有可能做成，不知你是否感兴趣？

上面那封鬼画符的信飞去台北不久，回信来了，我被几位好友大大夸奖一番，说是感兴趣的，要赶快努力去争取这批货，台北马上找日本客户。我收信当天下午就去梅先生的公司，有生意可做，学校也不去了。

梅不在公司里，他的女秘书正在打字。我对她说："救兵来了，我们可以来想办法。"

她很高兴，将卷宗拿出来在桌上一摊，就去洗手间了，我一想还等什么，轻轻对自己说："傻瓜，快偷厂名。"眼睛一瞟看到电话号码、地址和工厂的名字，背下来，借口就走。电梯里将强背下来的电话号码写在手心里，回到家里马上打电话给工厂。

不识抬举的经理

第二天早晨三毛已在工厂办公室里坐着了。

"陈小姐，我们不在乎一定要跟梅先生公司做，这批货如果他卖不了，我们也急于脱手。"

"好，现在我们来看看货吧！"我还要去教书，没太多时间跟他磨。

东一件西一件各色各样的款式，倒是十分好的皮，只是太凌乱了。

"我要这批货的资料。"

工厂经理年纪不很大，做事却是又慢又不干脆，找文件找了半天。"这儿，你瞧瞧！"

我顺手一翻，里面全弄得不清楚。我对他说："这个不行，太乱了，我要更详尽的说明，款式、尺寸、颜色、包装方法、重量，FOB价马上报来，另外CIF报大阪及基隆价，另外要代表性的样品，要彩色照片，各种款式都要拍，因为款式太多。"

"要照片啊，你不是看到了？"问得真偷懒，这样怎么做生意。

"我只是替你介绍，买主又不是我，奇怪，你当初做这批货时怎么做的，没有样子的吗？"

经理抓抓头。

"好，我走了，三天之后我再跟你联络，谢谢，再见！"

三天之后再去，经理在工厂旁的咖啡馆里。厂方什么也没弄齐，又是那份乱七八糟的资料要给我。

"你们到底急不急，我帮你卖你怎么慢吞吞的，我要快，快，快，不能拖。"

想到我们中国人做生意的精神，再看看这些西班牙人，真会给急死。

"陈小姐，你急我比你更急，你想这么多货堆在这里我怎么不急。"他脸上根本没有表情。

"你急就快点把资料预备好。"

"你要照片，照片三天拍不成。"

"三天早过了，你没拍嘛！现在拿件样品来，我自己寄台北。"

"你要这件吗？是你的尺寸。"

我张大眼睛看他看呆了。

"经理先生，又不是我要穿，我要寄出的。"

他又将手中皮大衣一抖，我抓过来一看是宽腰身的："腰太宽，流行过了，我是要件窄腰的，缝线要好。"

"那我们再做给你，十天后。"他回答我的口气真是轻轻松松的。

"你说的十天就是一个月。我三天以后要，样品什么价？"

"这是特别定货，又得赶工，算你×××西币。"

三毛一听他开出来的价钱，气得几乎说不出话，用中文对他讲"不识抬举"，就迈着大步走出去了。想当年，这批货的第一个买主来西班牙采购时，大概也被这些西班牙人气死过。

丑媳妇总要见公婆

当天晚上十点多了，我正预备洗头，梅先生打电话来。"美人，我要见见你，现在下楼来。"

咦，口气不好啊！还是不见他比较安全。"不行。头发是湿的，不能出来。"

"我说你下楼来。"他重重地重复了一句就将电话挂掉了。

三毛心里七上八下，没心换衣服，穿了破牛仔裤匆匆披了一件皮大衣跑下楼去。梅先生一言不发，将我绑架一样拉进车内，开了五分钟又将我拉下车，拉进一家咖啡馆。

我对他笑笑："不要老捉住我，又不跑。"

他对我皮笑肉不笑，轻轻从牙缝里挤出几个字来："小混蛋，坐下来再跟你算账！"

我硬着头皮坐在他对面，他瞪着我，我一把抓起皮包就想逃："去洗手间，马上回来。"脸上苦笑一下。

"不许去，坐下来。"他桌子底下用脚挡住我的去路。好吧！我叹了口气，丑媳妇总要见公婆。

"你说吧！"三毛将头一仰。

"你记不记得有一次你生病？"

"我常常生病，你指哪一次？"

"不要装蒜，我问你，那次你生病，同住的全回家了，是谁冒了雪雨替你去买药？你病不好，是谁带了医生去看你？你没有法子去菜场，是谁在千忙万忙里替你送吃的？没钱用了，是谁在交通那么拥挤的时候丢了车子闯进银行替你去换美金？等你病好了，是谁带你去吃海鲜？是谁……"

我听得笑起来。"好啦！好啦！全是你，梅先生。"

"我问你，你怎么可以做出这种出卖朋友的事情，你自己去谈生意，丢掉我们贸易行，如果那天不碰到我，你会知道有这一批货吗？你还要我这个朋友吗？"

"梅先生，台北也要赚一点，这么少的钱那么多人分，你让一步，我们也赚不了太多。"

"你要进口台湾？"

"不是，朋友转卖日本。"

"如果谈成了这笔交易，你放心工厂直接出口给日本？你放心厂方和日本自己联络？能不经过我公司？"

"我不知道。"我真的没有把握。

"你赚什么？"

"我赚这边西班牙厂佣金。"

"工厂赖你呢？"

"希望不要发生。"他越说我越没把握。

吃回头草的好马

那天回家又想了一夜，不行，还要跟台北朋友们商量一下。

一星期后回信来了——

> 三毛：你实在笨得出人想象之外，当然不能给日方直接知道厂商。现在你快找一家信得过的西班牙贸易商，工厂佣金给他们赚，我们此地叫日方直接开L/C给西班牙，说我们是没什么好赚的，事实上那张L/C里包括我们台北赚的中间钱，你怎么拿到这笔钱再汇来给我们，要看你三毛的本事了。要做得稳。不要给人吃掉。我们急着等你的资料来，怎么那么慢。

隔一日，三毛再去找梅先生。

"梅先生，这笔生意原来就是你的，我们再来合作吧！"

"浪子回头，好，知道你一个做不来的。我们去吃晚饭再谈。"

这顿饭吃得全没味道，胃隐隐作痛。三毛原是介绍生意，现在涎着脸扮吃回头草的好马状，丢脸透了。

"梅先生，口头讲是不能算数的，何况你现在喝了酒。我要日本开出 L/C，你收 L/C 出货就开支票给我。我告诉你台北该得的利润，我们私底下再去律师那里公证一下这张支票和另签一张合约书，支票日期填出货第二日的，再怎么信不过你，我也没法想了，同意吗？"

"好，一言为定。"

吃完饭账单送上来了，我们两人对看一眼，都不肯去碰它。"梅，你是男士，不要忘了风度。"他瞪了我一眼，慢吞吞地掏口袋付账。

出了餐馆我说："好，再谈吧！我回去了。"梅先生不肯。他说："谈得很好，我们去庆祝。"

"不庆祝，台北没卖，日本也没说妥，厂方资料不全，根本只是开始，你庆祝什么？"

真想打他一个耳光

他将车一开开到夜总会去。好吧，舍命陪君子，只此一次。梅先生在夜总会里并不跳舞，他一杯又一杯地喝着酒。

"梅，你喝酒为什么来这里喝？这里多贵你不是不知道。"

"好，不喝了，我们来跳舞。"

我看他已站不稳了，将他袖子一拉，他就跌在沙发上不动了，开始打起盹儿来。我推推他，再也推不醒了。"梅，醒醒，我要回去了。"他张开一只眼睛看了我一秒钟，又睡了。我叫来茶房，站起来整整长裙。

"我先走了，这位先生醒的时候会付账，如果打烊了他还不醒，你们随便处理他好了。"茶房满脸窘态，急得不知怎么办才好。

"小姐，对不起，请你付账，你看，我不能跟经理交代，对不起！"

三毛虽是穷人，面子可要得很。"好吧！不要紧，账单拿给我。"一看账单，一张千元大钞不够，再付一张，找下来的钱只够给小费。回头看了一眼梅先生，装醉装得像真的一样，恨不得打他一个耳光！

出了夜总会，一面散步一面找计程车，心里想，没关系，没关系，生意做成就赚了。再一想，咦，不对吧，台北赚，工厂赚，现在佣金给梅先生公司赚，三毛呢？没有人告诉我三毛赚什么，咦，不对劲啊。

这批生意拖了很久，日方感兴趣赶在春天之前卖，要看货，此地西班牙人睡睡午觉，喝喝咖啡，慢吞吞，没有赚钱的精神，找梅公司去催，仍然没有什么下文。三毛头发急白了快十分之一，被迫染了两次。台北一天一封信，我是看信就头痛，这种不负责任的事也会出在三毛身上，实在是惭愧极了。平日教书、念书、看电影、洗衣、做饭之外少得可怜的时间就是搞这批货。样品做好了，扣子十天不钉上，气极真想不做了。

满天都是皮货

"陈小姐，千万不要生气，明天你去梅先生公司，什么都弄好了，这一次包装重量都可以弄好了，明天一定。"工厂的秘书小姐说。

明天去公司，一看律师、会计师、梅的合伙人全在，我倒是吓了一跳。悄悄地问秘书小姐："干吗啊！都来齐了。"秘书小姐回答我："他们拆伙了，是上次那批生意做坏的，他们怪来怪去，梅退股今天签字。"

我一听简直晴天霹雳。"我的货呢——"这时梅先生出来了，他将公事包一提，大衣一穿，跟我握握手："我们的生意，你跟艾先生再谈，我从现在起不再是本公司负责人了。"

我进艾先生办公室，握握手，又开始了。

"艾先生，这笔生意认公司不认人，我们照过去谈妥的办——"

"当然，当然，您肯帮忙，多谢多谢！"

以后快十天找不到艾先生，人呢？去南美跑生意了，谁负责公司？没有人，对不起！真是怪事到处有，不及此地多。每天睡觉之前，看看未复的台北来信，叹口气，将信推得远一点，服粒安眠药睡觉。梦中漫天的皮货在飞，而我正坐在一件美丽的鹿皮披风上，向日本慢慢地驶去——

明天才看得懂中文

又过了十天左右，每天早晨、中午、下午总在打电话找工厂，找艾先生，资料总是东缺西缺。世上有三毛这样的笨人吗？世上有西班牙人那么偷懒的人吗？两者都不多见。

有这么一日，艾先生的秘书小姐打电话来给三毛，这种事从来没有发生过。

"卡门，是你啊，请等一下。"

我赶快跑到窗口去张望一下，那天太阳果然是西边出来的。

"好了，看过太阳了。什么事？卡门，你样品寄了没有？那张东西要再打一次。"

"没有，明天一定寄出。陈小姐，我们这里有封中文信，看不懂，请你帮忙来念一下好吗？"

"可以啦！今天脑筋不灵，明天才看得懂中文，明天一定，再见！再见！"

过了五分钟艾先生又打电话来了。"陈小姐，请你千万帮忙，我们不懂中文。"

我听了他的电话心中倒是感触万分，平日去催事情，他总是三拖四拖，给他生意做还看他那个脸色。他太太有一日看见我手上的台湾玉手镯，把玩了半天，三毛做人一向海派，脱下来往她手腕上一套，送了。一批皮货被拖得那么久没对我说一句好话，今天居然也懂得求人了。

"这样吧！我正在忙着煮饭，你送来怎么样？"

"我也走不开，还是你来吧！"

"不来，为了皮货，车费都跑掉银行的一半存款了。"

"陈小姐，我们平日难道不是朋友吗？"

"不太清楚，你比我更明白这个问题。"

"好吧，告诉你，是跟皮货有关的信——"

三毛电话一丢，抓起大衣就跑，一想厨房里还在煮饭，又跑回去关火。

跑进艾先生的办公室一面打招呼一面抓起桌上的信就看。

黄鹤楼上看翻船

"你念出来啊！"他催我。

"好，我念——敬启者——"

"念西班牙文啊，唉，真要命！"我从来没有看艾先生那么着急过。

"敬启者：本公司透过西班牙经济文化中心介绍，向西班牙××公司采购商品之事……"三毛一面大声口译西班牙文，一面暗叫有趣，念到个中曲曲折折的经过，三毛偷看了艾先生的窘态一眼，接着插了一句，"哈，原来你们欠对方这些钱，全不是你们告诉我的那么回事嘛！跟你们做生意也真辛苦，自己货不交，又要对方的钱——"

我的心情简直是"黄鹤楼上看翻船"，幸灾乐祸。艾先生不理，做个手势叫我译下去。"——有关皮货部分，本公司已初步同意，如贵公司归还过去向本公司所支取的××元美金的款项，本公司愿再开信用状……"

三毛译到此地声音越来越小，而艾先生兴奋得站起来，一拍桌子，大叫："真的？真的？没有译错吗？他们还肯跟我们做生意吗？太好了，太好了——"

我有气无力地瘫在椅子上："但愿是译错了。"他完全忘记我了，大声叫秘书："卡门，卡门，赶快打电话告诉工厂——"

好吧！大江东去浪淘尽……手中抓着的信被我在掌中捏得稀烂。从另外一间传过来卡门打电话的声音。

"是，是，真是好消息，我们也很高兴。陈小姐要的货？没关系，马上再做一批给她，不会，她不会生气，中文信就是她给译的……"

精神虐待，我还会再"从"头来过吗？

一刀一刀刺死他

我慢慢地站起来，将捏成一团的信塞在艾先生的西装口袋里，再用手轻轻地替他拍拍平。"你，好好保管这张宝贝——"我用平平常常的语气对他讲这几句话，眼睛却飞出小刀子，一刀一刀刺死他。

"陈小姐，你总得同情我，对方不要了，你自己说要，我当然想早些脱手，现在他们又要了，我们欠人的钱，总得跟他们做，唉，你看，你生气了——"

"我不在乎你跟谁做，照这封中文来信的内容看来，你们自己人将生意搞得一塌糊涂，现在对方肯跟你再合作，是东方人的气量大，实在太抬举你了。"

"陈小姐，你马上再订货，价钱好商量，二十天给你，二十四小时空运大阪，好吧？"

我拿起大衣、皮包，向他摇摇手："艾先生，狼来了的游戏不好玩。"

他呆掉了，气气地看着我。我慢慢地走出去，经过打字机，我在纸上敲了一个 M。（西班牙人懂我这 M 是指什么，我从来不讲粗话，但我会写。）

雄心又起

经过这次生意之后，三毛心灰意懒。"人生在世不称意，明朝散发弄扁舟。"又过起半嬉皮的日子了。上课，教书，看看电影，借邻居的狗散步，跟朋友去学生区唱歌喝葡萄酒，再不然一本惠特曼的西班牙文译本《草叶集》，在床上看到深夜。没有生意没有烦恼，但心中不知怎的有些怅然。生活里缺了些什么？

前一阵邮局送来包裹通知单，领回来一看，是读者寄来的精美手工艺，要这个三毛服务站试试运气。我把玩着美丽的样品，做生意的雄心万丈又复活了，打电话给另外一个朋友。

"马丁先生，我是三毛，您好，谢谢，我也很好。想见见你，是，有样品请您看看，一起吃中饭吗，好，我现在就去您办公室——"

我一面插熨斗，一面去衣柜里找衣服，心情又开朗起来。出门时抱着样品的盒子，自言自语——"来吧！小东西，我们再去试试运气。啊！天凉好个秋啊——"

去年的冬天

　　我决定去塞哥维亚城，看望老友夏米叶·葛罗，是一时的决定。当时因为我有十五天的耶诞假，留在马德里没什么事做，所以收拾了一个小背包，就搭晚上九点多的火车去塞哥维亚了。

　　夏米叶是个艺术家，我七年前便认识的朋友，在塞城跟其他几个朋友，合租了一幢古老的楼房，并且在城内开了一家艺廊。过去他数次在马德里开雕塑展览，因为当时不在西班牙，很可惜错过了，所以，我很希望此去，能看看他的作品，并且在他处做客几日。

　　车到塞哥维亚时，已是夜间十一点多了。这个在雪山附近的小城，是西班牙所有美的小城中，以罗马式建筑及古迹著称于世的。我去时满地是积雪，想必刚刚下过大雪不久。我要找夏米叶并没有事先通知他，因为，我没有他的地址，平日也不来往，同时他的个性我有点了解，通不通知他都不算失礼。下车后我先走到大教堂前的广场站了一下，枯树成排列在寒冷的冬夜，显得哀伤而有诗意，雪地上没有一个足印。广场边的小咖啡馆仍没打烊，我因冻得厉害，所以进去喝杯咖啡。推门进去时咖啡馆高谈阔论的声浪都停下来了，显然毫不客气地望着我这个陌生女子。我坐到吧台的高椅子上，要一杯咖啡，一面喝，一面请问茶房："我想打听一个人，你住在这个城内，你也许认识他，他叫夏米叶·葛罗，是个艺术家。"茶房想了一下，他说："这儿住的人，我大半都认识，但是叫不出姓名来，你要找的人什么样子？"我形容给他听："跟你差不多高，二十七八岁，大胡子，长头发披肩——""啊，我知道了，一定就是这个葛罗，他开了一家艺廊？""对，对了，就是他，住在哪里？"我很高兴，真没想到一下就问到了。"他住在圣米扬街，但不知道几号。"茶房带我走到店外，用手指着广场——"很容易找，你由广场左边石阶下去，走完石阶再左转走十步左右，又有长石阶，下去便是圣米扬街。"我谢了他便大步走了。

那天有月光，这个小城在月光下显得古意盎然，我一直走到圣米扬街，那是一条窄街，罗马式建筑的房子，很美丽的一长排坐落在那儿。我向四周望了一下，路上空无人迹，不知夏米叶住在几号，没有几家有灯光，好似都睡了。我站在街心，用手做成喇叭状，就开始大叫——"哦——喔夏米叶，你在哪里，夏——米——叶——葛——罗——"才只叫了一次，就有两个窗打开来，里面露出不友善的脸孔瞪着我。深夜大叫的确令人讨厌，又没有别的好方法。我又轻轻地叫了一声——"夏米叶！"这时头上中了一块小纸团，硬硬的，回身去看，一个不认识的笑脸在三楼窗口轻轻叫我："嘘！快来，我们住三楼，轻轻推大门。"我一看，楼下果然有一道约有一辆马车可以出入的大木门，上面还钉了成排的大钢钉子做装饰，好一派堂皇的气势。同时因为门旧了，房子旧了，这一切更显得神秘而有情调。我推门进去，经过天井，经过长长的有拱门的回廊，找到了楼梯到三楼去，三楼上有一个大门，门上画着许多天真的图画，并且用西文写着——"人人之家"。门外挂着一段绳子，我用力拉绳子，里面的铜铃就响起来，的确有趣极了。门很快地开了，夏米叶站在门前大叫——"哈，深夜的访客，欢迎，欢迎。"室内要比外面暖多了，我觉得十分地舒适，放下背包和外套，我跟着夏米叶穿过长长的走廊到客厅去。

这个客厅很大，有一大排窗，当时黄色的窗帘都拉上了，窗下平放着两个长长的单人床垫，上面铺了彩色条纹的毛毯，又堆了一大堆舒服的小靠垫，算做一个沙发椅。椅前放了一张快低到地板的小圆桌，桌上乱七八糟地堆了许多茶杯，房间靠墙的一面放着一个到天花板的大书架，架上有唱机、录音机，有很多书，有美丽的干花，小盆的绿色仙人掌，有各色瓶子、石头、贝壳……形形色色像个收买破烂的摊子。另外两面墙上挂着大大小小的油画、素描、小件雕塑品，还有许多画报上撕下来的怪异照片。房内除了沙发椅之外，又铺了一块脏兮兮的羊皮在地板上给人坐，另外还丢了许多小方彩色的坐垫，火炉放在左边，大狗"巴秋里"躺着在烤火，房内没有点灯，桌上、书架上点了三支蜡烛，加上炉内的火光，使得这间客厅显得美丽多彩而又温暖。

进客厅时，许多人在地上坐着。法兰西斯哥，穿了一件黑底小粉红花的夏天长裤、汗衫，留小山羊胡，有点龅牙齿，他是南美乌拉圭人，他对我不怀好意顽皮地笑了笑，算是招呼。约翰，美国人，头发留得不长，很清洁，他正在看一本书，他跟我握握手，他的西班牙文美国 b 音很重。拉蒙是金发蓝眼的法国人，穿着破洞洞的卡其布裤子，身上一件破了的格子衬衫，看上去不到二十岁，他正在编一个彩色的鸟笼，他跟我握握手，笑了笑，他的牙齿很白。另外尚有埃度阿陀，他盘脚坐在地上，两脚弯内放着一个可爱的小婴儿，他将孩子举起来给我看："你看，我的女儿，才出生十八天。"这个小婴儿哭起来，这时坐在角落里的一个长发女孩跑上来接过了小孩，她上来亲吻我的面颊，一面说："我是乌苏拉，瑞士人，听夏米叶说你会讲德文是吗？"她很年轻而又美丽，穿了一件长长的非洲人的衣服，别具风格。最令人喜欢的是坐在火边的恩里格，他是西班牙北部庇利牛斯山区来的，他头发最长，不但长还是卷的，面色红润，表情天真，他目不转睛地望着我，然后轻轻地喘口气，说："哇，你真像印地安女人。"我想那是因为那天我穿了一件皮毛背心，又梳了两条粗辫子的缘故，我非常高兴他说我长得像印地安人，我认为这是一种赞美。

夏米叶介绍完了又加上一句："我们这儿还有两个同住的，劳拉去叙利亚旅行了，阿黛拉在马德里。"所以他们一共是七八个，加上婴儿尚蒂和大狼狗"巴秋里"，也算是一个很和乐的大家庭了。

我坐在这个小联合国内，觉得很有趣，他们又回到自己专心的事上去，没有人交谈。有人看书，有人在画画，有人在做手工，有些什么都不做躺着在听音乐。法兰西斯哥蹲在角落里，用个大锅放在小电炉上，居然在煮龙井茶。夏米叶在绣一个新的椅垫。我因脚冻得很痛，所以将靴子脱下来，放在火炉前烤烤脚，这时不知谁丢来一条薄毛毯，我就将自己卷在毯子内坐着。

正如我所预料，他们没有一个人问我——"你是谁啊？""你做什么事情的啊？""你从哪里来的啊？""你几岁啊？"等等无聊的问题。我一向最讨厌西班牙人就是他们好问,乱七八糟涉及私人的问题总是打破沙锅问到底,虽然亲切,却也十分烦人。但是夏米叶他们这群人没有,他们不问,好似我生下来便住在这儿似的自然。甚至也没有人问我:"你要住几天?"真是奇怪。

我看着这群朋友,他们没有一个在表情、容貌、衣着上是相近的,每一个人都有自己独特的风格。只有一样是很相同的,这批人在举止之间,有一种非常安详宁静的态度,那是非常明朗而又绝不颓废的。

当夜,夏米叶将他的大房间让给我睡,他去睡客厅。这房间没有窗帘,有月光直直地照进来,窗台上有厚厚的积雪,加上松枝打在玻璃上的声音使得房内更冷,当然没有床,也没有暖气,我穿着衣服缩进夏米叶放在地上的床垫内去睡,居然有一床鸭绒被,令人意外极了。

第二日醒来已是中午十二点了,我爬起来,去每个房间内看看,居然都空了。客厅的大窗全部打开来,新鲜寒冷的空气令人觉得十分愉快清朗。这个楼一共有十大间房间,另外有两个洗澡间和一个大厨房,因为很旧了,它有一种无法形容的美。我去厨房看看,乌苏拉在刷锅子,她对我说:"人都在另外一边,都在做工,你去看看。"我跑出三楼大门,向右转,又是一个门,推门进去,有好多个空房间,一无布置,另外走廊尽头有五六间工作室。这群艺术家都在安静地工作。加起来他们约有二十多间房间,真是太舒服了。夏米叶正在用火烧一块大铁板,他的工作室内堆满了作品和破铜烂铁的材料。恩里格在帮忙他。"咦,你们那么早。"夏米叶对我笑笑:"不得不早,店里还差很多东西,要赶出来好赚钱。""我昨晚还以为你们是不工作的嬉皮呢!"我脱口而出。"妈的，我们是嬉皮，你就是大便。"恩里格半开玩笑顶了我一句。夏米叶说："我们是一群照自己方式过生活的人，你爱怎么叫都可以。"我很为自己的肤浅觉得羞愧，他们显然不欣赏嬉皮这个字。

这时重重的脚步声，从走廊上传来——"哈，原来全躲在这儿。"荷西探头进来大叫，他是夏米叶的弟弟，住在马德里，是个潜水专家，他也留着大胡子，头发因为刚刚服完兵役，所以剪得很短很短。大概是早车来的。"来得正好，请将这雕塑送到店里。"夏米叶吩咐我们。那是一个半人高的雕塑，底下一副假牙咬住了一支变形的叉子，叉子上长一个铜地球，球上开了一片口，开口的铜球里，走出一个铅做的小人，十分富有超现实的风格。我十分喜欢，一看定价却开口不得了，乖乖地送去艺廊内。另外我们又送了一些法兰西斯哥的手工，粗银的嵌宝石的戒指和胸饰，还有埃度阿陀的皮刻手工艺，乌苏拉的蚀刻版画到艺廊去。

吃中饭时人又会齐了，一人一个盘子，一副筷子，围着客厅的小圆桌吃将起来。菜是水煮马铃薯，咸炒白菜和糙米饭，我因饿得很，吃了很多。奇怪的是每一个人都用筷子吃饭，而且都用得非常自然而熟练。虽然没有什么山珍海味，但是约翰一面吃一面唱歌，表情非常愉快。

这时铜铃响了，我因为坐在客厅外面，就拿了盘子去开门。门外是一男一女，长得极漂亮的一对，他们对我点点头就大步往客厅走，里面叫起来："万岁，又来人了，快点来吃饭，真是来得好。"我呆了一下，天啊，那么多人来做客，真是"人人之家"。明天我得去买菜才好，想来他们只是靠艺术品过日子，不会有太多钱给那么多人吃饭。

当天下午我替尚蒂去买纸尿布，又去家对面积雪的山坡上跟恩里格和"巴秋里"做了长长的散步，恩里格的长发被我也编成了辫子，显得不伦不类。这个小镇的景色优美极了，古堡就在不远处，坐落在悬崖上面，像极了童话中的城堡。

过了一日，我被派去看店，荷西也跟着去，这个艺廊开在一条斜街上，是游客去古堡参观时必经的路上。店设在一个罗马式的大理石建筑内，里面经过改装，使得气氛非常高级，一件一件艺术品都被独立地放在台子上，一派博物馆的作风，却很少有商业品的味道。最难得的是，店内从天花板、电灯，到一排排白色石砌陈列品，都是"人人之家"里那批人，自己苦心装修出来的。守了半天，外面又下雪了，顾客自然是半个也没有，于是我们锁上店门，又跑回家去了。"怎么又回来？"夏米叶问。"没有生意。"我叫。"好，我们再去。这些灯罩要装上。"一共是七个很大的粗麻灯罩，我们七个人要去，因为灯罩很大，拿在手里不好走路，所以大家将它套在头上，麻布上有洞洞，看出去很清楚。于是我们这群"大头鬼"就这样安静地穿过大街小巷，后面跟了一大群叫嚷的孩子们。

阿黛拉回来时，我在这个家里已经住了三天了。其他来做客的有荷西、马力安诺和卡门——就是那漂亮的一对年轻学生。那天我正在煮饭，一个短发黑眼睛、头戴法国小帽、围大围巾的女子大步走进厨房来，我想她必然是画家阿黛拉，她是智利人。她的面孔不能说十分美丽，但是，她有一种极吸引人的风韵，那是一种写在脸上的智慧。"欢迎，欢迎，夏米叶说，你这两日都在煮饭，我要吃吃你煮的好菜。"她一面说着，一面上前来亲吻我的脸。这儿的人如此无私自然地接纳所有的来客，我非常感动他们这种精神，更加上他们不是有钱人，这种作风更是十分难得的。

那天阿黛拉出去了，我去她房内看看，她有许多画放在一个大夹子里，画是用笔点上去的，很细，画的东西十分怪异恐怖，但是它自有一种魅力紧紧地抓住你的心。她开过好几次画展了。另外墙上她钉了一些旧照片，照片中的阿黛拉是长头发，更年轻，怀中抱着一个婴儿，许多婴儿的照片。"这是她的女儿。"拉蒙不知什么时候进来的。"现在在哪里？她为什么一个人？"我轻轻地问拉蒙。"不知道，她也从来不讲过去。"我静静地看了一下照片。这时法兰西斯哥在叫我——"来，我给你看我儿子和太太的照片。"跟去他房内，他拿了一张全家福给我看，都是在海边拍的。"好漂亮的太太和孩子，你为什么一个人？"法兰西斯哥将我肩膀扳着向窗外，他问我："你看见了什么？"我说："看见光。"他说："每个人都一定要有光在心里，我的光是我的艺术和我的生活方式，我太太却偏要我放弃这些，结果我们分开了，这不是爱不爱她的问题，也许你会懂的。"我说："我懂。"这时夏米叶进来，看见我们在讲话，他说："你懂什么？"我说："我们在谈价值的问题。"他对法兰西斯哥挤挤眼睛，对我说："你愿意搬来这里住吗？我们空房间多得是，大家都欢迎你。"我一听呆了下，咬咬嘴唇。"你看，这个小城安静美丽，风气淳朴，你过去画画，为什么现在不试着再画，我们可以去艺廊试卖你的作品，这儿才是你的家。"我听得十分动心，但是我没法放下过去的生活秩序，这是要下大决心才能做到的。"我放不下马德里，我夏天再来吧！"我回答。"随便你，随时欢迎，你自己再想一想。"当天晚上我想了一夜无法入睡。

过了快七天在塞哥维亚的日子。我除了夜间跟大伙一起听音乐之外，其他的时间都是在做长长的散步。乌苏拉跟我，成了很好的朋友，其他的人也是一样。在这个没有国籍没有年纪分别的家里，我第一次觉得安定，第一次没有浪子的心情了。

以后来来去去，这个家里又住了好多人。我已计划星期日坐夜车回马德里去。荷西也得回去，于是我们先去买好了车票。那天下午，要走的客人都已走了，卡门和马力安诺骑摩托车先走。我们虽然平时在这大房子内各做各的，但是，要离去仍然使人难舍。"你为什么一定要走？"拉蒙问我。"因为荷西今天要走，我正好一同回去，也有个人做伴。""这根本不通。"恩里格叫。乌苏拉用手替我量腰围，她要做一件小牛皮的印地安女人的皮衣裙送给我，另外埃度阿陀背一个美丽的大皮包来。"这个借你用两星期，我暂时不卖。"我十分舍不下他们，我对夏米叶说："夏天来住，那间有半圆形窗的房间给我，好吧？""随你住，反正空屋那么多，你真来吗？""可惜劳拉不认识你，她下个月一定从叙利亚回来了。"阿黛拉对我说。这时已经是黄昏了，窗外刮着雪雨，我将背包背了起来，荷西翻起了衣领，我上去拥抱乌苏拉和阿黛拉，其他人有大半要去淋雨，我们半跑半走。

在圣米扬街上这时不知是谁拿起雪块向我丢来，我们开始大叫大吼打起雪仗，一面打一面往车站跑去。我不知怎的心情有点激动，好似被重重的乡愁鞭打着一样。临上车时，夏米叶将我抱了起来，我去拉恩里格的辫子，我们五六个人大笑大叫地拍着彼此，雪雨将大家都打得湿透了。我知道我不会再回去，虽然我一再地说夏天我要那间有大窗的房间。七天的日子像梦样飞逝而过，我却仍然放不下尘世的重担，我又要回到那个不肯面对自己，不忠于自己的生活里去。"再见了,明年夏天我一定会再来的。"我一面站在车内向他们挥手,一面大叫着我无法确定的诺言,就好似这样保证着他们,也再度保住了自己的幸福一般,而幸福是那么地遥不可及,就如同永远等待不到的青鸟一样。

江洋大盗

　　说起来我们陈家，因为得自先祖父陈公宗绪的庇荫，世世代代书香门第，忠厚传家。家产不多，家教可是富可敌国。

　　我们的家谱《永春堂》里，不但记载子孙人数，账房先生更是忠心耿耿，每年各房子弟的道德品行收入支出更是一笔一画写得清清楚楚。

　　我生长在这样一个家庭里，照理说应该是人人必争、家家必买的童养媳，其实不然。这拿圣经上的话来说，就是——我的父母是葡萄树，我却不是枝子。拿我自己的话来说，就是——算命先生算八卦，一算算到中指甲——我这个败家女，就这样把家产一甲两甲地给败掉了。

　　自我出生以来，我一直有个很大的秘密，牢牢地锁在我的心里，学会讲话之后，更是守口如瓶，连自己的亲生父母，也给他们来个不认账，不透露半点口风。

　　我有什么不可告人的事情，使得我这么神秘呢？我现在讲给你一个人听，你可别去转告张三李四，就算你穷不住了，出卖了我这份情报，我这样一个只有三毛钱的小人物，你也卖不出好价钱来的。

我再说，自我出生以来，就明白了我个人的真相，我虽然在表面上看去，并不比一般人长得难看或不相同，其实不然透了。

"我——是——假——的。"我不但是假的，里面还是空的，不但是空的，我空得连幅壁画都没有。我没有脑筋，没有心肠，没有胆子，没有骨气，是个真真的大洞口。

再拿个比方来说，我就像那些可怕的外星人一样，他们坐了飞盘子，悄悄地降落在地球上，鬼混在这一批幸福的人群里面，过着美满的生活，如果你没有魔眼，没有道行，这种外星人，你是看他们不出，捉他们不到的。

我，就是这其中的一个。

我并不喜欢做空心的人，因为里面空荡荡的，老是站不住，风一吹，旁人无意间一碰，或是一枝小树枝拂了我，我就毫无办法地跌倒在地上，爬也爬不起来。

我自小到十四岁，老是跌来跌去，摔得鼻青眼肿，别人看了老是笑我，我别的没有，泪腺和脾气倒是很争气，只要一跌，它们就来给我撑面子。

十四年来，我左思右想，这样下去，不到二十岁，大概也要给跌死了，如果不想早死，只有另想救命的法子。

我干什么才好呢？想来想去，只有学学那批不要脸的小日本邻居们——做小偷。

这个世界上那么大，又那么挤，别人现成的东西多得是，我东摸一把，西偷一点，填在我的空洞洞里，日子久了，不就成了吗？

这决定一下，我就先去给照了一张 X 光片子。

医生看了一下，说："是真空的，居然活了十四年，可敬之至。"

我刷一顺手抽了那张空片子，逃回家来，将它塞到床下面去存档案。

二十年后再去照它一张，且看看到时候将是不是一条货真价实的好汉。

我因为没有心，没有胆子，所以意志一向很薄弱，想当小偷的事是日本人给的灵感，却没有真正地去进行过，任着自己度着漫无目的的岁月。

有一年，街坊邻居们推举我们家做中山区的模范家庭，区公所的人自然早已认识我父母亲的为人，但是他们很仔细，又拿了簿子来家里查问一番。

问来问去，我们都很模范，眼看已快及格了，不巧我那时经过客厅，给那位先生看到了。

他好奇地问我母亲："咦，今天不是星期天，你的女儿怎么不上学呀？"

我母亲很保护我地说："我这女儿身体不好，休学在家。"

他又问："生什么病啊？看上去胖胖的啊？"

母亲说："生的是器官蜂巢状空洞症，目前还没有药可医，很令人头痛。"

那次模范家庭的提名，竟因为我生了这种怪病，我们全家都被淘汰下来。那位先生说得了不治之症的人，是不好做旁人的榜样的。

那夜我静静地躺在黑暗里，眼角渗出丝丝的泪来。我立志做小偷的事，也在那种心情之下打好了基础。

说起世上的偷儿来，百分之一百是贪心势利、六亲不认的家伙。我当年虽然没有拜师，悄悄出道，这个道理不用人教，却也弄得清楚明白。

我东张西望，眼睛不放过家里一桌一椅，最后停留在我亲生父母身上，要实习做偷儿，先拿他们来下手，被捉到了也好办些，不会真正交给警察局。

我仔细地打量打量这两个假定受害人。他们为人方正本分，对自己刻苦、谨严，对旁人宽厚怜悯，做事情负责认真，对子女鞠躬尽瘁，不说人长短，不自夸骄傲，不自卑，不自怜，积债不会讨，付钱一向多付——

我从来没有好好计算过自己父母大人，今儿这么细细一看，他们这两位除了外表风度神采还对付得过去之外，这里面那些东西，可早已过时啦！不时兴的渣子啦！别人不要的东西，他们却拿来当珍珠宝贝啦！再加上几十年前碰到一个"基度山大伯爵"之后，这两个人变得越来越傻，愚不可及，连我这空心人，要偷偷他们可也真没有什么好处。

想想偷儿就算实习阶段，这两个傻子可也不值得一试，不偷，不偷。

出门去打了一个圈子，空心人饿了十四年，头重脚轻，路都走不稳，这一累，摸着墙爬回家来，不再考虑，趁着父母大人在午睡，就把他们那点不可口的东西，拿来塞了下去，消不消化我可不在乎，先填了这个蜂巢似的大洞洞再做打算。

偷了自己父母，不动声色，眼看案子没发，看准姐姐，拿她给吃下去，做下一个受害者。

这个女娃儿，大不了偷儿两三岁，温柔敦厚，念书有耐性，对人有礼貌，冬天骑车上学不叫冷，高中住校吃大锅饭不翻胃，两只瘦手指，指甲油不会涂，弹钢琴、拉小提琴却总也不厌——我将她翻来覆去看，又是一个傻瓜。

请你学音乐，就是要你做歌星赚大钱，你怎么古典来古典去，鼻子不去垫高，头发不去染黄，你这一套不时髦，不流行，我想来想去不爱偷，看在自己人的份上，吃下你一点点，心里可是不甘心不情愿。

案子既然是在家里做开的，只好公平一点，给它每个人都做下一点，免得将来案发了不好看。

大弟弟我本来是绝对不敢去偷他的，他是花斑大老虎兼小气鬼，发起脾气来老是咬人的脚，我一旦偷他还了得吗？先不给他咬死也算运气了。

有这么一天，老虎回来了，走路一跛一拐，长裤子盖着老虎脚，也看不出有什么不对。等老虎吃完饭，怕热，脱了长裤看电视，这一望，了不得，空心人尖声大叫，招来全家大小争看老虎。

这只花斑大虎，从爪子到膝盖，都给皮肉翻身，上面还给武松缝上了一大排绳子哪。

空心人蹲下来，一声一声轻数虎爪上的整齐针线，老虎大吼一声："看个鬼啊！我跌破了皮，你当我是怪物？"

空心人灵机一动，一吼之间，老虎胆给偷吸过来了，这傻畜牲还不知不觉，空心人背向失胆者，嘿嘿偷笑不已。

再说，老虎也是小气鬼，小气鬼也，你丢我捡也。

空心偷儿流鼻涕，向老虎要卫生纸，他老给半张。偷儿半夜开大灯偷颜如玉，他给送支小蜡炬进来好作案。姐夫请吃统一牛排，这只饥饿的虎居然说："我不吃牛，我吃钞票，你请喂我现款最实惠。"

你说这只陈家虎，小气鬼，是真的吧！他又是个假的。

永康街那个职业乞丐，你且去问问看，这好多年来，是不是有只花毛大虎爪，老是五十一百地塞了他去吃牛肉面？这一只宝宝，真是又傻又假，纸老虎也。

偷儿偷了他那么一点点仁心仁术，节俭实在，也真没高了多少道行。亏本亏得很大。

小弟弟，本是一代豪杰，值得一偷。

没想偷儿不看牢他，这师大附中的"良心红茶"给他打球口渴时喝多了，别的倒也没什么，肚子里一些好东西，都给这红茶冲来冲去就给良心掉了。

看我这个弟弟，"排座次"是倒数第一，论英雄可是文的一手，武的一手。

他，操守、品格、性情、学识，样样不缺，外表相貌堂堂，内心方方正正。这还不算，乒乓、撞球、桥牌，杀得敌人落花流水，看得空心姐姐兴奋落泪。

空心偷儿静待此弟慢慢长成，给他偷个昏天黑地。

这个幺弟，父亲花了大钱，请他继承父志，就是希望他吐出"良心红茶"，将这吹牛、拍马、势利、钻营、谄媚、诈欺这些大大流行，而老子当年没赶上的东西，给去用功念来，好好大显身手光宗耀祖一番。

不巧幺弟交友不慎，引上歧途。

厚黑学，他不修；登龙术，他不练；学业已竟，大器未成也，呜呼。

这是幺傻！幺傻！

偷儿看看这个毛毛，一无可偷，叹了口气，还是出去作案子吧！

偷儿全家可是傻门忠烈，学不到什么高来高去的功夫，罢也！罢也！

出了家门，独行侠东家一转，西家一混，六亲不认，好友照偷，这才发觉，家外世界何其之大，可偷之物何其之多，偷儿得意满志，忙得不亦乐乎。

"白云堂"给她偷山换水，邵大师给她一园芳草花卉、虫鱼飞鸟一网兜收。"制乐小集"难得赶集，偷儿却也食了他们一大包豆芽菜。"台北人"旅行美国，偷儿哨下他《现代文学》。祝老夫子打一个瞌睡，英诗放在袋里叮叮嘡嘡逃着跑。天文台蔡先生不留意，星星月亮偷来照贼路。"五月画会""七月笔会"时，斑斑点点，方块线条，生吞活剥硬"会"下去。

诗人方莘正——"睡眠在大风上"，偷儿在去年的夏天拨开丛丛的水柳去找林达。惠特曼的头发长得成了他坟上的青草，一个不会吹口哨的少年轻轻给他理一理。荷马瞎了眼睛唱歌，你可别告诉旁人是谁偷了他的灵魂之窗。伊索原来就是奴隶，我吃了他的肉，可不是那只蛤蟆。沙林杰在麦田里捕来捕去，怎也捕不到我这宝贝。海明威你现在不杀他，他将来自己也杀自己。

毕卡索的马戏班，高更的黑妞，塞尚的苹果，梵谷的向日葵，全给偷儿在草地上一早餐给吃了下肚——

达立的软表偷来作案更精确。《卡拉马助夫兄弟们》全给一个一个偷上床。《猎人日记》是偷儿又一章，只有《罪与罚》，做贼心虚，碰也不肯去碰它。

你问，你这个偷儿专偷文人，都是又穷又酸的东西，要它来干吗？

不然，不然，你可别小看了偷儿，这些地粮只是拿来塞塞肚子的，真正好东西还在后头哪——

几年下来，偷儿积案如山，已成红花大侠。一日里，偷了"中华"机票，拜别父母兄弟，漂洋过海，向这花花世界、万丈红尘里舍命奔去。

"天啊！江洋大盗来啦！"
喊声震天，偷儿嘿嘿冷笑不已。

不巧，一日偷儿作案路过米国，米国处处玉米丰收，偷儿吃得不亦乐乎。突然玉米田里冒出一个同道，偷儿独行红花侠，初见同行，慌忙双手送上米花一大把，这个同道看了哈哈大笑：
"偷吃的不算好汉！猪也！"
"不偷吃，偷什么？本人空心贼，全得吃下去才好。"
"你千辛万苦来了米国，如何不偷它一个博士？"
"博士有什么用处？吃起来是咸是甜？"
"非也，博士不是食物也。"
"不可吃，不是我的路子，不偷也罢。"
偷儿冷眼一看同行，偷得面黄肌瘦，身上却背了一个大包袱。
"里面放的是'博士'吗？你做什么不吃它。"
"你这猪只知偷吃，真不知博士好处？"
"不知，请多指教。"
"这博士偷来是辛酸血泪，到手了可有好处——最起码的也还可以将它换个如花似玉的'赔'嫁夫人也。懂了吧！"
偷儿四处一张望，轻声告诉同行后："鄙人是空心贼，不下肚的东西，背着嫌重，是夫人也不换道，谢谢哥哥指导，他日再见吧！"

告别玉米田，偷儿飞向三千里路云和月。

台北家人黄粱一梦，偷儿却已作下弥天大案。

她，偷西班牙人的唐吉诃德，偷法国人蒙娜丽莎的微笑，偷德国人的方脑袋黑面包，偷英国人的雨伞和架子，偷白人的防晒油，偷红人的头皮，偷黑人的牙膏——

真是无人不偷，无所不偷。

当心江洋大盗独行红花侠啊——

你看这只被叫猪的偷儿，吃得肥头胀脑，行动困难，想来可以不等个二十年，就再去照照片子，看看敢情可是不是条真好汉了。

不然，不然，偷儿心里明明白白，空心人，最重要的好东西还没有吃下去，不能洗手不干啊——

有这么一日，大盗东奔西跑，挤在人群里辛苦工作，恰好看见前面有这么一条好汉施施然而来，茫茫人海，踏破铁鞋，终于给碰上了。

偷儿大盗红花独行侠，这眼睛一亮，追上去将那人在灯火阑珊处硬给捉到，拖来墙角腥风血雨给他活活吞食下去。这一填满肚子，兴奋得眼泪双流。

二十年辛苦，今日这才成了正果，阿弥陀佛。

你看看这成了正果的大圣吃下什么好东西——"无耻，虚伪，自私，贪心，懦弱，肤浅，无情，无义，狼心，狗肺——"

这一高兴，叫了计程车，直奔医院，挂紧急号，请照 X 光片子，看看这成了条什么血气男子。

空心人这下才有脸见见天日。

医生一看片子，连叫："不好，不好。"

空心人面色一白，轻问："怎么个不好？"

"怎么个都好，就是你刚刚吃下什么东西，烂得你五官六脏臭气熏天，快，快，护士小姐，预备开刀房，救人一命——"

偷儿大叫："刚刚吃下去的是好东西，不要给掏出来啊！意志不自由，不签字，不开刀啊——"

偷儿再叫再求，头上中了金针一灸，不省人事。

这偷儿，被医生掏光多年寻求刚刚吃下去的宝物，醒来就号啕大哭，丧心病狂，奔去天国，向上帝告状。

上帝看见这九十九只羊之外的一只，竟然自己奔回来了，大喜过望，捉住了小黑羊儿放在栏中，再也不放手了。

两年的时光，短促得如同一声叹息，这只羊儿左思右想，岂能永远这样躺卧在青草地上，被领在可安歇的水边了此残生？不甘心，不甘心，且等浪子回头，东山再起。

有一日，上帝数羊儿数睡了。偷儿一看时机到也，怀中掏出一块试金石，东试试，西试试，这次案子给它做得漂亮一点——偷它一粒金子做的心。

不巧刚得手，上帝就醒来了，他大喝一声——"三毛，三毛，你平日在我的园子里偷吃烂果子，我也不罚你了，现在居然做出这样的事来——"

偷儿吓得跪了下去，对上帝说："我没有偷吃苹果，我知道那是你留给牛顿的。"

上帝说："偷心也是不好的，我每个人都只分了一个心，你怎好拿两个？"

我说："我不是偷了就算了，我把自己这颗碎过的心用浆糊粘好了，换给这个人。"

上帝听了摇头叹息，说："一个是傻瓜，一个是骗子，我不要再看见你们，都给我滚出园子去。"

偷儿一吓，再跪哭问："要给滚去哪里？"

上帝沉吟了一下，说："出于尘土，归于尘土，你给我回到地球上的泥巴里打滚去。"

偷儿一听，再哭，哀哀伏地不肯起，说道："那个地方，你久不去察看，早已满布豺狼虎豹，四处漫游，强食弱肉，我怎好下界去送死？"

上帝毕竟是有恩惠慈爱的，他对我一抬手，说："孩子，起来，我告诉你要去的好地方——"

偷儿静听了天父的话，悲喜交织，伏地拜了四大拜，快步去池塘里喝足了清水，把身上碧绿的芭蕉叶披风盖盖好，挟着"换心人"，高歌着——

——久为簪组束，幸此南荑遂，闲依木仍邻，偶似沙漠客，晓耕翻露土，夜傍响屋羊，来往不逢人，长歌楚天黄——

就这样头也不回地往撒哈拉大漠奔去。

图书在版编目（CIP）数据

雨季不再来 / 三毛著． —— 海口：南海出版公司，
2022.8（2025.11重印）
ISBN 978-7-5442-8028-0

Ⅰ．①雨… Ⅱ．①三… Ⅲ．①散文集－中国－当代
Ⅳ．① I267

中国版本图书馆 CIP 数据核字（2021）第 253637 号

著作权合同登记号　图字：30-2021-106
本书由皇冠文化集团授权，仅限于中国大陆地区销售，不得售至台、
港、澳地区，及东南亚、美、加等任何海外地区。

雨季不再来
三毛 著

出　　版　南海出版公司　（0898）66568511
　　　　　海口市海秀中路51号星华大厦五楼　邮编 570206
发　　行　新经典发行有限公司
　　　　　电话（010）68423599　邮箱 editor@readinglife.com
经　　销　新华书店

责任编辑　黄宁群
特邀编辑　蒋屿歌　王心谨
营销编辑　李清君　李　畅
装帧设计　韩　笑
内文制作　张　典

印　　刷　河北鹏润印刷有限公司
开　　本　880毫米×1168毫米　1/32
印　　张　9.5
字　　数　213千
版　　次　2022年8月第1版
印　　次　2025年11月第12次印刷
书　　号　ISBN 978-7-5442-8028-0
定　　价　49.00元